www.tredition.de

AF197414

Besuchen Sie Birgit Jott auf Ihrer Website.

www.birgitjott.de

Ein Eintrag ins Gästebuch ist

sehr willkommen.

Birgit Jott

LOTTO

Geld allein macht nicht glücklich

für Vanessa

www.tredition.de

© 2012 Birgit Jott

Umschlaggestaltung,: Wiktoria Kreblewska
Lektorat, Korrektorat: Gabriele Koske
Technik: Steve Wild

Verlag: tredition GmbH, Mittelweg 177,
20148 Hamburg

ISBN: 978-3-8472-7083−6
Printed in Germany

www.tredition.de

Die Autorin

Birgit Jott ist eine Autorin aus Hannover, die dort mit Kind und Mann dem Leben frönt.

Die kleinen Zufälle die das Leben bereit hält, die Gemeinheiten und Ungerechtigkeiten, das Glück und die Liebe, bieten eine Fülle an Geschichten.

In ihren Büchern und Geschichten versucht Birgit Jott die vielen Eindrücke wieder zu geben, die sie mit dem Leben verbindet.

Mal kopfschüttelnd, mal augenzwinkernd.

Aber immer unterhaltsam.

Inhaltsverzeichnis

1. Heather Weidenthal

2. Marie Tormeier   Seite 46

3. Kurpackung   Seite 58

4. Stringularhusten   Seite 82

5. Doro wartet im Park   Seite 96

6 Jamaika   Seite 115

7. Drei sind zwei zuviel   Seite 134

8. Vaterschaft   Seite 160

9. Es war einmal…   Seite 175

10. Einbruch   Seite 187

11. Scheidung   Seite 208

12. Ein Unglück kommt selten allein   Seite 219

13. Gestorben wird immer   Seite 236

14. Schwesterlich geteilt   Seite 246

15. Licht am Ende des Tunnels   Seite 252

16. Epilog   Seite 257

1. Kapitel   Heather Weidenthal

Ungläubig sah sie auf den Bildschirm. 6 für Sex, 7 für Glück, 29 und 11 für ihren Geburtstag, 21 für ihre Lieblingszahl und die 44, weil eine Schnapszahl dabei sein muss. Und nun??? Gewonnen. Sie hatte gewonnen! Wow. Das war ja ein starkes Stück.

Okay, dachte sich Heather, nur die Ruhe. Neben sich hörte sie ihren Mann stöhnen. „Wieder nichts. Bald spiele ich kein Lotto mehr, da gewinnt man sowieso nie."

Berts Meckerei für sich genommen, einzeln betrachtet, war nichts Ungewöhnliches. Ungewöhnlich war aber, dass Heather sich selbst gar nicht antworten hörte, obwohl sie ganz genau hinhörte. Da gab es kein „Liebling, dafür habe ich im Lotto gewonnen" oder „Liebling, wir sind reich". Sie hörte einfach nichts. Gut, dachte sie sich, ich bleibe jetzt hier einfach mal einen Moment sitzen und sehe, was passiert.

So saß Heather nun auf dem Sofa, auf dem sie immer saß, und wartete darauf, dass irgendetwas passierte. Aber ... es passierte nichts.

„Heather", rief ihr Mann, „ich muss noch mal kurz in die Garage. Ich brauche noch Werkzeug für morgen."

Heather saß immer noch auf besagtem Sofa und nickte gedankenverloren. Doch Bert schien keine Antwort hören zu wollen und ging hinaus. In der Sekunde, wo die Tür ins Schloss fiel, stürzte Heather zu ihrer Handtasche und zerrte den Lottoschein hervor. 6, 7, 11, 21, 29, 44. Lachend hüpfte sie im Kreise herum. „Gewonnen, gewonnen. Ich habe tatsächlich gewonnen." Bei näherer Betrachtung stellte sie fest, dass sie sogar die Superzahl richtig hatte.

Was sie dort auf dem Zettel sah, konnte sie nicht fassen. Es war einfach unglaublich. Schnell steckte sie den Lottoschein wieder ein. Sie war sich nicht sicher, ob sie ihrem Mann mitteilen sollte, dass sie gewonnen hatte. Einmal was Eigenes. Etwas, was nur ihr gehörte. Würde ihr Mann von dem Gewinn erfahren, dann würde er wieder alles entscheiden, das war klar. Seit sie ihren Job aufgegeben hatte und Bert Alleinverdiener war, hatte sie zwar viel Zeit für sich und ihre Hobbies, aber Abhängigkeiten von einem Mann waren nicht gut. Schon gar nicht vom eigenen Ehemann.

Sie schnappte sich ihre Jacke und verließ die Wohnung. Sie musste sich unbedingt bewegen, auch wenn es in Strömen regnete. Aber das war Heather egal. Sie wollte nachdenken, und zwar störungsfrei.

„Okay, Heather, denk nach. Du hast gewonnen. Du hast keine Ahnung wie viel, aber sicherlich genug, um deinen Lebensstil zu verbessern. Bert weiß nicht, dass du gewonnen hast. Und – willst du es ihm sagen? Nein, ich glaube nicht. Nein, quatsch, warum sollte ich? Ich werde es ihm nicht sagen. Er hat es echt verdient, mal in Unwissenheit gelassen zu werden, schließlich macht er immer, was er will, ob es mir gefällt oder nicht, immer bin ich diejenige, die sich anzupassen hat. Ich rücke erst damit heraus, wenn ich mich entschieden habe, was mit dem Geld passiert. Damit er gar nicht erst in Versuchung gerät zu bestimmen, was gemacht wird."

Während Heather durch das diesige Städtchen Hainhausen ging und ihren Gedanken nachhing, merkte sie, wie ihre Aufregung langsam einer absoluten Ruhe wich. Ihr wurde klar, welche Möglichkeiten ihr mit dem Gewinn gegeben wurden. Sie war frei, zumindest im weitesten Sinne, sie konnte alle ihre Träume verwirklichen! Nicht dass sie bislang eindrucksvolle Träume gehabt hätte, aber nun würde sie welche haben können! Beschwingt und glücklich machte sie sich auf den Heimweg.

„Heather, ich habe Hunger. Wollen wir nicht langsam zu Abend essen? Wo warst du denn so lange?", schimpfte ihr Mann.

„Ja", rief sie gereizt, „ich decke sofort den Tisch. Gib mir zwei Minuten."

Während Heather die Lebensmittel aus dem Kühlschrank nahm, überlegte sie, wie aufregend es wohl wäre, statt der öden Kost der Normalsterblichen mal zum Abendessen Hummer zu speisen oder Champagner zu schlürfen anstelle von Mineralwasser und Tee.

„Haben wir noch Gurken?", rief ihr Mann Richtung Küche.

Gurken! Er wollte Gurken. Wenn der wüsste! Sie öffnete brav das Gurkenglas und legte die Gurken auf den Teller, wie gewünscht.

Ihr Mann betrat die Küche, nahm Platz und begann zufrieden sein Brot zu schmieren.

„Auf den Straßen war heute wieder die Hölle los, da war doch ein Autofahrer, der glatt ...", erzählte Bert von seinem Tag. Er beschrieb in aller Ausführlichkeit seine Erlebnisse. Doch Heather fand plötzlich alles langweilig, was er erzählte, und doch konnte sie nicht aufhören zu lächeln, bei jedem Bissen, den sich ihr Gatte in den Mund steckte. Bert, der ihr Lächeln bemerkte, missdeutete es als Ermunterung und kam nun richtig in Fahrt. Er erzählte ihr alles und jedes in aller Ausführlichkeit. Dann stand er auf, küsste seine Frau und schlurfte ins Wohnzimmer zum Fernseher, während Heather sich daran machte, den Tisch abzuräumen. Sie betrachtete jedes einzelne Teil, das sie in die Hand nahm. Alles würde sie neu kaufen können, wenn sie wollte.

Am nächsten Morgen fuhr Heather mit dem Auto in die Stadt und parkte vor einer Bank, mit der sie sonst nichts zu tun hatte. Sie betrat die Schalterhalle und wandte sich dort suchend nach einem Mitarbeiter um.

„Kann ich Ihnen helfen?", sprach sie ein junger Mann an.

Heather nickte. „Ich möchte gern ein Konto bei Ihnen eröffnen."

Nachdem sie diverse Fragen beantwortet und eine Reihe von Formularen ausgefüllt hatte, verließ sie die Bank als Besitzerin eines neuen Bankkontos. Der erste Schritt war getan.

Ihr zweiter Schritt war der Gang in einen Handyshop. Dort kaufte sie sich ein Handy. Kein extravagantes. Einfach nur ein funktionelles. Sodass sie es ohne Kopfschmerzen schaffte, damit zurechtzukommen. Die Freischaltung sollte eine halbe Stunde dauern. Bis dahin würde sie längst zu Hause sein.

Während der Fahrt fühlte sie sich bereits wie eine Geheimagentin. Es war echt aufregend. Natürlich könnte es auch sein, dass die ganze Aufregung umsonst war und ganz viele Personen die richtigen Zahlen getippt hatten. Das würde ihren Gewinn erheblich mindern. Außerdem hatte Heather ja noch keine Ahnung, wie hoch der Gesamtgewinn überhaupt war.

Sie schloss die Haustür auf, zog ihre Jacke aus, hängte diese ordentlich auf, kochte sich seelenruhig eine Tasse Kaffee und begann dann ihr Handy auszupacken. Sie betrachtete es, als wäre es ihr Schlüssel zum Glück. Sie holte tief Luft und rief die Lottogesellschaft an.

Die weiteren Minuten vergingen wie in Trance. Nachdem man sie hin und her verbinden musste, bis sie endlich an der richtigen Stelle gelandet war, teilte ihr eine freundliche weibliche Stimme mit, dass es nur einen Gewinner gebe und, wie es schien, sei das sie, Frau Heather Weidenthal. Vorausgesetzt, sie sei im Besitz des Lottobelegs. Und das war Heather.

Der Gewinn, so wurde sie weiter informiert, belaufe sich auf fünf Millionen Euro. Sobald sie sich mit dem Lottobeleg legitimiert habe, überweise man ihr das Geld.

F Ü N F Millionen. Heather hinterließ ihre neue Bankverbindung und ihre neue Handynummer. Dann setzte sie sich, lächelte und war ganz ruhig. Fünf Millionen Euro. Nur für sie. Heather Weidenthal. 48 Jahre. Hausfrau. Reich.

Die Woche zog sich wie Kaugummi. Jeder Tag schien 26 Stunden zu haben, doch nun war alles erledigt. Sie verließ gerade ihre neue Bank, wo man ihr den Geldeingang bestätigt hatte und natürlich sehr erstaunt war. Sofort wollte man ihr einen Termin mit einem Anlageberater aufquatschen, aber daran hatte Heather kein Interesse. Sie fuhr in das teuerste Delikatessengeschäft der Stadt und kaufte hemmungslos ein. Hummer, französischen Käse, teuren Schinken, Baguette und viele Delikatessen, deren Namen sie nicht mal aussprechen konnte, Hauptsache kaufen. An der Kasse bezahlte sie ungerührt die Rechnung über vierhundert Euro. Damit kam sie sonst mehrere Wochen aus!

Beglückt verstaute sie alles im Wagen. Eigentlich hätte sie gern noch mehr Geld ausgegeben, aber ihr fiel nicht ein, was sie sonst noch hätte kaufen können. Sie hatte ja auch noch Zeit. Viel, viel Zeit, das Geld unter die Leute zu bringen.

„Was ist denn das?", fragte Bert am Abend. „Gibt es was zu feiern?" Er betrachtete den gedeckten Tisch, auf dem sich die Delikatessen türmten.

„Du weißt doch, man sollte nie mit Hunger im Bauch einkaufen gehen", antwortete Heather. „Außerdem dachte ich, wir könnten es uns mal ein wenig schön machen und uns ein Glas Wein gönnen. Im Supermarkt waren französische Wochen, da habe ich das eine oder andere mitgebracht. Zur Abwechslung, dachte ich."

Sie schenkte ihnen beiden ein Glas Wein ein, immerhin fast hundert Euro die Flasche, und ließ sich dann restlos glücklich auf ihren Stuhl fallen.

„Heather, es ist ja toll, was du für Ideen hast, aber gibt es außer dem Baguette auch noch normales Brot?"

Seufzend stand Heather wieder auf und stellte Bert sein heißgeliebtes Graubrot hin.

Bert ließ seinen Blick über den Tisch schweifen und begutachtete Schinken, Pasteten und den bereits ausgelösten Hummer, den er natürlich nicht als solchen identifizierte. Er griff nach dem Schinken und sah erwartungsvoll zu seiner Frau.

„Hast du denn keine Gurken mitgebracht?"

„Gurken? Warum willst du nur immer Gurken. Probier doch mal etwas anderes."

Missmutig biss Bert in sein Brot.

„Und wie schmeckt es dir?", fragte Heather lächelnd.

Bert nickte, was wohl gleichbedeutend mit einem „Es schmeckt mir" sein sollte.

Heather selbst aß mit Genuss von den vielen Köstlichkeiten auf dem Tisch. Labte sich am Hummer, den sie dann genießerisch mit Wein herunterspülte, probierte ein wenig Käse da, ein wenig Schinken dort, widmete sich jeder Pastete – bis sie bald zu platzen drohte. War das traumhaft. Ein Hochgenuss für ihren Gaumen.

„Heather, Liebes, lass uns morgen aber bitte wieder normal zu Abend essen. Ich habe es nicht so mit diesem neumodischen Schnickschnack", sprach der Herr des Hauses, bevor er im Wohnzimmer Richtung Fernseher verschwand.
Doch Heather konnte nichts aus der Ruhe bringen. Sie war einfach nur glücklich. Während sie abräumte, überlegte sie hin und her, was sie noch alles anstellen könnte, jetzt, wo sie fünffache Millionärin war. Merkwürdig.
Prinzipiell gab es ja immer vieles, was man verändern oder kaufen könnte, wenn man Geld hatte.

Aber hatte man dann plötzlich welches, so waren all diese Dinge mit einem Mal nicht mehr so wichtig.

Sie ging ins Wohnzimmer zu ihrem Mann, der die Nachrichten sah. Während sie Bert so dasitzen sah, überlegte sie unwillkürlich, ob sie ihn behalten sollte. Bedächtig setzte sie sich zu ihm. Sofort legte er seinen Arm um sie und küsste sie auf die Wange. Sie lächelte. Bert war sicher nicht der perfekte Mann, aber er war ihrer.

„Hast du gesehen, dass man in dem Preisausschreiben der Fernsehzeitung einen Farbfernseher mit allem Drum und Dran gewinnen kann?", fragte sie ihn.

Bert schaute sie stirnrunzelnd an. „Liebes, du weißt doch, dass wir noch nie was gewonnen haben. Ist doch alles Humbug. Da gewinnt man nie."

„Ich glaube, ich versuche es trotzdem. Vielleicht sollten wir unserem Glück mal auf die Sprünge helfen. Es sind Fußballfragen. Du musst mir nur bei den Antworten helfen."

Nicht gerade überzeugt, aber durchaus stolz auf sein Wissen, beantwortete Bert ihr die Fragen. Immer noch besser, als mit ihr zu streiten, dachte er sich wohl.

Heather füllte alles ordnungsgemäß aus, klebte den Umschlag zu, frankierte den Brief und legte ihn auf die Garderobe, wohl wissend, dass sie ihn nie abschicken würde. Wie originell sie doch war, das gefiel ihr. Sie würde ihren Mann einfach alles gewinnen lassen, was sie sich wünschte.

Als sie am nächsten Morgen das Haus verlassen wollte, fiel ihr auf, dass ihr Mann den Brief wohl mitgenommen haben musste, denn er war verschwunden. Doch das sollte sie nicht daran hindern, ihren Plan umzusetzen, schließlich war das Risiko zu gewinnen gering.

Sie fuhr zu einem Laden, in dem man sich Hochzeitskarten und allerlei anderes drucken lassen konnte. Sie wolle sich ein Schreiben entwerfen lassen, auf dem stehe, dass man in einem Preisrätsel gewonnen habe, erklärte sie dort. Interessant war, dass ihr merkwürdiges Anliegen den Typen hinter der Ladentheke nicht sonderlich umhaute. Ob wohl viele Frauen heimlich im Lotto gewannen? Ihr wurde zugesichert, innerhalb einer Woche das Schreiben fertig zu haben.

Ihr nächster Gang führte sie in ein Elektronikgeschäft. Dort ließ sie sich von einem arroganten Verkäufer sämtliche Fernseher erklären, bis es ihr in den Ohren rauschte. Sie entschied sich für einen riesigen Apparat mit sämtlichen Neuheiten, die überhaupt nur möglich waren. Da das Gerät schlappe 5.000 Euro kostete, war sie mit einem Mal die beste Freundin des Verkäufers. Sie hinterließ ihre Adresse und vereinbarte einen genauen Liefertermin. Schließlich musste Bert ja erst mal über seinen Gewinn informiert werden.

Eine Woche später holte sie   ihren Gewinnbrief ab, der hervorragend geworden war, und steckte ihn ein. Geduldig wartete sie am Folgetag auf die Post, die sie wohlweislich nicht hereinholte. Sie wollte, dass Bert den Briefkasten leerte.

„Heather, du wirst es nicht glauben. Wir haben im Preisausschreiben gewonnen. Du weißt doch noch, die Fußballfragen und der Fernseher. Ist das nicht unglaublich?", fragte Bert sie abends, vor Glück taumelnd.

Heather tat überrascht und beglückwünschte sich wieder einmal zu ihrer Idee.

„Der Fernseher wird schon in den nächsten Tagen zugestellt", freute sich Bert. Heather hatte es so eingerichtet, dass noch drei Tage vergehen sollten, bis es zur Lieferung kam. Umso überraschter war sie, als es abends zur besten Fernsehzeit an der Haustür klingelte.

„Guten Abend, gnädige Frau. Ich hoffe, wir stören nicht. Wir sind von der Zeitung *Schöner Fernsehen* und möchten Sie beglückwünschen zu Ihrem Hauptgewinn", verkündete ein Mann im Anzug mit strahlendem Lächeln, als Heather die Haustüre öffnete. In der Hand hielt er einen Strauß Blumen, und während er ihn überreichte, blitzte auch schon ein Blitzlicht. Bert kam dazu, nicht besonders überrascht, schließlich wusste er ja schon, dass sie gewonnen hatten. Sicher, es war ungewöhnlich, dass nun doch jemand persönlich vorbeikam, um ihnen zu gratulieren. Aber so waren nun mal die Leute von der Zeitung. Also nahm er seine Frau in den Arm, die ihren Mund gar nicht wieder zu bekam, und posierte lächelnd für die Kamera.

„Liebling, nun sei doch nicht so überrascht, du wusstest doch, dass wir gewonnen haben", kritisierte Bert seine Frau.

Der ganze Zauber zog sich eine Stunde hin, mit Sekt trinken, lächeln, dankbar sein, nicht erstaunt aussehen usw. Dann wurde das gute Stück sofort von Bert fachmännisch angeschlossen, während Heather immer noch nicht glauben konnte, was passiert war. Sie ging zum Fenster und sah hinaus.

„Unglaublich, vielleicht bin ich eine Spielernatur und habe es nur nie gewusst. Vielleicht stehen meine Sterne so gut, dass ich jederzeit alles gewinne", sinnierte Heather, während sie einem Lieferwagen zusah, der vor dem Haus parkte. Zuerst verband sie damit nichts Ungewöhnliches, obwohl sie sah, dass der Wagen einen Schriftzug ihres Elektronikhandels trug. Aber als zwei Männer ein wirklich sehr großes Paket entluden, begannen in ihrem Kopf ganz leise die Alarmglocken zu läuten. Als dann auch noch einer der Männer auf die Klingelknöpfe an ihrer Haustür zuging und dieses Klingeln dann ganz eindeutig in ihrer Wohnung zu hören war, wusste sie, dass sie nun ein Problem hatte. Bert sah vom Bedienungshandbuch auf.

„Wer ist es denn?"

„Vermutlich Werbung", antwortete Heather, „ich schaue noch mal in den Briefkasten."

In Windeseile lief sie die Treppen hinunter.

„Was machen Sie denn schon hier? Ich erwarte die Lieferung erst in zwei Tagen", fauchte sie die Männer an.

Verwundert sahen die beiden erst sich, dann Heather an.

„Nun bekommen Sie Ihren neuen Fernseher eben jetzt schon. Wir haben halt einen sehr guten Lieferservice."

„Nein, nein, nein. Ich kann den Fernseher jetzt wirklich nicht entgegennehmen. Er ist ein Geschenk für meinen Mann zur Silberhochzeit. Und die ist nun mal erst in zwei Tagen. Bitte nehmen Sie ihn wieder mit. Ich bezahle den Transport auch. Ganz egal, nur bitte nehmen Sie ihn wieder mit."

Leicht irritiert machten sich die beiden Männer nun daran, den Fernseher wieder zurück ins Auto zu tragen, während Heather schnell wieder hinauf in ihre Wohnung lief.

„Was war denn los? Du warst so lange fort!", schimpfte Bert.

„Ich habe noch Frau Dunbeil getroffen."

„Hast du? Ich dachte, die wäre im Urlaub?", fragte ihr Mann erstaunt, doch zu Heathers Erleichterung hatte er wohl keine große Lust, näher auf dieses Thema einzugehen.

Völlig erledigt ließ sie sich aufs Sofa fallen. Was für eine verrückte Sache. Nie wieder Preisrätsel, schwor sie sich. Außerdem musste sie sich schnellstens etwas mit dem Fernseher einfallen lassen. Sie konnte ihn unmöglich zurückgeben, das würde ihr einfach zu peinlich sein, bei dem Zirkus, der in dem Laden um sie veranstaltet worden war. Nur, was sollte sie denn mit dem Kasten tun? Vielleicht sollte sie ihn irgendwem anonym spenden. Das wäre eine Idee. Aber wem? Dem Kinderheim? Aber nein, es war nicht gesund, wenn Kinder zu viel fernsahen. Oder Bekannten? Nein, zu riskant. Heather nahm sich die Gelben Seiten, um sich dort anregen zu lassen. Nachdem sie einige Minuten ziellos hin und her geblättert hatte, wusste sie die Antwort. Die Feuerwehr. Perfekt! Sie würde den Fernseher der Feuerwehr schenken. So konnten sich die Männer während ihrer Bereitschaft etwas ablenken. Schließlich taten sie ja viel Gutes und hatten es verdient. Das würde sie dann nur morgen den Leuten vom Elektronikgeschäft beibringen müssen. Aber letztlich würde denen sicher egal sein, wohin sie lieferten, Hauptsache, die Ware war bezahlt. Wichtig war nur, dass Heathers Name nicht erschien.

Inzwischen war Bert mit dem Anschließen des nigelnagelneuen Fernsehers fertig, er setzte sich zu Heather aufs Sofa und hielt eine kurze Schweigeminute. Danach küsste er seine Frau und sagte:

„Heather, bin ich nicht ein Glückskind? In zwei Tagen ist ein wichtiges UEFA-Cup-Spiel."

Automatisch nickte sie. Urlaub, sie brauchte dringend einen Urlaub. Sie würde sich morgen mal in einem Reisebüro umschauen.

„Bert, ich würde so gern mal zur Kur fahren. Ich muss endlich etwas für meine Gesundheit tun. Du weißt ja, mein Rücken ist nicht mehr der gesündeste. Du würdest doch bestimmt ohne mich zurechtkommen, oder?"

Bert, der noch in seiner Fernseher-Glückseligkeit taumelte, murmelte nur, dass es für ihn nicht das geringste Problem sei. Na ja, für eine „Kur" musste sie wenigstens kein Preisausschreiben bemühen.

Es hatte sie am nächsten Morgen viel Überredungskunst und den Kauf einer sündhaft teuren Espressomaschine gekostet, dass der Lieferwagen des Elektronikfachhandels sie auf seiner Auslieferungstour mitnahm. Denn unweigerlich würde ihr Name bekannt werden, wenn der Lieferschein unterschrieben werden musste, und auf dem prangte schließlich ihr Name. Also wollte Heather mitfahren, um das selbst zu übernehmen.

Der verantwortliche Mann im Elektronikgeschäft hatte anfangs nicht wirklich verstehen können, warum sie unbedingt bei der Auslieferung des Fernsehers dabei sein wollte, schließlich habe der Lieferservice noch nie zu Klagen von Kunden Anlass gegeben. Doch die Espressomaschine beschleunigte sein Verständnis. Die Auslieferung des Fernsehers sollte am nächsten Tag sein.

Am nächsten Morgen waren die Transporteure mit Heather im Schlepptau auf dem Weg zur Feuerwehr. Während der Fahrt zogen die Männer alle Register des Smalltalks, doch Heather schaffte es einfach nicht, ihren Stimmbändern Laute zu entlocken. Stattdessen saß sie mit krampfhaftem Dauerlächeln im LKW und hoffte einfach nur, dass sie die Sache schnell hinter sich bringen konnte.

Als sie auf dem Hof der Feuerwehr angekommen waren, stieg Heather mit Herzklopfen aus und während die Männer im Lieferwagen den Fernseher aus der Verpackung schälten, betrat sie die Feuerwache. Ein freundlich schauender Feuerwehrmann sah sie an.

„Entschuldigen Sie bitte, ich wollte Ihnen danken für den mutigen Einsatz, den Sie immer zeigen, und dachte mir, ich könnte Ihnen eine Freude machen. Eine Spende übergeben, sozusagen.

Man darf doch der Feuerwehr etwas spenden, oder?", stammelte Heather.

„Aber sicher, gnädige Frau. An welche Art von Spende dachten Sie denn?"

„Na ja, an einen Fernseher. Meine Spende wäre ein Fernseher. Den nehmen Sie doch an, oder?"

Der Feuerwehrmann zog seine Augenbrauen hoch. Sicherlich war er in dem Glauben, Heather hätte zu Hause einen alten Fernseher ausrangiert.

„Es ist ein neuer Fernseher. Keine Sorge, ich wollte nicht bei Ihnen meinen Sperrmüll abladen."

Lächelnd sagte er: „Sehr gern, wir haben hier ja immer viel Wartezeit, Frau ...?"

„Bitte nehmen Sie es mir nicht übel, aber ich würde gern anonym bleiben. Aber der Fernseher ist wirklich ordnungsgemäß bezahlt. Die Herren von der Lieferfirma können Ihnen das bestätigen."

Mittlerweile kämpften sich die Transporteure in die Wache und es hatten sich auch bereits vier weitere Feuerwehrmänner dazugesellt, um das Spektakel zu beobachten.

„Wo soll er hin?", fragten die Lieferanten.

Mit fragendem Blick schaute Heather zu den Feuerwehrmännern, die nun sprachlos mit offenem Mund auf den gigantischen Fernseher starrten und ihr Glück nicht so recht begreifen konnten. Einer von ihnen wies mit seiner Hand auf den angrenzenden Raum, ohne ein weiteres Wort zu sagen. Die Transporteure stellten den Fernseher dort ab, ließen sich von Heather den Lieferschein gegenzeichnen und gingen zum Ausgang. Heather drehte sich um, um ihnen zu folgen, und sah, dass die Feuerwehrmänner noch immer sprachlos an exakt der gleichen Stelle standen.

„Schönen Tag noch", sagte sie lächelnd und eilte ebenfalls nach draußen. Sie sprang in den Lieferwagen und atmete tief durch. Sehr erleichtert, den Fernseher los zu sein.

Ihr nächster Weg führte sie in ein Reisebüro, dort ließ sie sich ganze Berge von Reisezielen zeigen. Schnell hatte sie sich entschieden. Es war unglaublich, aber sie würde nach Gran Canaria fliegen. Auf die K A N A R E N.

Bert würde sich sicherlich wundern, warum sie so braungebrannt wiederkäme aus ihrer Kur, aber das Braunwerden würde sich bei drei Wochen Sonne kaum vermeiden lassen.

Beschwingt fuhr sie heim. Irgendwie war ihr Leben im Moment ein einziges Hin und Her zwischen Glücksgefühlen, Entsetzen und Herzklopfen.

Als sie zu Hause ankam, war Bert schon da. Gutgelaunt saß er, wie nicht anders zu erwarten, vor dem Fernseher.

„Bert, Liebling, ich habe heute bei der Krankenkasse angerufen und die sagen, dass das mit der Kur überhaupt kein Problem sei. Wahrscheinlich könnte man mich sogar recht kurzfristig unterbringen. Was sagst du dazu?"

Ihr Mann sah sie lächelnd an. „Na siehst du, Liebling, ich habe dir doch die ganze Zeit gesagt, du solltest mal eine Kur machen. Du musst dich nur kümmern", sprach er und wandte seine Aufmerksamkeit wieder dem Fernseher zu.

Kopfschüttelnd deckte Heather den Tisch. Noch nie zuvor hatte einer von ihnen ein Wort über eine Kur verloren. Aber wahrscheinlich wollte Bert sie gern los sein, um in Ruhe fernsehen zu können.

„Bert, komm bitte essen. Und schalte den Fernseher aus", schimpfte Heather ungeduldig.

„Wie war dein Tag, Liebling?", fragte sie ihren Mann, als er sich in der Küche an den Tisch setzte. Heute beschränkte sich Bert in seiner Berichterstattung aufs Wesentliche. In kurzen und knappen Worten schilderte er gerade so viel, dass er Heather nicht noch mehr verärgerte. Dann widmete er sich wieder seinem Brot und seinen Gurken. Mit einem Mal hörte er auf zu kauen, sah sie an und sagte: „Heather, das war heute echt der Hammer. Mein Arbeitskollege, du weißt schon, hat nun endlich rausgefunden, dass seine Frau ihn tatsächlich betrügt. Er hatte doch die ganze Zeit darüber gerätselt."

„Ach, das ist ja ein Ding. Wie hat er es rausgefunden?"

Wichtigtuerisch erzählte Bert weiter. „Zuerst fand er ja nur ihr Verhalten seltsam. Alles musste mit einem Mal perfekt sein. Nie war ihr irgendwas recht. Und dann fing sie damit an, dass es von allem nur noch das Beste sein musste. Und gestern kam dann der große Knall. Schon seit ihrer Hochzeit hatten sie diese Kaffeemaschine, die ihm viel bedeutete, und das wusste sie auch. Und du glaubst nicht, was sie gemacht hat?"

Heather sträubte sich das Nackenhaar. „Sag es mir einfach", bat sie ihn.

„Sie hat die Kaffeemaschine mir nichts, dir nichts gegen eine neumodische Schnickschnack-Espressomaschine ausgetauscht. Da sind natürlich alle Lichter bei ihm angegangen. So was kaufen doch nur Leute, die sich wichtig tun wollen, aber doch keine glücklichen Ehefrauen. Ich sage dir ehrlich, Heather, das hätte mich auch misstrauisch gemacht."

„Nie wieder in meinem Leben spiele ich Lotto", schwor sich Heather.

Mittlerweile waren sie per du. Sinnigerweise hießen beide Transporteure Tom.

„Heather, wieso kaufst du denn so teure Elektro-Artikel, um sie dann in diese Feuerwache zu bringen? Haben die dir mal das Leben gerettet oder so?"

Heather nickte schweigend.

Peinlich berührt schwiegen nun auch die beiden Toms, während ihr Lieferwagen wieder einmal vor der Feuerwache vorfuhr.

Herr Schweiger vom Elektronikfachgeschäft, der sie jedes Mal darauf hinwies, dass schweigen nicht seine Stärke sei, war diesmal nicht mal mehr erstaunt gewesen über Heathers Ansinnen, möglicherweise sah er in ihr längst echtes Potenzial als Kundin, wo es doch so viele Feuerwachen gab.

Auch an diesem Morgen ging Heather schon einmal hinein zu den Feuerwehrleuten, während Tom und Tom noch in ihrem Lieferwagen kramten. Die Feuerwehrmänner erkannten sie natürlich gleich wieder, es war ja schließlich auch erst ein einziger Tag vergangen seit ihrem letzten Besuch.

„Entschuldigen Sie, ist es möglich, Ihnen noch mal was zu spenden?"

„Noch mal?", wurde sie erstaunt gefragt. „Sie waren doch erst gestern hier und der Fernseher ist echt super."

Die beiden Toms betraten das Gebäude.

„Heather, wo soll sie hin?", fragten sie.

„Was ist es denn diesmal?", fragte einer der Feuerwehrmänner.

„Eine Espressomaschine."

Daraufhin nickte er und wies den Toms den Weg Richtung Küche.

„Ich nehme an, es handelt sich wieder um eine anonyme Spende?", fragte einer der Feuerwehrmänner. Heather nickte und spurtete hinter den Toms her zum Ausgang.

„Vielleicht sehen wir uns ja mal wieder", rief ein Feuerwehrmann hinter ihr her. „Sie wissen doch, alle guten Dinge sind drei."

Mich seht ihr nie wieder, dachte sich Heather und stöhnte innerlich. Wer hätte gedacht, dass Lottogewinne so kompliziert sein konnten.

Als sie zu Hause die Haustür öffnete, schlug ihr jede Menge Lärm entgegen. Ihr Gatte hatte seine Freunde eingeladen, bei ihnen auf dem neuen Fernseher das „wichtige" Fußballspiel zu sehen.

„Du hast doch nichts dagegen, Liebling?"", fragte Bert. Wohl in dem Wissen, dass Heather sowieso nichts mehr an der Situation ändern konnte.

„Heather, es macht dir doch nichts aus, uns noch eine Kleinigkeit zum Essen zu besorgen, oder?"

„Ja, Ja. Das hast du dir ja schön ausgedacht", seufzte Heather. „Was wolltest du denn essen? Oder besser gesagt ihr? Wie viele seid ihr denn überhaupt?"

„Du bist ein Schatz, Heather. Ehrlich. Wir sind acht. Ich denke, Pizza wäre super. Und ein bisschen was zu knabbern. Übrigens, in der Küche sitzt Dorothea. Und sie wirkt nicht sehr entspannt auf mich."

Heather seufzte. Seit sie im Lotto gewonnen hatte, war sie Doro aus dem Weg gegangen. Sie und Doro waren alte Arbeitskolleginnen. Sie hatten bei derselben Behörde gearbeitet. Oder vielmehr Heather hatte alle Anträge bearbeitet, während Doro sie unterhielt oder sich durchs Gebäude flirtete. Als Doro sich dann vor einigen Jahren mit einem Tee- und Kaffeegeschäft selbstständig gemacht hatte, war das für Heather der Anstoß gewesen, ebenfalls mit der Schreibtischarbeit aufzuhören. Ohne Doro war es einfach nicht mehr dasselbe gewesen. Sie war so lebendig und wunderbar. Außerdem wurde Heather nie das Gefühl los, Dorothea könnte direkt in Heathers Kopf sehen – wie sollte sie da ihr den Lottogewinn verheimlichen können?

„Also, was ist los?", begrüßte Doro sie, sobald Heather die Küche betrat.

„Nichts, ehrlich. Ich hatte nur so viel zu tun."

„Heather, du bist nicht berufstätig. Schon vergessen? Also komm mir jetzt bloß nicht mit irgendwelchen Ausflüchten. Ich kenn dich, Heather, und sehe dir jede Lüge an der Nasenspitze an. Also komm schon."

„Dorothea Barleben, du nervst total. Echt. Es muss doch nicht gleich was sein, wenn ich mich mal nicht melde."

„Heather, sonst rufst du mich schon an, wenn du schlechten Stuhlgang hast. Also sag es mir. Gibt es einen anderen Mann? Bist du fremdgegangen?"

„Doro, bitte! Ich bin nicht fremdgegangen. Ich schwöre! Außerdem muss ich jetzt für die Truppe nebenan Essen besorgen. Kommst du mit?"

„Darauf kannst du wetten. Ich werde mich so lange an deine Fersen heften, bis ich weiß, was hier los ist."

So stapften die beiden Frauen gemeinsam los und schwangen sich in Heathers Auto. Die gesamte Fahrt über redete Doro auf Heather ein und Heather musste zugeben, dass sie ihr großes Geheimnis auch liebend gern endlich mal jemandem erzählt hätte. Nur ob Dorothea die Richtige war? Sie würde sicher nicht neidisch sein und ihr das Geld von Herzen gönnen, aber sie redete immer so viel. Was, wenn es ihr mal bei irgendeiner dummen Gelegenheit rausrutschen würde? Nicht auszudenken. Andererseits würde es sicher Spaß machen, mit ihr als Verbündete etwas auszuhecken. Schließlich standen ihnen mit so einer riesigen Summe Geld unendlich viele Möglichkeiten offen.

„Jetzt weiß ich", vernahm sie Doro neben sich. „Du bist schwanger und willst das Kind heimlich abtreiben, ohne dass Bert es mitbekommt. Richtig?"

Heather musste von Herzen lachen. Doro war einfach einmalig. Während sie weiterfuhren, wurde Heather weiter gelöchert.

„Nun sieh dir das mal an. Die stehen auf uns", sagte Dorothea und zeigte zur Seite. Ein wirklich witziges Bild war dort zu sehen. Auf der Spur neben ihnen wartete ein Zug der Feuerwehr vor der roten Ampel und alle Feuerwehrmänner winkten Heather, ihrer Wohltäterin, mit einem breiten Grinsen zu. Doro, die nicht wusste, warum die Männer so freundlich waren, fühlte sich unheimlich geschmeichelt und setzte ihr schönstes Lächeln auf. Da brachen bei Heather alle Dämme. Sie lachte und lachte und lachte. Tränen liefen ihr über die Wangen, längst war die Ampel auf Grün gesprungen. Der Verkehr hinter ihnen war zum Stillstand gekommen, was ein Hupkonzert zur Folge hatte. Doch Heather konnte sich nicht beruhigen. Sie lachte die ganze Spannung der letzten Wochen einfach weg. Und Doro wusste nicht so recht, was eigentlich so lustig war. Trotzdem stimmte sie in das Lachen ihrer Freundin ein, auch wenn alles etwas seltsam war.

Bis sich Heather beruhigt hatte, hatte sie sich diverse Autofahrer zum Feind gemacht, doch sie fühlte sich gut.

„So, Heather, nun rück raus mit der Sprache."

Heather sah ihre beste Freundin an und grinste. „Ich sage es dir, aber in diesem Fall darfst du tatsächlich nicht darüber sprechen. Und ich meine kein ‚Ich darf zwar nicht darüber sprechen, aber wenn du es keinem sagst, erzähle ich es dir trotzdem', sondern ein ‚Ich darf kein Sterbenswort darüber verlieren'. Verstehst du das, Dorothea?"

Erwartungsvoll sah ihre Freundin sie an und nickte.

„Du musst es schwören, Dorothea."

Daraufhin legte Doro dramatisch ihre Hand auf ihr Herz und schwor feierlich, das Geheimnis niemandem, unter keinen Umständen, zu erzählen.

„Okay. Es ist so, dass ich ein wenig Glück hatte und etwas Geld gewonnen habe. Aber Bert weiß nichts davon und auch sonst niemand."

Doro nickte. „In Ordnung, Heather. Von welcher Summe reden wir? Was verstehst du unter einem bisschen Geld? Mehr als ein Jahresverdienst?"

Heather nickte. „Bitte, Doro, ich möchte dir keine Summe nennen, aber es ist schon bedeutend mehr als ein Jahresverdienst. Auf jeden Fall mehr als ein Jahresverdienst von Bert."

Dorothea pfiff durch die Zähne. „Wow. Und was hast du damit vor? Und vor allem, warum sagst du deinem Mann nichts davon? Ihr könntet euch doch was Schönes davon kaufen."

Heather seufzte. „Ja, du hast natürlich Recht, aber ich wollte einmal was Eigenes haben. Ich habe keine Arbeit, keine Kinder.

Gar nichts! Ich habe nur Bert. Und nun habe ich eigenes Geld. Das will ich einfach erst etwas genießen, bevor ich mir da reinreden lassen muss. Verstehst du das?"

„Ob ich das verstehe, Heather-Schatz? Ich finde das super! Stell dir mal vor, was du alles machen kannst mit dem Geld."

Und schon begannen die beiden Frauen zu planen, was man alles kaufen oder tun könnte.

„So, Heather, wir müssen jetzt mal ganz analytisch vorgehen und deine kurzfristigen Wünsche von deinen langfristigen Wünschen trennen. Okay. Kurzfristig wären da Gebrauchsgegenstände. Wäre da etwas, was du gern hättest?"

„Ich weiß nicht so recht, bis jetzt hat das immer nicht funktioniert. Wobei, andererseits haben wir ja nun einen neuen Fernseher, wenn auch nicht von mir gekauft. Vielleicht hätte ich gern eine Musikanlage. So eine wie aus dem Fernsehen. Wo man nur in die Hände klatscht und schon beginnt die Musik. Das wäre schon echt toll. Nur, wie soll ich das Bert beibringen?"

„Heather, meine Liebe, wozu hat man denn Freundinnen. Ich spreche einfach mal mit ihm und erzähle ihm, wie gern du eine Musikanlage hättest und dass ich rein zufällig jemanden an der Hand hätte, der diese günstig besorgen kann. Was denkst du? Vielleicht klappt das ja. Wir versuchen es auf alle Fälle. So, weiter, was möchtest du noch? Was ist mit Klamotten, Urlaub, Schmuck?"

„Oh, einen Urlaub habe ich bereits gebucht. Auf die Kanaren, Gran Canaria. Ich habe Bert erzählt, ich würde in Kur fahren."

„Wow!", entfuhr es Doro. „Gran Canaria, wo du ja noch nie Hainhausen verlassen hast."

Heather sah ihre Freundin an. „Wie wäre es, wenn du mich begleiten würdest? Ich lade dich ein. Natürlich vorausgesetzt, du kannst dein Geschäft in der Zwischenzeit alleinlassen."

Die Begeisterung war so ungeheuerlich, dass ich mir als Autorin erlaube, sie nicht näher zu beschreiben. Eine „normale Frauenbegeisterung" eben.

Die Frauen begannen nun in aller Ausführlichkeit den Urlaub zu besprechen. Heather hatte auch nicht die geringste Sorge, dass für Doro noch Flug und Zimmer zu bekommen sein würden, schließlich war mit Geld einfach alles möglich.

Irgendwann kamen sie zurück auf den Boden der Realität. Sie mussten sich endlich um die Pizza für die Fußballbegeisterten in Heathers Wohnung kümmern.
Sie fuhren zu einem Pizza-Bringdienst. Gaben dort eine große Bestellung auf, bezahlten und fuhren weiter zum Elektronikgeschäft. Kaum dass sie das Geschäft betreten hatten, stürmte Herr Schweiger auf sie zu.
„Schweiger. Eduard Schweiger", stellte er sich Doro vor. „Und schweigen ist nicht meine Stärke", stellte er wieder einmal fest und nahm keinen Anstoß daran, dass nur er sich über seinen Scherz amüsierte. Die beiden Frauen ließen sich von ihm alle Musikanlagen vorführen, die in Frage kamen, und entschieden sich dann für ein Hi-Fi-Soundsystem der Spitzenqualität. Als es um die Zustellung ging, schlug Herr Schweiger augenzwinkernd vor, lieber noch keine Lieferadresse einzutragen, falls es in den nächsten Tagen wieder zu einer spontanen Änderung käme. Heather mochte nicht widersprechen.

Unter anderen Umständen hätte Heather es den Männern übelgenommen, dass sie Doro und sie nicht einmal zur Kenntnis nahmen, als sie die Wohnung betraten. Geschweige denn ein Danke für die Pizza äußerten, die bereits unübersehbar verschlungen worden war. Und wer das Ganze wieder saubermachen durfte, war auch nicht schwer zu erraten. Dieser Tross echter Männer hätte es sicherlich nicht mal gemerkt, wenn Heather und Doro nackt vor ihnen getanzt hätten. Es sei denn, sie hätten ihnen dabei die Sicht auf den Fernseher versperrt. Aber heute war Heather so viel Ignoranz gleichgültig. Im Grunde genommen genoss sie sogar die ausgelassene Stimmung der Männer, denn sie war auch in ausgelassener Stimmung, wenn auch nicht wegen eines Fußballspiels.

In der Halbzeitpause nutzte Doro die Gunst der Stunde, ließ sich mit einem Stück Pizza neben Bert nieder und bearbeitete ihn fachmännisch in Bezug auf höchsten Musikgenuss und Frauenwünsche. Zu ihrem großen Erstaunen fand er die Idee gut, Heather eine Anlage zu schenken, und dass Dorothea so gute Beziehungen hatte, wusste er gar nicht. Er schlug vor, Doro am nächsten Tag anzurufen, um die Sache genauer durchzusprechen, und nahm Doro das Versprechen ab, Heather nichts davon zu erzählen.

Es lief also alles nach Plan. Endlich mal etwas mit Aussicht auf Erfolg.

Nach zwei Tagen schien es Heather, als wenn es mit ihrer neuen Anlage klappen könnte. Bert verhielt sich so verschwörerisch, dass sogar einer Taubstummen ohne Augenlicht aufgefallen wäre, dass etwas im Busche war. Immer diese Last mit den Männern, man hatte gar nicht die Chance, sich überraschen zu lassen, so auffällig, wie sie sich verhielten.

Heather konnte also im Elektronikladen tatsächlich ihre eigene Adresse angeben. Auch mit der Umbuchung ihrer Reise auf die Kanaren hatte alles ganz wunderbar geklappt. Es war überhaupt kein Problem gewesen, Dorothea nachträglich unterzubringen. Geld öffnete eben alle Türen.

Rundum zufrieden fuhr Heather in die City, um sich mit den entsprechenden Reise-Outfits zu versorgen. Sie streifte durch die einzelnen Geschäfte, mit dem Wissen, kaufen zu dürfen, was sie wollte. Als sie die ersten Kleidungsstücke in die Hand nahm, fiel es ihr schwer, den Preis zu ignorieren. Eine Hose für 200 Euro war einfach zu teuer, auch wenn man es sich leisten konnte. Obwohl ihr die Hose ausgesprochen gut gefiel. Doch der Gedanke, beim ersten Waschgang das gute Stück zu ruinieren, ließ sich einfach nicht verdrängen.

Vielleicht waren Hosen kein guter Einstieg für das Sorglos-Shoppen.

Sie entschied sich, ihr Glück mit Blusen zu versuchen. Als sie eine traumhaft schöne Bluse gefunden hatte, vereinbarte Heather mit sich selbst einen Deal. Sie würde diese Bluse kaufen, sofern der Preis zweistellig war. So würde sie lernen, überteuerte Kleidung zu kaufen. Ab 100 Euro durfte sie kneifen und die Bluse fluchend zurückhängen. Gespannt drehte sie das Preisschild um. 19,99 Euro.

Also das war ihr nun entschieden zu billig. Ein bisschen kostspieliger sollte sich der Einkauf schon gestalten. Auf dem benachbarten Ständer fand sie die nächste Bluse, die ihr gefiel. Ein Blick auf das Preisschild ließ sie vor Glück jubilieren. 89,99 Euro. Geht doch, dachte sich Heather.

Mit einem Mal ging ihr das Shoppen viel leichter von der Hand. Wenn man von den schweren Tüten absah, die ihre Arme nach unten zogen.

Die Einkäufe wurden mit jedem Meter schwerer. Als sie an einem Job-Office vorbeikam, kam ihr die Idee einen Träger zu mieten.

So betrat sie das Büro und trug ihr Anliegen vor. Dass sie jemanden benötige, der ihre Taschen trug, aber ihr nicht auf die Nerven ging und sie nicht vollquatschte. Obwohl ihr Wunsch nicht gerade zu den täglichen Anfragen gehörte, konnte ihr geholfen werden, und ein etwa zwanzigjähriger junger Mann namens David stand parat, um ihr zu Diensten zu sein. Heather beglückwünschte sich zu ihrer Idee, denn dieser Typ würde sie weder beklauen noch belästigen, da er ja wohl in der Kartei des Büros gespeichert war. Sie drückte David alle Taschen und ihren Autoschlüssel in die Hand und ließ ihn die bis jetzt erworbenen Schätze verstauen, während sie selbst in einem Café bei einem Latte Macchiato auf ihn wartete.

Während sie entspannt dasaß und ihre Blicke schweifen ließ, dachte sie plötzlich an Bert. Irgendwann würde sie ihm sagen müssen, dass sie gewonnen hatte. Schließlich konnte sie dieses Versteckspiel ja nicht monatelang aufrechterhalten, abgesehen davon, dass ihr die Geheimnistuerei langsam zu kompliziert wurde. Sie musste sich wirklich einmal ernsthafte Gedanken darüber machen, was sie vom Leben erwartete und wie sie es zukünftig zu

gestalten gedachte. Aber nach dem Urlaub wäre es für Grund-
satzfragen immer noch früh genug.

Trotzdem musste sich Heather eingestehen, dass sich langsam
ein schlechtes Gewissen in ihr breitmachte. Als sie aufsah, bemerkte sie, dass ihr „Träger" wiederkam. Sie fand es witzig, dass
sie sicherlich zu den Frauen gehörte, die seine Abneigung hervor-
riefen, wie es allen Männern zu eigen ist, wenn es darum geht,
Frauen beim Einkaufen zu begleiten. Endloses Warten vor Um-
kleidekabinen, Unentschlossenheit statt Entscheidungsfreudigkeit,
Anstehen in elend langen Schlangen vor den Kassen. Trotzdem
war Heather stolz auf sich, welche Frau hatte schon die gute Idee,
sich einen Träger zuzulegen. Und seltsamerweise fühlte sie sich
auch nicht unwohl dabei, mit einem fremden Mann einkaufen zu
gehen, wobei das Wort „Mann" bei einem Zwanzigjährigen wohl
etwas übertrieben war.

Sie betraten gemeinsam eine Nobelboutique, in der sie nie zuvor eingekauft hatte. Sofort stürmte eine Verkäuferin auf sie zu,
die entweder dachte, Heather hätte ihren Sohn bei sich oder sie
würde sich einen jugendlichen Liebhaber leisten. Nachdem Heather der Verkäuferin beschrieben hatte, was sie sich in etwa vor-
stellte, suchte diese einige Teile für sie zusammen, mit denen
Heather dann in der Umkleidekabine verschwand. David wartete
geduldig davor. Die erste Kombination war ein Set aus Hose und
Bluse in Grautönen. Als Heather aus der Kabine trat, um sich im
Spiegel zu betrachten, schüttelte David den Kopf.

„Entschuldigen Sie, es geht mich wirklich nichts an, aber das
ist doch wirklich nicht Ihr Stil."

Heather sah ihn verwundert an. „Ist es nicht?"

„Nein, in so was sehen Sie viel älter aus, als Sie wahrscheinlich sind. Sie sollten Mut zur Farbe haben. Wenn Sie erlauben,
würde ich mich mal für Sie umsehen", bot er ihr an.

Erstaunt nickte Heather. Ihr war gar nicht die Idee gekommen,
dass so ein Träger auch eine Meinung hatte und diese sogar äußern
könnte. Aber was sollte es, es konnte ja nicht schaden, eine zweite

Meinung einzuholen. Also sah sie mit Spannung, wie David
die Regale und Ständer durchstöberte. Dann brachte er ihr ein
hellblaues Top und eine weiße Hose. Dazu einen hellen Ledergür-
tel und eine hellblaue Handtasche.

Du meine Güte, fuhr es Heather durch den Kopf, dieser Knirps
scheint wirklich etwas von Mode zu verstehen. Erstaunlich. Sie
probierte alles an und stellte fest, dass es sowohl passte als auch
noch gut aussah. Sie sah darin richtig frisch und lebendig aus.

„Ich danke Ihnen, David. Wieso wussten Sie, dass es zu mir
passen würde? Haben Sie eine Freundin, die Ihnen Modeunterricht
gegeben hat?"

David lachte. „Nein, wirklich nicht. Wissen Sie, ich bin ja
nicht hauptberuflich Tütenträger. Ich bin eigentlich Modedesigner.
Nur leider arbeitslos. Es ist nicht einfach, in diesem Beruf nach
dem Studium unterzukommen."

„Sie haben studiert? Wie alt sind Sie denn, wenn ich fragen
darf. Sie sehen so jung aus."

„Ich weiß, das höre ich ständig. Aber ich bin bereits 27, also
volljährig und raus aus den Windeln", antwortete er schlagfertig.

Warum auch immer, aber es gefiel Heather, dass er doch älter
war als angenommen, und ebenso, dass er etwas von Mode verstand. Heather hatte sich nie die Mühe gemacht, sich großartig mit
den neuesten Trends auseinanderzusetzen. Sie änderten sich ja
sowieso ständig. Und man konnte sich doch nicht jedes Jahr neu
einkleiden, nur weil sich irgendjemand hatte einfallen lassen, was
in dieser Saison getragen werden durfte und was nicht. Aber heute
und hier machte es ihr großen Spaß, sich modisch einzukleiden.
So suchte David für sie noch Verschiedenes zusammen, was er
wieder mit einem stilsicheren Blick auswählte.

Nachdem alles bezahlt war, David sich alle Taschen gegriffen
hatte und sie wieder auf der Straße standen, lächelte er Heather an
und bat sie, ihm die Führung zu überlassen, welche Geschäft sie
noch aufsuchen wollten. David versprach, die Führung sofort zu
beenden, sollte Heather sich nicht wohl in den von ihm empfohle-
nen Geschäften fühlen.

Da Heather keinen besseren Vorschlag hatte und zudem neugierig war, stimmte sie gern zu. In ihrer so speziellen Situation war es sehr angenehm, dass ihr jemand Entscheidungen abnahm oder sie zumindest etwas inspirierte. Das Leben war doch wirklich schön!

Sie musste sich nur überlegen, wie sie die ganzen Einkäufe an ihrem Mann vorbeischmuggelte. Nicht dass es ihm bislang aufgefallen wäre, wenn sie etwas Neues trug oder einen neuen Stil ausprobierte. Doch wenn sie plötzlich farbenfroh wie ein Regenbogen herumlief, würde das sogar ein Mann wie Bert bemerken. Möglicherweise.

Als sie ihre Shopping-Tour beendeten und zum Auto zurückkehrten, war Heather um einige Kleidungsstücke reicher und so erschöpft, als hätte sie einen Marathonlauf hinter sich. Doch es hatte ihr riesigen Spaß gemacht, mit David einzukaufen. Er war nicht nur stilsicher, sondern auch charmant und kritisch. Eine echte Bereicherung für eine Frau wie Heather. Sie bezahlte ihn, gab ihm ein großzügiges Trinkgeld und ließ sich dann völlig erledigt auf ihren Autositz sinken.

Ihr war klar, dass es nicht klug sein würde, alle Einkäufe auf einmal mit ins Haus zu nehmen, also stopfte sie eine Tasche richtig voll und ließ den Rest erst mal im Wagen zurück. Dann schleppte sie sich die Treppe hinauf und verfluchte wieder ihre Vermieter. Warum gab es bloß keinen Fahrstuhl in diesem Haus!

Als sie die Wohnung betrat, kam ihr Bert lächelnd entgegen.

„Liebling, mach deine Augen zu. Ich habe eine Überraschung für dich."

Ergeben schloss Heather die Augen und überlegte, was es denn sein könnte.

„So, du kannst sie wieder öffnen", sprach ihr Gatte.

Brav öffnete sie die Augen – und sah eine Musikanlage vor sich stehen. Nur leider nicht das edle Soundsystem, das sie gekauft hatte.

„Du hast wirklich eine gute Freundin, mein Schatz. Sie hat mir erzählt, wie sehr du dir eine neue Anlage wünschst, und da habe ich mich mal umgesehen und dir dieses tolle Gerät gekauft. Na, was sagst du?"

Nicht schon wieder, war das Einzige, was Heather denken konnte.

„Das ist ja ganz wunderbar, Bert. Ich danke dir. Wo hast du sie denn her?"

„Also du glaubst gar nicht, was für ein Glück wir haben. Eigentlich wollte mir Dorothea eine besorgen. Aber was sie erzählte, kam mir alles so seltsam vor, also habe ich mir doch lieber die Zeitung geschnappt und den An- und Verkauf durchgesehen. Du glaubst ja nicht, wie viele Leute ich angerufen habe, bis ich auf dieses besondere Stück gestoßen bin. Und, freust du dich?"

Heather brachte es aber nur noch zu einem Nicken, alles andere wäre über ihre Kräfte gegangen. Warum in aller Welt war es nur so schwierig, sich Gegenstände anzuschaffen, die einen Stromanschluss benötigten. Wahrscheinlich war die Feuerwehr auch schon versucht, Heather an den erhöhten Stromkosten zu beteiligen.

Als Heather am nächsten Morgen wieder einmal das Elektronikgeschäft betrat, war sie sichtlich genervt. Ohne einen Blick nach links oder rechts zu verschwenden, steuerte sie zielstrebig auf ihren alten Bekannten, Herrn Schweiger, zu. Dieser sah sie schon von Weitem und kam ihr mit breitem Grinsen entgegen.

„Ich möchte nicht darüber reden", sagte Heather knapp, „wann kann ich kommen für die Zustellung?"

„Keine Sorge, wenn es sein muss, kann ich schweigen. Die beiden Toms stehen Ihnen ab zehn Uhr zur Verfügung. Kann ich sonst noch etwas für Sie tun?", fragte er dann, Heather konnte die Dollarzeichen in seinen Augen förmlich sehen. Sie gab ein nicht näher zu definierendes Gemurmel von sich und verließ den Laden genauso schnell, wie sie ihn betreten hatte.

Die Tür war noch nicht hinter Heather zugefallen, als Herr Schweiger sich mit Siegerlächeln zu seinen Kollegen umdrehte, die einer nach dem anderen auf ihn zutraten und ihm kopfschüttelnd Geld in die Hand drückten. Zum Glück hatte er nicht geschwiegen und mit seinen Kollegen gewettet, dass die durchgeknallte Tussi bestimmt noch mal was an die Feuerwache liefern lassen würde. Verkäuferinstinkt, da konnte ihm keiner was vormachen.

„Dorothea", überfiel Heather ihre Freundin, sobald sich die Tür öffnete. „Du hast es verpatzt. Er hat mir eine gebrauchte Anlage geschenkt."

Doro, die sich des Ernstes der Lage durchaus bewusst war, konnte trotz allem nur losprusten. „Das muss wahre Liebe sein. Kaum erfährt er von deinem Herzenswunsch, schenkt er dir prompt eine Anlage. Wenn das nicht zum Brüllen ist", lachte Doro sie aus. „Ich habe mich wirklich bemüht, ihn zu überzeugen. Anscheinend war ich ja auch erfolgreich, nur leider in die Richtung, die du dir vorgestellt hast. Das ist halt das echte, pure Leben. Lügen haben kurze Beine, wie du weißt. Sag ihm einfach, dass du Millionärin bist, er wird dich schon nicht verlassen. Oder mach die Summe eben kleiner. Dann hast du doch immer noch die Macht."

„Diese Idee ist mir noch gar nicht gekommen, Doro. Gar nicht mal so schlecht. Na klar, ich mache die Summe einfach kleiner. Ich sage ihm, ich hätte 100.000 Euro oder so gewonnen. Dann kann ich mir meine Wünsche alle erfüllen und trotzdem noch in Ruhe überlegen, was ich mit dem Rest des Geldes anfange. Mensch, Dorothea, da scheint sich ja doch was in deinem Kopf zu tun, was nicht nur mit Männern zu tun hat", grinste Heather.

Doro schubste ihre Freundin freundschaftlich in Richtung Sofa. Sie ließen sich darauf fallen und Heather merkte, wie gut es ihr jetzt ging. Das, was Dorothea vorgeschlagen hatte, eröffnete ihr ganz neue Perspektiven!

„Morgen fahre ich auf jeden Fall wieder mal zu meiner Feuerwache. War mir echt unangenehm, wieder im Elektronikladen die Lieferanschrift ändern zu lassen. Die müssen denken, dass ich unter Drogen stehe."

Doros Augen fingen an zu glänzen. „Du fährst morgen zur Feuerwehr? Da komme ich mit. Super, da wollte ich schon immer mal hin. Auf Feuerwachen gibt es ja bekanntlich Feuerwehrmänner. Himmlisch."

Während Dorothea am nächsten Morgen fröhlich vor sich hin trällernd im Lieferwagen saß, anscheinend mit sich und der Welt im Reinen, saß Heather mit einem langen Gesicht und genervt neben ihr. Wenigstens saß sie an der Tür, wogegen Doro eingequetscht zwischen ihr und den Toms saß, aber das schien ihre Freundin nicht im Geringsten zu stören. Ganz im Gegenteil. Die Toms stellten mittlerweile auch keine Fragen mehr, anscheinend war es für sie inzwischen ganz normal, Elektrogeräte in Feuerwachen abzuliefern. Und Doros Fröhlichkeit schien ihnen zu gefallen. Abgesehen davon ließ Dorotheas Outfit vermuten, dass sie heute noch Größeres vorhatte.

Als sie bei der Feuerwache vorfuhren, standen die Männer draußen und warteten wohl bereits auf Heather. Der Chef hielt einen großen Blumenstrauß in der Hand. Als sie ausstiegen, trat er vor.

„Liebe unbekannte Wohltäterin. Ich möchte mich im Namen meiner Männer bei Ihnen für Ihre Großzügigkeit bedanken. Das Elektronikgeschäft war so freundlich, Ihren Besuch anzumelden. Nach dem letzten Mal hatte ich dort angerufen und die Bitte geäußert, mir Bescheid zu geben, sollte es nochmals zu einer Spende Ihrerseits kommen. Wie gesagt, wir möchten uns recht herzlich bei Ihnen bedanken." Dann nickte er in die Richtung seiner Männer, die daraufhin „For he´s a jolly good fellow" anstimmten.

Heather wäre am liebsten im Erdboden versunken, während Doro, wie sollte es anders sein, neben ihr bald einen Orgasmus bekam. Mit hochrotem Kopf nahm Heather die Blumen entgegen und bedankte sich artig.

„Ich will nicht unverschämt erscheinen, meine Liebe, aber womit beglücken Sie uns denn diesmal?", fragte einer der Feuerwehrmänner. Dorothea sprang für Heather ein und erklärte in allen Details und wild gestikulierend, was die Jungs zu erwarten hatten. Bevor Heather auch nur einen klaren Gedanken fassen konnte, war Doro bereits mit den Männern verschwunden. Sie traf Doro später im Mannschaftsraum an, umringt von Männern, die ihr gerade die Benutzung der Rutschstange erklärten. Doro macht es richtig, dachte Heather, denn sie hatte das Talent, im Jetzt zu leben und alles zu genießen, was ihr das Leben bot. Inklusive Feuerwachen. „Heather, Liebes, lass uns doch nur mal so zum Spaß runterrutschen. Nur einmal", bettelte Doro wie ein kleines Mädchen. Heather schüttelte energisch mit dem Kopf. „Das vergiss mal ganz schnell. Aber ganz schnell", sagte sie mit der nachdrücklichsten Stimme, die sie auf die Schnelle zustande brachte. Doch wie sollte es anders sein, Dorothea war bereits total in Fahrt, und um sie zu stoppen, hätte es eine Busladung Bodybuilder gebraucht. Nur leider waren diese weit und breit nicht zu sehen. Doro zerrte Heather unter den begeisterten Zurufen der Feuerwehrmänner zur Stange und schubste sie förmlich in die Tiefe. Ehe sie sich versah, rutschte Heather an der Stange abwärts und konnte nicht im Geringsten nachvollziehen, was daran so unglaublich toll sein sollte. Schließlich war sie ja keine Tänzerin im Nachtclub, die an solchen Stangen ihr Geld verdiente. Allerdings hatte man bei Dorothea das Gefühl, sie sei an einer solchen Stange geboren worden, denn sie schien förmlich mit dieser zu verschmelzen. Die Feuerwehrmänner standen allesamt mit offenem Mund da und starrten sie an, als sie elegant und nahezu schwerelos nach unten glitt. Sprachlos und überwältigt. So eine Aktion auf einem Kinderspielplatz, und man hätte Dorothea verhaftet wegen Erregung öffentlichen Ärgernisses. Als sie endlich den Boden erreicht hatte, griff Heather beherzt nach ihrer Hand und zog sie aus der Feuerwache.

„Wir fahren", rief sie den Toms zu, „Pronto!!!!"

Die Toms sprangen in ihr Auto, Doro wurde mit Nachdruck reingeschoben.

„Was zur Hölle geht in deinem Kopf vor? Willst du mich völlig lächerlich machen?", schnaubte Heather.

Doch Dorothea saß nur selig lächelnd im Wagen, und freute sich unübersehbar. „Schau, drei Telefonnummern habe ich in der Zeit gesammelt. Nicht schlecht, oder?"

Heather stöhnte auf. „Der Urlaub mit dir wird bestimmt ein Horrortrip."

„Wo warst du denn wieder so lang?", schimpfte Bert, als Heather die Wohnung betrat.

„Ich war bei Dorothea. Warum, was ist denn?"

„Die Anlage, die ich dir geschenkt habe, funktioniert nicht. Man hat mich betrogen."

Heather holte tief Luft. Jetzt galt es. Ein günstiger Moment wie dieser würde so schnell nicht wiederkommen.

„Bert, ich weiß, dass es unglaublich klingt, aber ich habe mit einem Glückslos 100.000 Euro gewonnen. Ist das nicht der reine Wahnsinn?"

Bert sah sie ungläubig an. „Liebling, das ist nicht dein Ernst, oder?"

„Doch, ist es. Wir sind jetzt stolze Besitzer von 100.000 Euro. Was sagst du dazu?", fragte sie ihren Mann lächelnd. Dieser sah sie ungläubig an. „Erst gewinnen wir einen Fernseher und nun auch noch 100.000 Euro? Du machst Witze?"

Doch Heathers Gesichtsausdruck ließ keine Zweifel zu. Bert wurde kalkweiß, sodass Heather anfing, sich ernsthaft Sorgen zu machen. Ihr war vorher nicht klar gewesen, dass sie einen bescheidenen Mann geheiratet hatte, den ein Geldgewinn völlig aus der Bahn warf.

„100.000 Euro, meine liebe Heather, bedeuten ein neues Auto. Nein, nicht einfach ein neues Auto. Es wird eine Karosse sein, die alle anderen Vehikel wie Schrott aussehen lässt. Vor allem wird dieses Auto besser sein, als das meines Kollegen Walter. Seine Angeberei geht mir schon lange auf die Nerven."
Heather zog die Augenbrauen hoch. Unter Bescheidenheit verstand sie doch etwas anderes.

„Bert, denkst du nicht, wir sollten gemeinsam entscheiden, was wir mit dem Geld anfangen wollen?"

„Aber Liebling, du hattest doch noch nie einen guten Draht zu Geld. Außerdem hast du doch alles, was du dir wünschst. Oder mangelt es dir an irgendetwas? Gehe ich nicht Tag für Tag hart arbeiten, um dir deine Wünsche erfüllen zu können?"

Verblüfft betrachtete Heather ihren Mann. „So so, du arbeitest hart, um mir meine Wünsche zu erfüllen? Nun, mein lieber Bert, vergiss bitte eines nicht. Ich bin es, die das Geld gewonnen hat, und nicht du. Also bin auch ich es, die entscheidet, was damit gemacht wird. Und ganz sicher werde ich nicht das ganze Geld nehmen, um ein teures Auto zu kaufen. Es ist mir sogar ziemlich egal, was für einen Wagen dein Kollege fährt, und wenn er fünf Autos hätte, dann wäre es mir fünffach egal", wetterte sie.

„Nun mal die Ruhe bewahren und nicht gleich übermütig werden, Heather", kommentierte Bert gelassen.

Wutentbrannt rannte Heather in die Küche und setzte sich Kaffee auf. Nicht auszudenken, was gewesen wäre, wenn sie Bert die ganze Summe genannt hätte. Also war ihre Entscheidung goldrichtig gewesen! Sie würde ihren Mann erst mal auf die richtige Spur bringen müssen, damit er dann auch irgendwann mit der vollen Wahrheit zurechtkam.

Nach einer Weile kam Bert in die Küche geschlendert, als wäre nichts gewesen. Heather hatte nichts anderes erwartet.

„Weißt du, Liebling, wir haben uns doch noch nie wegen Geld gestritten und ich denke, wir sollten jetzt auch nicht damit beginnen. Wie heißt es doch so schön, Geld verdirbt den Charakter", versuchte er einen versöhnlichen Ton anzuschlagen.

Heather betrachtete sich ihren Mann von der Seite und überlegte, was genau es eigentlich war, was sie bei ihm hielt. Er war nun wirklich keine überragende Schönheit. Warum hatte sie ihn gewählt? Nun ja, er war lustig und zuverlässig. Und er liebte sie. Es gelang ihr auf die Schnelle nicht, herauszufinden, ob das wirklich alle Zutaten für eine gute Ehe waren, aber wenigstens war ihr etwas eingefallen.

„Bert, wir werden uns jetzt hier hinsetzen und gemeinsam überlegen, was mit dem Geld passieren soll. Ob es etwas gibt, was wir uns schon immer gewünscht haben. Und auf gar keinen Fall werden wir hirnlos das Geld zum Fenster rausschmeißen."

„Wir können das Geld ja auch teilen", schlug er vor. „Jeder von uns bekommt 50.000 und kann damit machen, was er will. So würden wir nicht streiten und jeder könnte sich seine Wünsche erfüllen."

Vom Grundgedanken war das ja keine schlechte Idee, aber Heather wollte mit ihm zusammen das Geld ausgeben, wollte bewusst erleben, wie viel Spaß es machen konnte, sich gemeinsam Träume zu erfüllen.

„Bert, Liebling, können wir denn nicht unsere Köpfe zusammenstecken und gemeinsam überlegen, was wir mit dem Geld anstellen. Vielleicht haben wir ja sogar gemeinsame Wünsche. Es macht doch Spaß, darüber nachzudenken, was wir damit anfangen könnten. Vielleicht fällt uns ja auch was ganz Verrücktes ein."

Doch ihr Mann sah nicht gerade begeistert aus. Wie konnte es nur sein, dass ihr Mann und ihre Freundin so gegensätzlich reagierten.

„Du weißt genau, wie gern ich ein neues Auto hätte, Heather. Und wenn du nicht so egoistisch wärst, dann wären wir schon längst beim Autohändler. Aber wenn du meinst, du musst dich hier aufspielen wie eine Königin, bloß weil du etwas Geld gewonnen hast, dann bitte ohne mich." Sprach es und verließ den Raum Richtung Fernseher.

Es wurde höchste Zeit, dass Heather mit Doro in Richtung Kanaren starten konnte. Dass es so anstrengend sein würde, Millionärin zu sein, hätte sie sich nicht im Traum vorgestellt. Zum Glück waren es nur noch wenige Tage bis zur Abreise. Am besten würde sie ihrem Mann bis dahin aus dem Weg gehen, denn sonst würde sie ihm noch ein Messer in den Rücken rammen. Oder sie würde ihn eiskalt auf Gurken-Entzug setzen. Und egal wie sehr er sie anflehen würde, sie würde ihm keine Gurke geben.

„Vielleicht gebe ich ja auch das ganze Geld nur noch für Reisen aus. Das ist ja anscheinend die einzige Möglichkeit, meinen Gewinn unters Volk zu bringen, ohne dass es Probleme gibt. Abgesehen von der Entspannung, die so ein Urlaub bietet", schwärmte Heather.

„Fühlst du dich denn nicht auch ein kleines bisschen schuldig, Heather? Immerhin belügst du deinen Mann."

Heather schaute aus dem Fenster des Flugzeugs und sah, wie sich abwechselnd mal der Himmel und mal das Wasser zeigte. Der Pilot bereitete den Landeanflug auf Playa de Palma vor.

„Ja, ich denke schon, dass ich mich auch schuldig fühle. Aber ich verlasse Bert ja nicht. Ich möchte einfach nur das Geld genießen. Aber auf meine Art. Außerdem weiß ich einfach nicht, wie ich Bert auf meine Seite holen kann. Natürlich würde ich auch gern mal mit ihm in den Urlaub fliegen. Doch das kommt bestimmt auch noch."

Das Flugzeug sackte immer tiefer und hinterließ kribbelige Gefühle im Bauch. Es war wie Achterbahn fahren. Heather fand das alles sehr aufregend. Der Blick aus dem Fenster zeigte bereits die vor ihnen liegende Landebahn. Als sie dann auf dem Boden aufsetzten, klatschte Heather so begeistert, als würde sie dem Abschiedskonzert der Beatles beigewohnt haben.

Doro zog nur die Augenbrauen hoch. „Heather, mit einer so peinlichen Frau an meiner Seite finde ich sicher nie einen Mann!"

Nachdem sie dann endlich den Flieger verlassen konnten, und es gibt wenige Situationen, wo die Zeit so langsam vergeht wie beim Verlassen eines Flugzeuges, machten sie sich auf den Weg zur

Gepäckausgabe. Vorher galt es aber einen beachtlichen Fußmarsch in dem riesigen Flughafenkomplex zurückzulegen.

Die Gepäckausgabe war ja an sich nichts Ungewöhnliches. Menschen warteten ungeduldig darauf, dass das Gepäckband ansprang, damit sie mit ihren Koffern das Flughafengebäude verlassen konnten, um ihren Urlaub zu beginnen. Kinder jammerten, Erwachsene bedachten ihre Umwelt mit genervten Blicken. Und dann gab es noch Doro. Die hatte einen gutaussehenden Flughafenmitarbeiter entdeckt und bemühte sich nun, seine Aufmerksamkeit in ihre Richtung zu lenken. Sie setzte sich aufs Laufband und lächelte in seine Richtung. Als dieses keine Wirkung zeigte, rekelte sie sich lasziv. Dieses wurde von ihrem Auserwählten weniger zur Kenntnis genommen als von den wartenden weiblichen Passagieren, die sie verachtend ansahen. Gerade als der Flughafenmitarbeiter seinen Blick in Doros Richtung wendete, sprang das Laufband an.

Leider schien das Laufband heute einen sehr schnellen Tag zu haben und beförderte Doro erstaunlich rasch in Richtung Ausgabeluke, wo sie dann mit ihrem Rock hängen blieb. Also schaltete der erschrockene Flughafen-Mitarbeiter das Laufband ab, um Doro zu befreien. Logischerweise hatte dies zur Folge, dass es von diesem Flug keine Kofferausgabe gab, so lange Doro festhing. Sämtliche Passagiere, die nun vergeblich auf ihre Koffer warteten, wurden etwas unruhig. Um nicht zu sagen, leicht ungehalten.

Heather hatte ja den genialen Plan, sich einfach im Hintergrund zu halten, doch das klappte bei Doro nicht so recht, zumal Doro lautstark nach Heather rief.

„Heather, du Superhausfrau, hast du keine Schere in deiner Handtasche?"

„Doro, hast du schon vergessen. Wir waren in einem Flugzeug, da sind spitze Gegenstände und Waffen verboten. Niemand wird hier eine Schere oder ein Messer haben. Kannst du nicht einmal zurechtkommen, ohne Männer anzubaggern?"

„Dann ziehe ich meinen Rock eben einfach aus", beschloss Doro.

„Um Gottes Willen, Doro! Hier sind Kinder. Willst du etwa in String-Tanga und Pumps durchs Flughafengebäude laufen?"

Ein Blick auf Doros grinsendes Gesicht war Antwort genug.

„Dorothea Barleben!!!! Untersteh dich!", fauchte Heather mit hochrotem Kopf.

Eine Abordnung von Flughafen-Mitarbeitern näherte sich dem Ort des Geschehens. Zwar wirkten alle sehr geschäftig, doch Heather war davon überzeugt, dass sich Doros Verwicklungen einfach nur herumgesprochen hatten und die Männer neugierig waren. Wenigstens hatten sie eine Schere dabei, mit der sie Dorothea flink befreiten. Doros Rock rutschte ihr dabei auf die Knöchel, was ein kurzfristiges Freilegen ihres Hinterns zur Folge hatte. Aber als nicht nur Heather, sondern auch einige andere weibliche Passagiere sofort losschimpften, zog Doro langsam und behaglich ihren Rock wieder hoch und lächelte in die Runde.

Sekunden später sprang glücklicherweise das Förderband an, sodass alle Leute ans Band sprinteten, um möglichst schnell ihre Koffer zu ergattern. „Meine Güte, Doro, ich hoffe, dass niemand von diesen Leuten in unserem Hotel untergebracht ist. Du kannst einen in wirklich peinliche Situationen bringen."

„Ja, Heather, so ein Leben ist schon aufregend", lachte Doro munter, während sie mit ihren Koffern zum Ausgang schoben. Als sich die automatischen Glastüren zur Seite schoben, sahen die beiden Frauen bereits einen Herrn, der ein Schild mit ihren Namen hochhielt. Begeistert folgten sie ihm nach draußen, wo sie von strahlendem Sonnenschein empfangen wurden. Der gesamte Vorplatz des Flughafens war mit wunderschönen Beeten eingefasst, in denen sich farbenfrohe Blumen tummelten.

„Meine Güte, Doro, das ist ja wie im Paradies", sagte Heather andächtig. Doch diese winkte mit strahlendem Lächeln einer Gruppe Touristen zu, die vor dem Bus einer Reisegesellschaft standen und wild gestikulierend auf Doro zeigten.

„Upps, da waren wohl ein paar Leute nicht schnell genug an ihrem Bus. Tja, es gibt halt Schnarchnasen", lachte Doro.

„Dorothea!" schimpfte Heather kopfschüttelnd.

Ihr Chauffeur brachte sie zu ihrem Auto, welches sie komfortabel und sicher durch das ihnen unbekannte Land fuhr.

Heather hatte eine Suite in einem Vier-Sterne-Hotel gebucht. Sie hätte zwar auch noch bessere Hotels buchen können, aber dort hätten sie sich vielleicht gar nicht wohl gefühlt. Also hatte sie sich für ein Vier-Sterne-Hotel entschieden und dort einfach das beste Zimmer gebucht. Eine Suite mit sämtlichem Komfort.

Schon das Foyer des Hotels zu betreten war himmlisch. Alles war in hellem Marmor gehalten, was einen kühlen und zugleich eleganten Eindruck machte. Heather verliebte sich auf der Stelle in den Anblick. Nachdem die Formalitäten geklärt waren, wurden sie zu ihrer Suite begleitet. Die Contenance der beiden Frauen hielt an, bis die Tür hinter dem Pagen ins Schloss gefallen war.

„Jaaaah, unfassbar. Das ist ja so genial", jubelten sie und fielen sich in die Arme. Die Suite bestand aus zwei Schlafräumen, einem Bad und einem Aufenthaltsraum mit Balkon. Eine leichte Brise ließ die langen weißen Vorhänge wehen. Sie traten auf den Balkon und sahen nichts als das endlose, blaue Meer. Es war einfach wie im Traum. Heather ließ sich beglückt auf's Sofa sinken.

„Doro, ich wüsste nicht, wie sich mein Glück noch steigern ließe. Alles ist einfach perfekt."

Auch Doro wirkte rundum zufrieden. „Denk daran, dass du Bert anrufen musst, um ihm mitzuteilen, dass du gut in deiner Kur angekommen bist. Sonst macht er dir wieder wochenlang Vorwürfe."

„Meine Güte, Doro. Manchmal kommst du mir vor wie meine Mutter. Außerdem hatte ich bis vor Kurzem nicht mal ein Handy. Kaum schafft man sich eins an, schon hat man Verpflichtungen, von denen man vorher keine Ahnung hatte. Ich muss es überhaupt erst mal wieder in Gang bringen. Ich habe es vor dem Abflug ausgeschaltet."

Während Heather mit ihrem Handy kämpfte, riss sich Doro die Kleidung vom Leib und ließ diese einfach dort fallen, wo sie gerade stand. Nur mit einem String-Tanga bekleidet setzte sie sich auf den Balkon in die Sonne und wirkte einfach nur zufrieden.

„Heather!!! Ich brauche sofort die Karte vom Zimmerservice. Ich brauche dringend ein Glas Wein und mein Magen knurrt."

„Wollten wir nicht lieber ganz schick essen gehen? Mit allem Drum und Dran? Ich zahle. Was meinst du?"

Doro grinste. „Na, da opfere ich mich doch gern. Kann ich so gehen, wie ich bin?"

„Los, mach schon. Ich habe Hunger. Bert hat auch schon ein paar Mal versucht, mich zu erreichen. Wenn der wüsste, dass ich gerade im Paradies bin. Ich habe schon versucht, ihn anzurufen, aber er geht nicht ran. Dann muss er eben bis morgen warten."

Die beiden Frauen stiegen in ein Taxi und ließen sich an einem Restaurant absetzen, das sehr exquisit sein sollte, laut den Ansagen des Fahrers.

„Meine Güte, das hier ist wirklich etwas ganz anderes als Brot und Gürkchen", seufzte Heather. Sie schlemmten sich durch die Speisekarte und schlürften dazu Champagner, um das Ganze stilvoll abzurunden.

Als sie Stunden später wieder im Hotel ankamen, fielen sie erschöpft und glücklich in ihre Betten.

Das Klingeln musste sich in ihrer unmittelbaren Umgebung befinden, entschied Heather, nachdem sie das Geräusch, welches sie aus dem Schlaf gerissen hatte, als ein Klingeln identifiziert hatte.

„Mist, das ist ja mein Handy … Bert!", rief sie entsetzt, sprang mit einem Satz aus dem Bett und kramte in ihrer Tasche nach dem Übeltäter.

„Hallo?! Bert, bist du das?", rief sie. Doch sie hörte lediglich Wortfetzen und ein Rauschen. „Hallo, Bert, hörst du mich? Was sagst du? Wir sollten später noch mal telefonieren, ich höre dich nur sehr schlecht. Anwendungen? Ja, richtig, ich habe den ganzen Vormittag über Anwendungen. Ich rufe dich am Nachmittag an. Ich liebe dich. Hallo? Bert?"

Doro die aus dem Nebenraum kam, war bereits komplett bekleidet und mit ihrer Strandtasche ausgerüstet.

„Na, gab es Probleme beim Liebesgeflüster?"

Heather sah sie mit wassergefüllten Augen an und nickte.

„Ach komm schon, Heather, du rufst ihn einfach nachher noch mal an. Das wird schon klappen. Ganz bestimmt. Wirst du jetzt etwa sentimental auf deine alten Tage?"

„Ich war noch nie ohne Bert weg. Er fehlt mir einfach. Niemand ist da, der mich in den Arm nimmt und mich beschützt", jammerte Heather und die ersten Tränen drohten damit ihr Hauptquartier in Heathers Augen zu verlassen.

„Heather, ich glaube, du spinnst. Sieh zu, dass du dich anziehst. Wir gehen jetzt an den Strand. Und beeil dich, wir wollen doch nicht mit Tränen unseren Urlaub beginnen, du liebeskranke Ehefrau."

Da Doro ein Nein sowieso nicht gelten lassen würde, schlüpfte Heather in ihre Strandgarderobe und machte sich mit ihrer Freundin auf den Weg. Als sie dann entspannt den Platz auf ihren Liegen einnahmen und die Sonne auf der Haut spürten, war Heathers Kummer auch schon wieder vergessen. Was sich möglicherweise als Fehler herausstellen sollte. Jedenfalls wenn man bedenkt, dass zur liebeskranken Ehefrau auch ein liebeskranker Ehemann gehört.

„Wieso willst du mich denn besuchen kommen?", schallte die entsetzte Stimme der Heather Weidenthal am Strand entlang. „Ob ich mich darüber freuen würde? Natürlich würde ich mich freuen, aber denkst du denn, dass es wirklich nötig ist, mich zu besuchen? Ich dachte, es macht dir nicht aus, wenn ich mal nicht da bin."

Heathers verzweifelte Blicke beinhalteten panische Elemente.

„Morgen schon??? Wieso denn schon morgen! Morgen passt es mir überhaupt nicht. Wie wäre es mit nächster Woche … Was soll das heißen, ich klinge so, als würde ich mich nicht freuen! Natürlich freue ich mich … Ja, dann wohl bis morgen … ja, ich liebe dich auch", zischte sie in den Hörer, bevor sie das Gespräch beendete.

2. Kapitel Marie Tormeier

Marie Tormeier. Dieser Name steht für Zuverlässigkeit, Treue und grenzenlose Naivität, dachte Marie, während sie das Treiben im Shoppingpoint betrachtete. Über hundert Geschäfte waren hier auf drei Etagen untergebracht. Die Außenfassade des Gebäudes wirkte modern und einladend, es gab viel Glas. Jeden Morgen, wenn Marie durch das große Eingangsportal eintrat, fühlte sie sich glücklich, hier arbeiten zu dürfen. Menschen rannten wie Ameisen hin und her. Man konnte eine Vielzahl unterschiedlicher Typen beobachten. Marie arbeitete schon seit der Eröffnung des Centers vor fünf Jahren am Informationspoint. Sie beriet die Kunden bezüglich sämtlicher Geschäfte im Point, zudem gab sie Auskunft über die kulturellen Angebote ihrer Stadt.

Durch ihr freundliches Auftreten war sie wie geschaffen für diesen Job. Obwohl sie schon öfter Angebote bekommen hatte, im Shoppingpoint aufzusteigen, war sie ihrem Arbeitsplatz am Infopoint treu geblieben. Sie liebte es, mit diesen vielen unterschiedlichen Menschen zu tun zu haben.

Doch da gab es auch noch diesen dunklen Fleck (man könnte schon fast von einem schwarzen sprechen) auf ihrer Seele. Der Fleck schien sich wie Pech an die tiefste, emotionalste Stelle ihrer Seele festzuklammern. Marie war wild entschlossen, diesen Fleck an seinen rechtmäßigen Eigentümer weiterzugeben. Doch genau das war die Quelle von Maries Problemen. Denn für die Weitergabe musste Marie sich rächen. Rache! Alle ihre Sinne waren auf Rache ausgelegt. Rache. Doch leider war Marie viel zu feige, um sich zu rächen. Sie hatte zwar ganz tolle Racheideen. Wirklich. Die Ideen waren sogar sensationell. Aber für die Umsetzung war sie einfach nicht die Richtige. Sie konnte einfach keiner Fliege etwas zuleide tun. Und immer, wenn sie etwas versuchte, passierte ihr wieder irgendein Unglück und schon steckte sie wieder in Schwierigkeiten.

Es gab zwei potenzielle Opfer ihrer Rache. Und, so viel war sicher, beide hatten es so was von verdient, bestraft zu werden. Wäre es nach Marie gegangen, hätte man gern noch mal über die Wiedereinführung der Todesstrafe diskutieren dürfen. Aber es ging ja nicht nach ihr, also musste Plan B zum Einsatz kommen. Und der lautete: Werde reich und bezahl dann jemanden, der die Sache für dich übernimmt. Eigentlich ganz einfach.

Mit dem Reichwerden wollte es allerdings nicht so recht klappen. Und wenn man die Feststellung machte, dass Marie an vielen Preisausschreiben, Glücksspiralen, Nepper-Schlepper-Bauernfänger-Aktionen teilnahm, war das nicht völlig korrekt. Korrekt wäre es zu sagen, das Marie wirklich bei jedem Preisausschreiben mitmachte, das sich ihr bot. Am Infopoint hatte sie immer die neuesten Zeitschriften liegen und auch genügend Zeit, sich überall zu beteiligen. Auch das Porto war unproblematisch, denn sie konnte die Antwortkarten einfach über den Shoppingpoint laufen lassen. Nicht dass Marie dazu neigte, sich auf Kosten anderer zu bereichern. Sie hatte sich fest vorgenommen, ihre kleinen Betrügereien wiedergutzumachen, wenn sie genügend Gewinne zusammen hatte.

Marie Tormeier war weit davon entfernt dumm zu sein, sie war lediglich feige. Aber sie hatte einen Plan. Wenn sie alle Nicht-Geld-Gewinne, z.B. den Hundekorb (sie hatte keinen Hund), die Aftershave-Sonderedition-Kollektion (ihr Damenbart war nicht erwähnenswert) oder natürlich den Bausatz für den kleinen Kosmos zum Selberbauen (für Männer, die zu faul waren, für ihre Angebetete die Sterne vom Himmel zu holen) bei Ebay versteigern und die Einnahmen der kleinen Geldgewinne sparen würde, dann könnte sie sicher bald mit einer kleinen Racheaktion starten.

Problematisch war mittlerweile die Leerung ihres eigentlich geräumigen Briefkastens. Bedingt durch die Tatsache, dass ihre

Adresse wahrscheinlich jeder Firma im Bundesgebiet bekannt war, bekam sie mehr Post als alle ihre Nachbarn zusammen. Erwähnenswert wäre da vielleicht noch die Tatsache, dass an den Gewinnspielen nicht nur unter ihrem eigenen Namen, sondern auch im Namen sämtlicher Familienmitglieder gleichen Nachnamens teilnahm. Um die Chancen auf einen Gewinn zu erhöhen. Zum Sortieren ihrer Post hätte sie manches Mal gern eine Sekretärin gehabt. Denn zwischen all der Reklame war ja auch noch die normale „Nicht schon wieder eine Rechnung"-Post.

Während sie ihre heutige Post sortierte, nutzte sie die Chance und meldete sich gleich noch in der laufenden Fernsehsendung für ein Gewinnspiel an. Konnte ja nicht schaden, es mal zu versuchen. Wenige Minuten später wurde sie angerufen und live ins Studio durchgestellt.

Maries Herz klopfte so laut, dass es ihr schwerfiel, die Moderatorin zu verstehen. Für die Beantwortung der ersten Frage bekam sie hundert Euro. Sie musste nur wissen, wie die Sendung hieß, in welche sie gerade geschaltet worden war. Das war ja kinderleicht, schließlich hatte sie ja dort angerufen. Die zweite Frage war dann eine Alles-oder-Nichts-Frage. Bei der richtigen Antwort bekam sie 100.000 Euro, bei der falschen Antwort nichts.

„Möchten Sie es mit der zweiten Frage versuchen?", fragte die Moderatorin. Marie war kurz von einem Herzinfarkt und sah sich vergeblich nach einer Sauerstoffflasche um. „Ja", hörte sie sich sagen.

„In Ordnung. Dann kommen wir nun zur alles entscheidenden Frage. Wie heißt die jüngere Tochter des schwedischen Königshauses?"

Marie konnte ihr Glück kaum fassen. Die Frage war ihr auf den Leib geschrieben. Sie wollte die Antwort beschwingt durch den Hörer schmettern, doch es kam kein Wort aus ihrem Mund. Akute Stimmbandverknotung. „Ganz ruhig", versuchte sie sich zu beruhigen.

„Marie, sind Sie noch da?", hörte sie die Moderatorin fragen. „Antworten Sie bitte, Ihre Zeit ist gleich abgelaufen!"

Marie war der Verzweiflung nahe. Sie musste sich unbedingt zum Sprechen bekommen! Mit aller Kraft trat sie gegen ihren Schrank, was einen Aufschrei in Form des Namens „Madeleine" sowie eine eingetretene Schranktür zur Folge hatte.

„Madeleine! Das ist richtig. Du meine Güte, war das knapp. Herzlichen Glückwunsch!", hörte sie die Moderatorin noch sagen, bevor Marie vor Schmerz stöhnend auf den Boden sackte. Sie begann zu weinen, vor Schmerz und vor Glück zugleich. 100.000 Euro! 100.000! Unfassbar. Dann konnte es ja losgehen ...

Für ihr erstes Opfer fiel ihr das ausführende Organ schon zwei Tage später förmlich in die Arme. Innerlich lächelnd sah Marie ihn wie in Zeitlupe auf sich zukommen. Lässige, coole Bewegungen, verpackt in einer gut sitzenden engen Jeans, Lederblazer und Sonnenbrille. Arroganz hatte einen neuen Namen. Leon Matisse.

Wäre da nicht dieser unangenehme kleine Zwischenfall in dieser Edelboutique des Shoppingpoints gewesen. Und wäre da nicht der Umstand, dass Marie zufällig mit Lydia befreundet war, einer Verkäuferin in ebendieser Boutique, in der auch Leon Matisse einzukaufen pflegte. Probleme mit der Kreditkartenabrechnung, na ja, die konnten halt vorkommen. Dumm nur, wenn man das Malheur nicht auszugleichen vermochte.

Marie lächelte nach wie vor über diese glückliche Fügung des Schicksals. Als sie Leon Matisse, der in Wirklichkeit Jürgen Eisenschmitt hieß, anrief, um ihn für ihr Vorhaben zu engagieren, hielt sich seine Begeisterung in Grenzen. Ihm war wirklich nicht wohl bei dem Gedanken, wie schnell sich sein kleines Problem herumgesprochen hatte. Nicht auszudenken, was passierte, wenn die Presse davon Wind bekam. Im Grunde genommen handelte es sich sowieso um ein großes Missverständnis. Der Vertrag mit der Filmgesellschaft war praktisch schon in trockenen Tüchern. Sicherlich, es war nicht so schlau gewesen, mit der Frau des Produzenten zu schlafen. Aber der Alkohol hatte sie beide wohl etwas gelockert. Unglücklich war vielleicht auch der Zeitpunkt gewesen, der Produzent und seine Gattin, das wilde Luder, feierte an diesem Tag eine Riesenparty zu ihrem ersten Hochzeitstag. Aber gab es überhaupt so etwas wie einen passenden Zeitpunkt? Außerdem konnte man ihm sowieso nichts in die Schuhe schieben. Zum Sex gehörten ja immer zwei. Und er, Leon Matisse, konnte nun wirklich jede haben, wenn er wollte. Warum er an diesem besagten Abend die Gastgeberin wollte, woher sollte er das noch wissen. Als Künstler musste man sich schließlich eine gewisse Flexibilität erhalten. Gerade im Umgang mit Menschen. Sicherlich wäre es sehr hilfreich gewesen, wenn das wilde Luder ihm gesagt hätte, dass das ganze Haus mit einer Lautsprecheranlage versehen war. Die vielen Stunden Schauspielunterricht und Sprechübungen waren ihm sicherlich auch bei der intimen Spielerei zu Gute gekommen. Er hatte sich sicher ganz toll angehört. Aber irgendwie schien das der Ehemann des Luders anders zu beurteilen. Dieser Spießer schmiss ihn zuerst aus seinem Haus und dann aus seinem Film.

Leider hatte sein Kreditinstitut unglaublich wenig Verständnis für seine Situation gezeigt. Und wie aus dem Nichts war Marie Tormeier erschienen und hatte ihm diesen merkwürdigen Vorschlag gemacht. Na ja, genau genommen brauchte er das Geld, und die Aufgabe, die sie ihm stellte, war ja durchaus interessant. Eine Herausforderung an sein Improvisationstalent. Dass Marie ihm eine gewisse Ablehnung entgegenbrachte, wollte er mal übersehen. Was konnte man von einer frustrierten Frau, die mit ihren Problemen nicht klarkam, auch anderes erwarten.

Marie hatte sich überhaupt nicht sattsehen können an dem Auftritt, den Leon Matisse im Shoppingpoint hinlegte. Eigentlich ging er lediglich vom Eingang in Richtung Informationstresen. Aber die Art wie er dieses tat, war derart extrovertiert, dass die Leute unwillkürlich stehen blieben. Es war auch kein Gehen im traditionellen Sinne, es war mehr ein Tanzen, mit schwingenden Hüften, als befände er sich auf einem Laufsteg. Marie hörte bei diesem Anblick unwillkürlich Hot Chocolate „You sexy thing" in ihrem Kopf singen. Die Kunden, die Leons Anblick habhaft wurden, steckten die Köpfe zusammen und tuschelten, einzelne Damen, die genug Mut aufbringen konnten, gingen auf Leon zu und baten mit hochrotem Kopf um ein Autogramm. Maries Kollegen, Linda und Gunnar, verfolgten staunend und belustigt, welch kleine Show ihnen direkt vor ihrem Tresen geboten wurde. Obwohl Leon Matisse ein sehr überhebliches Auftreten hatte, vermochte er die Menschen sofort in seinen Bann zu ziehen. Jeder hoffte, ihn dazu bewegen zu können, ihm ein strahlend weißes Lächeln zu schenken.

Nachdem sich die Menge zerstreut hatte, war Matisse an den Infopoint getreten, hatte kurz von einer zur anderen geschaut und sich dann an Marie gewandt.

„Können Sie mir ein Krawattengeschäft empfehlen?"

Marie sah ihn reserviert an, als sie ihm mit gewohnter Souveränität vorschlug, ihn bis zum Geschäft zu begleiten.

„Chantal zu erkennen ist ganz einfach, denn wenn Ihr Auftritt resolut ist, wird Sie Chantal links liegen lassen. Schwierige Kunden meidet sie eher", erklärte Marie auf dem Weg zum Geschäft, dessen Leitspruch unübersehbar über der Tür prangte: *Krawatten-Sonne. Wir haben die Krawatten auch für Tage voller Schatten*

„Meiner Meinung nach wird Ihre Kollegin Sie als Kunden übernehmen. Am besten funktioniert die Methode ‚Füg dich, ich dulde keinen Widerstand', Marke echter, purer animalischer Mann. Verstehen Sie?", fragte Marie mit einem Seitenblick auf Leon Matisse.

„Ich darf doch wohl bitten. Ich bin ein Profi. Deshalb haben Sie mich ja wohl engagiert. Im Gegensatz zu Ihnen scheue ich kein Risiko und kann überzeugen", parierte Leon arrogant.

Was für ein Blödmann, dachte Marie bei sich, wie kann man sich nur freiwillig mit so einem Möchtegern umgeben.

Als sie schweigend in die Sichtweite des Geschäftes kamen, verabschiedete sich Marie und trat ihren Rückweg zum Infopoint an.

Leon Matisse riss mit einem heftigen Ruck die Tür der Krawatten-Sonne auf, dass diese gleich im Türstopper einrastete und sämtliches Personal im Geschäft zusammenzuckte. Das war schon einmal ein Volltreffer. Leon gratulierte sich innerlich zu dieser spektakulären Inszenierung. Imposante Auftritte waren schon immer seine Leidenschaft. Bei Feierlichkeiten sorgte er dafür, dass er immer zuletzt eintraf, damit er sein Erscheinen entsprechend zelebrieren konnte. Er liebte es, wenn er die Aufmerksamkeit anderer für sich beanspruchen konnte.

Im Krawattengeschäft stürmte sofort eine dienstbeflissene Verkäuferin auf ihn zu, von der Leon annehmen musste, dass sie nicht Chantal war. Abgesehen davon war ihm Chantal von den Fotos bekannt, die Marie ihm zugesandt hatte. Soweit er es überblicken konnte, stand sie hinter der Kasse und musterte ihn argwöhnisch. Leon hatte das natürlich sofort erkannt, mit seinem geübten Auge für Situationen. Als Schauspieler war er in dieser Hinsicht normalsterblichen Menschen haushoch überlegen. Training, Training, und noch einmal Training, dachte er bei sich. Selbst in so kleinen Situationen wie dieser zahlte sich seine Begabung, Situationen instinktiv richtig zu erfassen, aus. Er war wirklich gut.

Leon scheuchte Chantals Kollegin hemmungslos durch den Laden. Ständig hatte er etwas an den Krawatten, die sie ihm vorlegte, auszusetzen. Zu hell, zu dunkel, zu bunt, zu traurig, zu unruhig. Nach einigem Hin und Her legte er sich auf vier Krawatten fest. Während sich Chantals Kollegin erschöpft auf einen Stuhl sinken ließ, nahm Leon Kurs auf die Kasse, feuerte die Krawatten direkt vor Chantal auf die Theke, sodass diese einen entsetzten und verärgerten Laut von sich gab.

„Um acht hole ich Sie hier ab, bringen Sie bitte die Krawatten mit", erklärte Leon der verdutzten Chantal, die immer noch wie

vom Donner gerührt dastand, als Leon schon längst aus dem
Geschäft gestürmt war.

Obwohl Leon Chantal keine Zeit gelassen hatte, seine Einladung anzunehmen oder abzulehnen, war er sich sicher, dass sie
pünktlich zur Abholung bereit stehen würde. Aller Wahrscheinlichkeit nach wäre noch seine Kompetenz vonnöten, denn er ging
davon aus, dass ihre modische Aufnahmefähigkeit eingeschränkt
sein würde. Aber es stand wenigstens nicht so schlimm um sie,
dass es seinem Ruf nachhaltig schaden würde.

Pünktlich um 20:15 Uhr bog Leon um die Ecke, wohl wissend,
dass Chantal wahrscheinlich bereits völlig aufgelöst war, schließlich hätte es sich bei Leons Einladung auch um einen schlechten
Scherz handeln können. Wie hätte sie es denn dann bei ihren Kollegen dagestanden. Abgesehen davon hatte sie sich zu Hause mit
einer sehr billigen Ausrede davongeschlichen. Zugegeben, ihr
Outfit wirkte schon etwas auffällig. Selbst auf einem Staatsemp-
fang wäre ihre Garderobe noch angemessen gewesen. Als Chantal
Leon erblickte, wurden ihre Knie weich wie diese wundervolle
Mousse au Chocolat, die es ein Stockwerk höher zu kaufen gab.

Es fiel ihr ziemlich schwer, ein gleichgültig abweisendes Gesicht zu machen, denn alles in ihr schmachtete nach Anerkennung.
Und Leon Matisse hatte sie wahrgenommen. Sie. Chantal Herbstlich. Endlich bekam sie, was ihr zustand.

Schnellen Schrittes ging Leon auf Chantal zu. In seinem Kopf
scannte er ihren Anblick und ließ ihn durch ein abgespeichertes
Styling-Programm laufen.

„Darf ich?", fragte er Chantal mehr oder weniger rhetorisch,
während er bereits anfing an ihr herumzuzupfen. Innerhalb einer
Minute hatte er sie so umgestylt, dass er sich gefahrlos mit ihr
zeigen konnte. Dann küsste er sie rechts und links auf die Wange.

„Hatte ich mich schon vorgestellt? Mein Name ist Leon Matisse."

Maries Plan bestand darin, Chantal in ihren Ego-Träumen fliegen zu lassen und sie dann jäh zum Erwachen zu bringen. Marie kannte Chantal schon viele Jahre und hatte auch viel Spaß mit ihr gehabt, bis Chantal sich einzubilden begann, dass sie vom Leben nicht das bekam, was ihr von Geburts wegen zustand. Anerkennung und Bewunderung. Sie war bereits zum zweiten Mal verheiratet und hatte gerade mal wieder entschieden, dass es ein guter Zeitpunkt für einen Wechsel war. Also war Ehemann Nummer drei an die Reihe gekommen. Dieser war im festen Glauben, mit Chantal einen guten Fang gemacht zu haben. Doch wie die männermordende Schwarze Witwe würde Chantal auch Ehemann Nummer drei aussaugen und dann weiterziehen. Und dabei würde sie wieder ununterbrochen jammern und sich ungerecht behandelt fühlen. Marie hatte sich das jahrelang angehört, weil sie wusste, dass Chantal auch einen guten Kern in sich hatte, auch wenn der nicht so häufig zutage trat.

In einem Anflug von Langeweile oder in der Abwesenheit von Bewunderung hatte Chantal dann die tolle Idee gehabt, Marie gegen ihre Freundinnen auszuspielen. Sie waren jahrelang eine feste Truppe von vier Frauen, nicht immer alle einer Meinung, aber doch füreinander da, wenn es darauf ankam. Wie eine zusätzliche Familie.

Chantal schien einen schlechten Tag gehabt zu haben und störte sich daran, nicht im Mittelpunkt des allgemeinen Interesses zu stehen, also fing sie an, bei den anderen Frauen schlecht über Marie zu reden, um zu erreichen, dass die Frauen Marie mieden und ihr Interesse Chantal schenkten. Das funktionierte sehr gut, denn Marie wurde auf die Anklagebank dieser Gruppe befördert. Im Nachhinein klärte sich zwar alles auf, aber letzte Zweifel der Frauen konnte Marie nicht beseitigen. Es blieb ein bitterer Nachgeschmack. Die Freundschaft zwischen den Frauen wurde zu einer Bekanntschaft, bis sich alle mehr oder minder aus den Augen verloren.

Diese Episode hatte bei Marie einen unvorstellbaren Schmerz verursacht. Freundinnen sollten doch aufeinander aufpassen, sich beistehen statt sich gegenseitig in den Rücken zu fallen. Es fiel ihr seitdem schwer, anderen Frauen über den Weg zu trauen. Und dennoch sollte sie ein zweites Mal von einer Frau verletzt werden. Aber für den Moment wollte sie sich an Chantal rächen. Chantal sollte leiden bis ins Mark. Genauso, wie sie Marie hatte leiden lassen, ohne die geringste Empathie zu zeigen. Auch Marie würde keinerlei Mitleid haben. Vielleicht würde Chantal dann endlich verstehen, dass sich die Welt nicht nur um sie drehte. Na ja, wahrscheinlich würde Chantal das trotzdem nicht verstehen, aber vielleicht konnte sich Marie auf diese Art wenigstens etwas Genugtuung verschaffen, ohne sich in die nächsten Schwierigkeiten zu manövrieren. Ansonsten blieb sowieso nur noch das Kloster.

Leon Matisse war ein arroganter, aufgeblasener Gernegroß und ihr menschlich sicher nicht besonders ans Herz gewachsen, aber für den Rachefeldzug gegen Chantal war er die Idealbesetzung. Im Grunde genommen waren die beiden sich sogar ähnlich in ihrem Egoismus.

Während Leon die Umsetzung von Maries Plänen in Angriff nahm, würde sie selbst erst mal an die See fahren, um etwas Luft zu holen und das weitere Vorgehen zu durchdenken. Im Grunde genommen war der Rachefeldzug gegen Chantal noch völlig unausgegoren. Irgendwie war alles so schnell gegangen. Plötzlich waren 100.000 Euro vom Himmel gefallen und als Krönung hatte ihr der Zufall Leon Matisse vor die Füße geworfen. Vorher hatte sie tausend Racheideen gehabt, aber nun war alles irgendwie anders. Außerdem sollte das Geld ja auch für zwei Rachefeldzüge reichen. Also würde sie an die See fahren und dort in der salzigen Luft giftige Ideen ausbrüten. Oder wenigstens klare Gedanken fassen. Sie hatte nicht den blassesten Schimmer, wie sie am sinnvollsten mit diesem Schauspieler umgehen sollte. Er wurde zwar von ihr bezahlt, aber dennoch behandelte er sie wie ein

Insekt. Eigentlich kam sie sich manchmal selbst vor wie Ungeziefer. Obwohl sie niemandem etwas zuleide tat, trampelte jeder auf ihr herum. Vielleicht war das die Rache für die vielen Krabbelviecher, die sie schon auf dem Gewissen hatte. Irgendwann holt einen wohl einfach alles ein.

Kaum war Marie in ihr Auto gestiegen und hatte den Motor angelassen, begann sie sich zu entspannen. Ein Wochenende bei Magda an der See würde Wunder wirken.

„Sie waren mir gleich aufgefallen, als ich das Geschäft betrat. Ich habe einen Blick für außergewöhnliche Personen. Wie Sie sich vorstellen können, bringt das mein Beruf so mit sich. Für heute Abend fehlte mir noch eine Begleitung. Es ist doch angenehmer, in Gesellschaft zu dinieren. Zudem der gewöhnliche Pöbel offenbar sämtliche Hemmschwellen überwindet, wenn er mich allein am Tisch sitzen sieht. Autogramme, Fragen über Fragen. Wenn Sie wüssten, welchen Belastungen man heutzutage als erfolgreicher Schauspieler ausgesetzt ist. So gut wie Sie habe ich es selbstverständlich nie. Von wegen pünktlich Feierabend machen. Was würde ich dafür geben, einmal nur Privatmann sein zu können! Bitte entschuldigen Sie mich für einen Moment", unterbrach Leon Matisse seinen Monolog.

Chantal, die jedes Wort gierig einsog, das Leon sprach, war einfach nur glücklich. Selbst wenn er ihr die Bedienungsanleitung eines Akku-Bohrhammers auf Japanisch vorgelesen hätte, sie wäre begeistert gewesen. Was für ein atemberaubender Mann. Der liebe Gott schien es gut mit ihr zu meinen. Endlich bekam sie, was ihr zustand.

Völlig berauscht sah sie zu, wie Leon, nachdem er einen Fotografen entdeckt hatte, aufsprang, um sich ablichten zu lassen. Er lächelte breit, fuhr sich lässig mit der Hand durch sein gesträhntes Haar und posierte. Eben wie ein Profi. Dann schüttelten sich die beiden Männer die Hand, bevor der Fotograf von dannen zog.

„Ich sage ja immer, unser Brötchengeber ist im Grunde genommen die Presse. Bist du nett zur Presse, dann ist die Presse auch nett zu dir. Verstehen Sie das? Als Prominenter führt man ein komplett anderes Leben als Otto Normalverbraucher. Das kann nicht jeder. Ich habe das Glück, dass mir meine Begabung praktisch in die Wiege gelegt wurde. Ich war schon das schönste Baby in der Umgebung. Und das sage ich völlig wertfrei, aber man muss den Tatsachen da einfach ins Auge sehen. Man hat das gewisse Etwas oder man hat es eben nicht", erklärte Leon der völlig verzückten Chantal.

Leon hatte die Liebenswürdigkeit besessen, für sie mitzubestellen. Als das Essen serviert wurde, kam es Chantal zugute, dass sie in ihrem Leben schon einige Mahlzeiten zu sich genommen hatte, denn ihre Hände schafften es ohne größere Probleme, das Besteck zu bedienen und sich die Nahrung in mundgerechten Stücken zuzuführen, woraufhin ihr Gebiss freundlicherweise automatisch den Kauvorgang vornahm. Die Anwesenheit dieses wunderbaren Mannes nahm so viel Raum ein, dass Chantal nicht in der Lage war, irgendein Detail ihrer Umgebung wahrzunehmen. Als sie später darüber nachdachte, was sie wohl gegessen hatten, wollte es ihr partout nicht einfallen. Möglicherweise hatten sie überbackene Sägespäne mit Holzwurmsalat zu sich genommen. Aber es war ihr egal, solang es nur mit Leon Matisse war. Als sie bei Dessert angekommen waren, hatte Chantal sicherlich noch keine zehn Wörter gesprochen. Was sollte sie auch erzählen, gegen das Leben von Leon Matisse kam ihr ihr eigenes Leben so armselig vor. Vielleicht hatte er auch niemanden, der ihm zuhörte. Aber das war ja von nun an anders. Jetzt hatte er ja Chantal.

Leon orderte zwei Gläser Champagner. Um den Abend stilgerecht zu beenden, erklärte er, und nahm die beiden Gläser in die Hand, erhob sich und reichte eines Chantal, die sich ihrerseits auch erhob. Er stieß mit ihr an und bot ihr theatralisch das Du an. Mit Tränen in den Augen schwelgte Chantal in ihrem ganz persönlichen Hormoncocktail. Das Blitzlicht des Fotografen, der diese Situation wie zufällig ablichtete, nahm sie nur am Rande wahr. Das Leben konnte so wunderbar sein!

3. Kapitel Kurpackung

Eine sanfte Brise ließ ihre Haare wehen. Ein Kurzurlaub an der See war nach so einem Gewinn sicher bescheiden, aber Marie wollte nur ein paar Tage Abstand. Sie saß auf einer Bank an der belebten Promenade, ließ ihren Blick schweifen und genoss das Geschehen um sich herum. Alles hier wirkte unglaublich beruhigend auf sie. Das Wetter war zwar nicht sonderlich gut, aber selbst die graue Wolkenwand vor ihr über dem Meer konnte ihr die Stimmung nicht verderben.

Neben ihr ließ sich eine Frau erschöpft auf die Bank sinken. Obwohl sie keinen besonders entspannten Eindruck auf Marie machte, sah sie braungebrannt und gesund aus.

„Na, das Wetter scheint ja hier schon mal besser gewesen zu sein. Jedenfalls haben Sie Farbe bekommen", stellte Marie fest. Doch die Frau neben ihr verdrehte nur die Augen, stand auf und ging. Obwohl Marie beruflich mit den verschiedensten Menschen zu tun hatte, war sie angesichts dieses Verhaltens regelrecht beleidigt. Vielleicht sollte sie diese Dame in ihre Rachepläne mit aufnehmen. Um ihre gute Stimmung betrogen, beschloss Marie, sich auf den Weg zurück in ihre Pension zu machen. Aus Macht der Gewohnheit hatte sie sich in derselben Pension einquartiert, in der sie bereits mehrmals in den letzten Jahren abgestiegen war. Sie hätte sich sicher auch ein exklusives Luxushotel leisten können, aber Marie fiel es nicht ganz so leicht, mit Vertrautem zu brechen.

„Hallo Magda", begrüßte sie die Wirtin. „Na, habt ihr viel Betrieb im Moment?"

„Nein, hier ist es so ruhig, dass nicht mal die Kurklinik voll belegt ist. Stell dir das vor. Die Leute verzichten nicht nur auf den

Urlaub, sondern beantragen auch keine Kuren mehr. Wahrscheinlich aus Sorge um ihren Arbeitsplatz", erklärte Magda, eine freundliche, rotwangige, beleibte Dame, die ihre Pension mit ihrer ganzen Leidenschaft führte. „Aber was unser Haus angeht, wir können uns eigentlich nicht beklagen. Für gewöhnlich sind wir ausgebucht."

Marie lächelte. „Bei deiner guten Pflege kommen wir halt alle gern wieder."

„Entschuldige, Marie, da sind Gäste", sagte Magda mit einem Kopfnicken in Richtung Eingang. Als Marie ihrem Blick folgte, erstarrte sie förmlich. Man begegnet sich immer zweimal im Leben, dachte sie sich, als sie die unfreundliche Dame von der Bank erblickte. Diesmal war sie in Begleitung eines blassen Herrn. Ein interessanter Anblick, denn der Mann sah aus wie ein normaler Mann im mittleren Alter, während die unfreundliche Frau irgendwie unnatürlich wirkte. Braun gebrannt, auffällig farbenfroh gekleidet und nach wie vor sehr mürrisch.

Während Magda den Zimmerschlüssel holen ging, hörte Marie, wie die beiden sich unterhielten.

„Ich kann immer noch nicht verstehen, warum es in der Kurklinik keinen Platz mehr für dich gibt. Dich einfach in eine Pension umzuquartieren ist ja wohl ungeheuerlich. Wie willst du denn deine ganzen Anwendungen machen, wenn du am falschen Platz bist?", schimpfte der Mann.

Hatte Magda nicht gerade gesagt, die Kurklinik sei nicht voll belegt?, fragte sich Marie, warum zum Teufel erzählten sie dort diesem Typen dann etwas Falsches? Vielleicht sollte sie das Ganze mal weiter beobachten.

„Heather, ich komme sofort nach. Ich will noch das Gepäck holen. Geh du ruhig schon vor", schlug der Mann vor. Besagte Heather sah derart genervt aus, dass Marie ernsthafte Überlegungen anstellte, ob der Herr, der gerade das Gepäck hereinholte, nicht sein Leben riskierte, wenn er sich allein mit dem lebendig gewordenen Grauen hinter verschlossene Türen begab. Wahr-

scheinlich würde Marie sogar eine Anzeige wegen unterlasse-
ner Hilfeleistung riskieren, weil sie mit ihrer Berufserfahrung im
Shoppingpoint hätte erkennen müssen, dass diese Frau das Böse in
sich trug. Sie schlich dem Mann nach draußen hinterher.

Er wirkte auch bei näherer Betrachtung tatsächlich wie der
klassische Durchschnittsmann. Eine unspektakuläre Cordhose in
einer Farbe, die sich wirklich nicht definieren ließ. Trotz des Gür-
tels schien sie nicht wirklich richtig sitzen zu wollen. Dafür konnte
man das geschmacklich zur Hose passende Hemd als sehr fest
sitzend, geradezu auf den Leib geschnitten und anschließend fest-
geklebt bezeichnen. Selbst seine Brustwarzen drückten sich wie
um Aufmerksamkeit bettelnd durch den karierten Stoff seines
Hemdes. Marie sah, wie er vor sich hin murmelnd einen Koffer
aus seinem Auto hievte.

„Entschuldigen Sie bitte", begann sie, „Sie sind jetzt auch Gast
hier in der Pension? Na, da haben Sie ja einen schweren Koffer.
Den könnte ich wahrscheinlich gar nicht aus dem Wagen bekommen. Da ist es schon von Vorteil, wenn man ein kräftiger Mann
ist", endete Marie mit heftigem Augenaufschlag. Während sie
näher trat, bemühte sie sich redlich, nicht auf der frisch gezogenen
Schleimspur auszurutschen.

Der fremde Durchschnittsmann sah sie erstaunt an. Anscheinend überforderte ihn die Situation etwas. Wahrscheinlich war er
es einfach nicht gewohnt, dass eine Frau nett zu ihm war, kombi-
nierte Marie.

„Sind Sie das erste Mal hier zu Gast?", begann sie von vorn.
Der offensichtlich in jeder Hinsicht schwach dosierte Herr ließ
sich nun auf nahezu abenteuerliche Weise auf dieses Gespräch ein.
Er bejahte ihre Frage, indem er Marie zunickte, was ja nun wirklich als Gesprächsbereitschaft gewertet werden konnte.

„Da haben Sie sich aber einen wunderbaren Urlaubsort ausgesucht. Ich bin schon häufig hier gewesen, um mich zu erholen, und
komme immer wieder gerne."

Und dann geschah das völlig Unerwartete. Er, der Männerklas-
siker der Economyclass, begann zu sprechen.

„Na ja, ganz so freiwillig ist das bei uns nicht. Meine Frau ist hier zur Kur, aber die Kurklinik ist restlos überfüllt, sodass meine Heather nun hierher ausquartiert werden musste. Haben Sie so etwas schon mal gehört?", fragte der Mann von der Frau mit dem bösen Blick. Er war also der Ehemann. Ein ganz bezauberndes Paar. Also wenn so ein Ehepaar aussah, dann bleibe ich lieber Single, schwor sich Marie.

„Aha, wie kommt Ihre Frau denn dann an ihre Anwendungen?"

„Genau diese Frage habe ich mir auch schon gestellt. Wie kann denn eine Kurklinik so schlecht organisiert sein, dass man mehr Patienten annimmt, als Zimmer vorhanden sind? Man sollte doch davon ausgehen, dass man dort Erfahrung genug hat, um so etwas richtig zu handhaben. Aber wahrscheinlich geht man in der Klinik davon aus, dass ein gewisser Prozentsatz an Patienten absagt. Dem war aber nicht so und meine Heather muss darunter leiden. Für jede Anwendung muss sie nun extra in die Klinik."

„Dann ist Ihre Frau sicher sehr verärgert?"

„Sie wissen doch, wie Frauen sind", erklärte der Fremde ihr verschwörerisch, „nie zufriedenzustellen, aber dennoch unverzichtbar."

„Wenn Sie wollen, rede ich mal mit einem Verantwortlichen in der Klinik. Ich kenne dort von meinen vielen Aufenthalten einige Leute. Vielleicht lässt sich da ja was für Sie machen."

Der Durchschnittsmann begann über das ganze Gesicht zu strahlen. „Das würden Sie für meine Heather tun? Das wäre wirklich nett. Übrigens, mein Name ist Bert Weidenthal", stellte er sich vor und streckte ihr seine Hand entgegen.

„Angenehm, Marie Tormeier", erwiderte Marie und zuckte bei Berts kräftigem Händedruck zusammen.

„Heather, du glaubst ja nicht, was für ein Glück du hast. Als ich eben meinen Koffer aus dem Wagen holen wollte, hat mich diese nette, sympathische Frau angesprochen, du hast sie vielleicht unten stehen sehen."

Bert hatte noch nicht ausgesprochen, als Heather schon ein ungutes Gefühl im Magen verspürte. Seit ihrem Lottogewinn schien ihr sonst so geordnetes und eigentlich zufriedenes Leben aus dem Ruder zu laufen. Alles war mit einem Mal anstrengend. Sie konnte nie etwas genießen, was mit ihrem Gewinn zusammenhing, weil selbst die einfachsten Dinge schwierig geworden waren.

Doch ein Blick in den Spiegel ließ Heather laut auflachen.

„Alles in Ordnung mit dir, Heather-Schatz?", fragte ihr Mann erstaunt, „hörst du mir überhaupt zu?"

Heathers Spiegelbild war einfach zu komisch. Sie hatte die vierzig bereits weit überschritten und möglicherweise war ihr „altes" Spiegelbild sehr staubig gewesen. Sie hatte eher zu unauffälligen gedeckten Farben tendiert. Ihr Erscheinungsbild war immer korrekt und ordentlich gewesen, aber nun sah sie sich einer Frau gegenüber mit einem zerzausten Fransenkopf und bunt gemusterter Bluse, dazu ein puterrotes Gesicht von dem Sonnenbrand, den sie sich prompt eingefangen hatte, als sie kaum das Flugzeug verlassen hatte. Und während Dorothea noch auf Gran Canaria verweilte, saß Heather nun hier in diesem langweiligen Kurkaff bei schlechtem Wetter, während Doro bestimmt gerade mit einem Cocktail in der Hand am Strand flanierte.

„Wieso bist du eigentlich so rot im Gesicht. Bei dem Wetter ist man doch nun wirklich nicht gefährdet, einen Sonnenbrand zu bekommen."

„Solarium", entgegnete Heather, „anscheinend vertrage ich die Strahlung nicht so gut."

„Solarium? Du warst im Solarium!", erboste sich Bert. „Heather, seit wann bist du denn so unvernünftig? Weißt du denn nicht, wie gefährlich das für deine Haut ist. Davon kann man sogar

Krebs bekommen." Bert schüttelte den Kopf über so viel Unvernunft seiner sonst so klugen Frau.

„Was ich dir die ganze Zeit versuche zu erzählen. Diese nette Dame, die wir unten schon gesehen haben, spricht für dich mal mit der Kurklinik, damit sie dich dort unterbringen."

Neeeeiiiin! Nicht schon wieder! Dieser Lottogewinn entwickelte sich zu einem Fluch. Bert meinte doch wohl nicht diese aufdringliche Banknachbarin von vorhin, die schon die ganze Zeit krampfhaft nach Anschluss suchte!

Nachdem ihr Flieger endlich in Gran Canaria abgehoben hatte, geriet der Vogel noch in Turbulenzen. In Deutschland gelandet, musste Heather in die nächste Abflughalle hetzen, um den Anschlussflug Richtung langweiliger Kur-Aufenthalt zu bekommen. Nachdem sie die kleine Propellermaschine mit wackligen Beinen und todmüde verlassen hatte, konnte sie sich noch an einer einstündigen Taxifahrt im Regen erfreuen, bis sie endlich in dem langweiligen Kurkaff angekommen war. Völlig genervt und erschöpft hatte sie dann im Schnellverfahren in der Pension eingecheckt, denn Bert konnte ja jeden Moment um die Ecke biegen. Am Rande der völligen Betriebsaufgabe ihres Körpers torkelte sie in Richtung einer Bank gegenüber der Pension, um sich etwas zu regenerieren. Kaum dass sie saß, hatte sie diese Mustertouristin in ein Gespräch verwickeln wollen. Sah die Frau denn nicht, dass Heather völlig kaputt war? Sie konnte doch nicht ernsthaft erwarten, dass jeder nur darauf wartete, vollgetextet zu werden. Und musste Heather jetzt sogar schon Fremden gegenüber Rechenschaft ablegen, warum sie so braun war! Am unglaublichsten wäre sicher die Wahrheit gewesen: Von meinem Lottogewinn bin ich nach Gran Canaria geflogen, aber ich musste schnell wieder zurück, weil ich meinen Mann angelogen habe, ich wäre lediglich auf einem Kuraufenthalt. Warum hatten bloß alle mit einem Mal ein solches Interesse, sich in Heathers Leben einzumischen?

„Bert, ich bin sofort wieder da. Ich will nur mal schnell eine Zeitung kaufen", sagte Heather, während sie gleichzeitig nach ihrer Jacke und der Türklinke griff, sodass ihr Mann keine Gelegenheit bekam, sich ihr anzuschließen.

Marie saß wieder auf ihrer Lieblingsbank. Dort hatte man einen wunderbaren Blick aufs Wasser. Der Himmel war nach wie vor wolkenverhangen, doch das störte sie nicht weiter. Für gewöhnlich beobachtete sie die Menschen, die auf der Promenade zwischen ihrer Bank und dem Wasser flanierten, aber nicht heute. Sie starrte aufs Wasser und dachte nach.

Was ging es sie eigentlich an, wenn diese Frau ihren Mann anlog. Sie hatte schließlich genug mit ihrem eigenen Leben und der Umsetzung ihrer Pläne zu tun. Im Grunde genommen störte sie wohl auch nur der Umstand der Lüge. Es gab wenig Dinge, die Marie so hasste wie eine handfeste Lüge. Sie selbst war das Opfer eines ganzen Lügendickichts geworden. Denn Maries „Ja, bis dass der Tod uns scheidet" war zu einem „Was hat sie, was ich nicht habe" geworden. Mit vielen endlosen Lügen, tiefen Wunden und Fassungslosigkeit. Doch Marie hatte sich fest vorgenommen, es ihrem Bald-Exmann und der Zerstörerin ihrer Ehe heimzuzahlen. Natürlich war es lächerlich, Gleiches mit Gleichem zu vergelten. Aber es war auch nicht richtig gewesen, auf Marie herumzutrampeln, die ja ihren Teil der Abmachung „Bis dass der Tod uns scheidet" eingehalten hatte. Und wünschte sich nicht jede Frau, dass ihr Verflossener vor Schmerz über die Trennung bald umkam?

Vielleicht tat ihr Bert Weidenthal deshalb so leid. Er war bestimmt ein treuer, fürsorglicher Ehemann und sollte nun Opfer einer üblen Intrige seiner Frau werden. Marie tat es einfach in der Seele weh, miterleben zu müssen, wie vor ihren Augen diese bösartige Frau einem gutmütigen Menschen wie Bert Schaden zufügte. Vor allem interessierte es Marie, was es mit der Kurklinik auf sich hatte. Sie hatte ja sowieso nichts Besseres zu tun, also konnte sie überprüfen, wie es um ihre Fähigkeiten zur Geheimagentin stand. Den Namen der Frau wusste sie ja. Heather Weidenthal.

Gerade als sich Marie von ihrer Bank erhob, um ihren Auftrag zu erfüllen, sah sie besagte Heather auf sich zueilen.

„Guten Tag. Mein Mann informierte mich darüber, dass Sie sich freundlicherweise dafür einsetzen wollen, mir ein Zimmer in der Kurklinik zu besorgen. Das ist aber nicht nötig. Mir gefällt mein Zimmer in der Pension Magda durchaus. Allerdings stimme ich diesbezüglich nicht hundertprozentig mit meinem Mann überein. Es wäre also nett, wenn Sie Ihre Bemühungen einstellen würden. Genießen Sie einfach Ihren Aufenthalt." Sprach's und entschwand.

Fassungslos blieb Marie zurück. Wenn man bedachte, dass Sie sich hier zur Erholung befand. Um fit zu sein für ihre Rachefeldzüge, aber ganz sicher nicht, um sich mit einer Verrückten zu beschäftigen. Sie konnte nicht umhin nach wie vor eine gewisse Neugier in sich zu spüren. Das machte doch alles irgendwie keinen Sinn.

Marie spürte ihren Magen leicht knurren und entschied sich, mit einer neuen Illustrierten unterm Arm ein Lokal aufzusuchen, in dem es schrecklich ungesundes, kalorienreiches Essen gab. Als sie einen Platz gefunden hatte, begann sie genussvoll in ihrer Zeitschrift zu blättern. Schon nach wenigen Seiten wurde sie fündig. Auf einem Bild erkannte sie Leon und Chantal. Stehend in feierlicher Pose. Im Text war lediglich angemerkt, dass Leon in diesem Restaurant mit einer Unbekannten gesehen worden sei. Aber Marie konnte sich sicher sein, dass diese Illustrierte nicht nur von ihr gelesen wurde. Das bedeutete in jedem Fall viel Aufregung im Hause Herbstlich. Die Saat war also schon einmal ausgebracht.

„Marie Tormeier. Hallo! Frau Tormeier", hörte sie eine Stimme ihren Namen rufen. Als sie den Kopf drehte, sah sie entsetzt, wie Bert Weidenthal ihr eifrig zuwinkte. „Frau Tormeier. Bitte setzen Sie sich doch zu uns."

Doch egal wie groß ihr Entsetzen war, es war nichts, rein gar nichts gegen das Entsetzen von Heather Weidenthal. Diese sah derart schockiert aus, dass man meinen konnte, sie treffe das erste Mal auf Menschen oder zivilisiertes Leben.

Marie wusste nicht, wie sie Berts Einladung entkommen konnte. So viel zu der Aussicht auf einen gemütlichen Abend.

„Meine Gattin Heather kennen Sie ja bereits. Na ja, und ich bin der Bert", begann ebendieser mit völliger Ignoranz gegenüber der weiblichen Feindseligkeit, die spürbar in der Luft lag.

„Sie haben viel mit meiner Heather gemeinsam, auch wenn das nicht auf den ersten Blick zu erkennen ist", nickte er lächelnd.

Heather und Marie tauschten ungläubige Blicke. Doch Bert schien aus dem Strahlen nicht mehr herauszukommen. Marie bemerkte, wie Heather irritiert eine Augenbraue hob, selbst für sie schien die offensichtliche gute Laune ihres Mannes ungewöhnlich zu sein. Als endlich das Essen serviert wurde, schienen die Damen erleichtert, sich diesem widmen zu dürfen, denn das entband sie auf höfliche Art von dem Gespräch.

„Ich habe einen nagelneuen Fernseher, wissen Sie", klärte Bert Marie auf und zwinkerte ihr dabei vielsagend zu. Über den Köpfen der beiden Frauen schwebten so viele Fragezeichen, dass sie kurzfristig über den Bau einer vierspurigen Satzzeichen-Autobahn nachdachten.

„… gewonnen", fügte Bert noch hinzu, „bei einem Preisausschreiben." Und zwinkerte Marie wieder zu.

„Bert, was soll denn das?", fuhr Heather ihn an, während Marie sich so verschluckte, dass sie fast zu ersticken drohte.

„Marie Tormeier", raunte Bert verschwörerisch.

„Bert! Was zur Hölle soll denn das?", schimpfte Heather fassungslos, während sich Bert königlich zu amüsieren schien.

Was ist denn das für ein seltsamer Haufen, wunderte sich Marie. Und warum betonte Bert Maries Namen so nachdrücklich? Wusste er womöglich, wer sie war? Immerhin hatte er ja ausdrücklich darauf hingewiesen, dass er einen nagelneuen Fernseher besaß.

„Wie wäre es mit einem Glas Sekt? Um mögliche Sprachblockaden zu lösen", schlug Bert vor.

„Sprachblockaden?", fragte Heather Weidenthal ungläubig und sah Marie ratlos an.

Sprachblockaden, dachte Marie. Oh nein, er weiß es tatsächlich!

„Es ist schon spät, ich glaube, ich muss los", entschuldigte sich Marie. „Abgesehen davon hat Ihre Frau morgen sicher schon früh ihre ersten Anwendungen."

„Was für ein Glück", begann Bert und strahlte Marie an, der nichts Gutes schwante, „morgen hat Heather einen anwendungsfreien Tag. Wie wäre es, wenn Sie uns morgen etwas die Umgebung zeigen würden?"

Beide Frauen sprangen schlagartig von ihren Stühlen auf, stießen irgendwelche wirren Ausflüchte hervor und starteten Richtung Ausgang, uneinig, wer nun zuerst durch die Tür flüchten sollte, dort verhakte sich dann Maries Tasche mit Heathers Jacke, woraufhin sie den Ausgang völlig blockierten, da sie in ihrer Unruhe ihre Verknotung nicht wirklich lösen konnten. Doch als sie ein herzhaftes lautes Lachen hinter sich wahrnahmen, hielten sie inne. Es war Bert, der sich vor Erheiterung bald kugelte.

„Was ist hier los?", fragten beide Frauen gleichzeitig mit giftiger Stimme.

„Gehen Sie in diesem Leben noch einmal weiter?", fragte ein ankommender Gast, dem die stauenden Frauen den Türrahmen versperrten, indem sie reglos Bert anstarrten.

„Idiot!", schimpften beide Frauen, strafften ihre Körperhaltung, schmissen ihre Köpfe in den Nacken und stampften von dannen.

Gemächlich räkelte sich Doro auf der Sonnenliege in der warmen Sonne mit Blick auf das kristallklare blaue Meer. Natürlich wäre es schöner, wenn Heather hier wäre, doch bei diesem traumhaften Anblick spielte es keine Rolle mehr, ob man allein auf der Welt war oder nicht.

„Darf ich Ihnen etwas bringen, gnädige Frau?", fragte ein Kellner, der von der nahe gelegenen Strandbar Cocktails den Strand entlang servierte. Überhaupt tummelte sich an diesem Strand viel Leben, aber auf eine angenehme Art. Kein unangenehmes Geplärre von quengeligen Kindern oder das Gemecker unzufriedener Frauen. Alles schien harmonisch zu sein. Als hätte der wunderbare Strand und das blaue Meer alle Besucher friedlich gestimmt. Es war angenehm, als stiller Beobachter zufrieden zuzusehen.

Doro schenkte dem Kellner bei der Bestellung ein strahlendes Lächeln, und obwohl sie es kaum glauben konnte, hatte dieses Lächeln nichts mit Sex zu tun, es war einfach ein glückseliges Lächeln. Und diese Erkenntnis ließ eine Welle von „Es geht mir gut"-Hormonen durch ihren Körper fluten.

Sie beobachtete die Familie neben sich. Während der Mann auf seinem Handy herumdrückte, war seine Frau sichtlich gelangweilt dabei, mit ihrem Sohn Sandburgen zu bauen. Genauso ein Anblick war es, der Doro Angst machte. Niemals wollte sie in einer Ehe lebendig begraben werden. Sicherlich, sie war ständig auf der Suche nach dem Richtigen, aber eigentlich wollte sie nur begehrt werden. Es machte ihr Spaß, immer wieder dieses Kribbeln zu empfinden, wenn sich eine neue Beziehung anbahnte. Noch konnte sie sich die Männer aussuchen und niemals würde sie auf die Idee kommen, sich freiwillig an einen in die Jahre gekommenen, Bauchspeck ansetzenden Mann zu ketten. Wenn sie den Herrn neben sich betrachtete, fragte sie sich, warum sich eine Frau so etwas freiwillig antat. Der zündete sich gerade eine Zigarette an und begann in der Tageszeitung zu blättern, während seine Frau ihn sehnsuchtsvoll mit traurigen Augen ansah. Nie im Leben möchte ich mal so enden, dachte sich Doro, schloss die Augen und genoss die warmen Strahlen der Sonne auf ihrem Körper. Sie spürte ein Vibrieren an ihrem Po, welches in Kombination mit Sonne, Sand und Meer gute Gefühle in ihr aufkeimen ließ, sich aber letztlich nur als störendes Klingeln ihres Handys herausstellte.

„Hier ist das Paradies", meldete sie sich völlig korrekt.

„Na wie schön für dich", schimpfte die Stimme am anderen Ende, „dann bin ich in der Hölle."

„Ich liebe deine entspannte Aura. Hallo Heather", lachte Doro fröhlich ins Handy. „Du weißt doch, das Bert morgen wieder abreist, dann kommst du flugs zu mir und ich munter dich dann wieder auf."

„Ich wünschte, du wärst hier, Doro. Nun habe ich ihm ja schon einen Teil des Gewinns gebeichtet, aber das bringt gar nichts. Zum einen will er sofort über das Geld bestimmen und seiner Liebe zu mir war es auch nicht förderlich. Er hat hier gestern in meinem Beisein aufs Übelste eine Frau angebaggert."

Doro fing lauthals an zu lachen. „Mach dich nicht lächerlich. Dein Mann hätte nicht mal Interesse an anderen Frauen, wenn sie nackt auf eurem Sofa sitzen würden. Und das weißt du doch auch."

„Doro, ich schwöre dir, seit er von dem Geld weiß, ist er wie ausgewechselt. Er strahlt und lacht ständig, dass mir angst und bang wird. Und diese Frau mischt sich hier in alles ein und taucht immer da auf, wo wir gerade sind. Kommt die uns noch einmal zu nahe, bringe ich sie um."

„Ich glaube es ja nicht, Heather, du bist eifersüchtig. Das ich das mal erleben darf", machte sich Doro über sie lustig.

„Was bist du eigentlich für eine Freundin? Bis die Tage", schimpfte Heather, bevor sie das Gespräch beendete.

Ein Blick zur Seite ließ Doro erkennen, dass nun der abweisende Ehemann mit seiner traurigen Ehefrau den Platz getauscht hatte. Genauer gesagt, der Ehemann war verschwunden und hatte seine Ehefrau auf der Nachbarliege zurückgelassen.

„Darf ich Sie auf einen Cocktail einladen", fragte Doro, als sie den Kellner nahen sah. „Allein schmeckt es nur halb so gut", lächelte sie die Dame aufmunternd an. Sie sah, dass ihre Nachbarin zögerte.

„… bis Ihr Mann zurück ist", vervollständigte Doro ihr Angebot.

„Okay, das ist sehr nett. Vielen Dank. Ich bin Svenja."

„Hallo Svenja. Freut mich. Ich bin Doro. Und scheinbar die glücklichste Frau der Welt."

Doros Sonne-Sand-und-Meer-Strandliegen-Bekanntschaft lächelte. „Warum bist du denn so glücklich?"

„Ach weißt du, Svenja. Ich bin ohnehin eine Frohnatur, aber dieser wunderbare Anblick des blauen Meeres, dazu noch ein traumhafter Cocktail in der Hand, das lässt einfach mein Herz höher schlagen. Und wie ist es mit dir? Bist du auch glücklich?", fragte Doro neugierig.

„Ja sicher", erwiderte Svenja, wobei sie aber über die Schulter blickte, anscheinend um zu sehen, ob ihr Gatte zurückkam.

„Es ist wirklich sehr schön hier. Mein Mann und ich genießen diesen Urlaub wirklich sehr. Erholung war unbedingt mal nötig. Zuhause kann man ja doch nie richtig abschalten."

„Eine Urlaubsreise ist zwar der reine Luxus, aber dieser Luxus dient schließlich auch der Erholung, da hast du recht. Und habt ihr euch schon alles hier angesehen?"

„Naja, wir sind nicht solche Kultur-Freaks. Mein Mann hat lieber seine Ruhe. Stress können wir auch zu Hause haben, sagt er immer. Und ich finde es einfach toll, mal so viel Zeit mit ihm verbringen zu können. Bist du denn auch verheiratet?"

Doro lächelte „Im Moment nicht. Aber man weiß ja nie, was noch kommt."

„Ich muss dann mal los. Mein Mann wartet sicherlich schon. Wir sehen uns ja bestimmt noch. Und danke für den Cocktail", verabschiedete sich Svenja höflich.

Muss es schön sein, verheiratet zu sein, dachte Doro leicht sarkastisch. Also werde ich tun, was alle einsamen, depressiven Single-Frauen tun. Shoppen gehen. Das ist zwar nicht so schön, wie einen desinteressierten Mann anzuhimmeln, aber man kann schließlich nicht alles haben.

Beschwingt, und das im wahrsten Sinne des Wortes, nach zwei grandiosen Cocktails, erhob sich Doro, um sich auf die Suche nach Shopping-Glücksgefühlen zu machen. Sie könnte sich etwas zu lesen kaufen und dann den Abend mit Buch auf dem Balkon ausklingen lassen, überlegte sie sich. Wenn morgen oder übermorgen Heather wiederkam, würde es mit der Ruhe vorbei sein. Das Abendessen könnte sie sich einfach aufs Zimmer kommen lassen. Wie wunderbar, freute sie sich, der pure Luxus.

Sie schlenderte die belebte Promenade entlang, wo sie einen gut sortierten Buchhandel fand, der auch genügend Auswahl deutscher Titel hatte. Sie entschied sich für eine Liebesschnulze und einen Krimi, dann wäre sie für jede Stimmung gerüstet. Ein paar Schuhe, eine einheimische Armreifen-Serie, eine Packung Kaugummi mit Kamillengeschmack, eine Illustrierte, einen rosa Kuli, der schon im Geschäft schlecht funktionierte, und einen Sonnenhut später machte sich Doro auf zum Hotel. Schon von weitem hörte sie die Stimme von Svenjas Mann, der lauthals telefonierte, während er zeitgleich den Rezeptionisten mit seinen Wünschen beschäftigte.

Mit entschuldigendem Blick sah Svenja Doro an, die ihren Schlüssel brauchte.

„Hallo Doro. Entschuldige, Jens ist ein wichtiges Gespräch dazwischengekommen. Er ist aber gleich fertig. Wenn man selbstständig ist, hat immer das Geschäft Vorrang", erklärte Svenja mit wichtiger Miene.

„Da muss das Geschäft deines Mannes ja echt brummen. Das ist ja toll für ihn. Was macht er denn?"

„Import-Export."

„Import-Export. So so. Ich bin auch selbstständig. Ich habe ein kleines Geschäft."

„Hört, hört", vernahm Doro eine Stimme hinter sich.

„Svenja kennen Sie ja bereits. Ich bin die bessere Hälfte. Jens Kramer", stellte er sich vor. „Sie sind also auch verrückt genug gewesen, sich selbstständig zu machen?", fragte er sehr freundlich, während seine Frau ihn fast mit den Augen auffraß.

„Ja, ich bin gern unabhängig. Die Vorstellung, mir alles von jemandem diktieren zu lassen, gefällt mir nicht besonders", erklärte Doro.

„Wollen Sie einen Kaffee mit uns trinken?", lud Jens sie ein.

„In Anbetracht der Tatsache, dass mir meine Bekannte kurzfristig abhandengekommen ist, kann ich wirklich nicht widerstehen. Sonst fange ich irgendwann noch Selbstgespräche an."

„Na, da opfern wir uns doch gern als Lebensretter. Was für ein Geschäft haben Sie denn?"

„Ein Tee- und Kaffeegeschäft. In ziemlich guter Lage, mitten in Hainhausen."

„Sie kommen aus Hainhausen?", quiekte Svenja entzückt.

„Das ist ja großartig, genau wie wir, nicht wahr, Purzel."

„Ich dachte, wir waren beim Du", lächelte Doro.

„Wenn ihr mal in der Nähe seid, lade ich euch gern auf eine Tasse Tee ein." „Woher beziehst du denn deine Ware?", begann Jens, der in Doro wohl eine potenzielle Kundin sah. Sehr zum Kummer von Svenja.

„Na, ich glaube nicht, das Svenja im Urlaub Geschäftliches besprechen möchte", sagte Doro rücksichtsvoll.

„Ich würde mal so sagen, wenn ich mich nicht ständig um mein Geschäft kümmern würde, dann säßen wir nicht hier. Erfolg kommt ja schließlich nicht vom Nichtstun."

„Aber man sollte dabei auch nicht vergessen zu leben."

Jens lächelte seine Frau an. „Weißt du Doro, ich arbeite jetzt ziemlich viel, aber in ein paar Jahren höre ich dann auf und wandere aus. Dafür muss ich jetzt aber noch ordentlich ranklotzen. Von Nichts kommt halt Nichts. Wir haben doch noch unser ganzes Leben vor uns, Purzelmaus!", sagte er mit einem Blick auf seine Frau.

Doro spürte Übelkeit in sich aufsteigen bei so viel aufgesetztem Getue. Die halbe Stunde, die sie mit diesem entzückendem Paar verbracht hatte, kam ihr vor wie ein halbes Leben.

„Ich werde mich nun langsam verabschieden. Ich habe noch etwas Lektüre durchzuarbeiten", sagte Doro mit einem Augenzwinkern und wedelte mit ihrer Illustrierten.

„Du meine Güte, du liest Klatschblätter?", fragte Jens. „Die sind so weit entfernt von Gut und Böse. Darf ich mal sehen?" Er griff nach der Zeitung, die Doro ihm lachend reichte.

„Weißt du, es kann nie schaden, informiert zu sein, über wen man spricht oder halt nicht", sagte Doro, „in meinem Geschäft gehen die unterschiedlichsten Kunden ein und aus, da kann ich immer mitreden. Abgesehen davon finde ich es auch interessant, mit welchen Problemen sich andere herumzuschlagen haben."

„Das gibt's ja nicht", japste Jens, „die kenne ich. Was macht die denn in der Zeitung? Und wer zur Hölle ist Leon Matisse?"

Heather graute es schon vor dem Tag, der vor ihr lag. Sie hatte nach diesem furchtbaren Abend schlecht geschlafen. Die zarten Versuche ihres Mannes, sie zu weiterführenden Intimitäten zu bewegen, blockte sie mit vorgetäuschtem Winterschlaf ab. Vielleicht stieg Bert der Gewinn zu Kopf. Dabei kannte er nicht mal die wahre Summe. Sie mochte gar nicht darüber nachdenken, was passiert wäre, wenn sie ihm die ganzen fünf Millionen gebeichtet hätte. Wie schamlos er diese Frau angebaggert hatte! Es schien Heather, als wären Berts Avancen Marie Tormeier mindestens ebenso unangenehm gewesen wie ihr. Nur mit dem Unterschied, dass Marie Tormeier es ja auch verdient hatte, sich unwohl zu fühlen, warum musste sie sich auch in fremde Angelegenheiten einmischen. Zudem war Heather sehr erstaunt, dass sie nach so vielen Ehejahren noch so etwas wie Eifersucht in sich spürte. Und das, obwohl ihr Bert ja nicht gerade ein Modezar war. Aber alles Grübeln brachte Heather nicht weiter. Es half nichts, es war an ihr, den Tag hinter sich zu bringen, um dann endlich zu Doro zurückzufliegen. Die würde sie schon wieder aufmuntern und auf andere Gedanken bringen.

Heather drehte sich in dem recht kuscheligen, bequemen Bett der Pension zu ihrem Mann um und musste mit Erstaunen feststellen, dass der Platz neben ihr verwaist war. Was war denn nun schon wieder? Ärger stieg in Heather hoch. Warum war nach ihrem Gewinn alles so kompliziert geworden. Es fehlte nicht viel und sie würde sich noch nach der gähnenden Langeweile mit Leberwurstbrot und Gürkchen zurücksehnen.

Sie griff nach dem Zettel, den Bert auf dem Kopfkissen hinterlassen hatte, und las: „Heather-Schatz. Habe viel zu tun. Wir sehen uns um eins zum Essen. Bert."

Wieso hatte Bert denn viel zu tun? Was konnte man denn in so einem stinklangweiligen Kurort zu tun haben? Nie wieder werde ich zu so einer idiotischen Lüge greifen, schwor sich Heather. Ich lasse ihn einfach in dem Glauben, 100.000 Euro reicher zu sein und rühre das Geld ansonsten nicht mehr an. Es sei denn für besondere Schuhe oder einen exklusiven Abend mit Doro. Du meine Güte, wie dankbar war sie, dass sie Doro hatte. Mit Doro war es überhaupt kein Problem, reich zu sein. Sie machte Heather keine Vorschriften und sie war in der Lage, den Gewinn unbeschwert mit ihr zusammen zu genießen. Zum Glück hatte Heather ihrer Freundin davon erzählt.

Langsam und lustlos begann Heather zu duschen und sich anzukleiden. Diese vielen bunten Kleidungsstücke nervten sie mittlerweile an. Sie wollte eigentlich nur unauffällig den Tag überstehen und nicht farbenfroh durch dieses miese Wetter laufen und sich anstarren lassen. Im Grunde genommen wäre ihr noch nicht aufgefallen, dass sie jemand angestarrt hätte, aber Heathers schlechte Laune ließ sich viel besser steigern, wenn sie es sich einredete. So richtig konsequent praktiziertes Selbstmitleid hatte etwas echt Dramatisches. Fehlte nur noch die richtige Musik im Hintergrund, die den Zuschauern noch mal klarmachte, dass es sich hier um eine wirklich schlechte Stimmung handelte.

Lieblos korrekt angekleidet verließ Heather ihr Zimmer. Die Frühstückszeit der Pension hatte sie verschlafen, denn ihr Körper hatte aus Protest gegen den nächtlichen Schlafentzug eine extra Schlafschicht eingelegt. Da in einem Kurort die Uhren irgendwie anders schlugen, war hier bereits frühe Mittagszeit, doch Heather war fest entschlossen, sich wenigstens eine Tasse Kaffee zu erkämpfen. Sie schlenderte die Promenade entlang und sehnte sich nach ihrem Zuhause und nach Doro. Anheimelnder Kaffeeduft zog an ihrer Nase vorbei. Instinktiv folgte sie dem Geruch, der sie direkt in ein Café führte, das sehr nett aussah. Aus dem Augenwinkel bemerkte sie, dass sich direkt vor dem Café Marie Tormeier mit zwei Herren unterhielt. Heather hatte keine Ahnung, was sie von Marie halten sollte. Aber es war sicher interessant, sie von ihrem getarnten Caféplatz aus zu beobachten.

Während Heather ihren Kaffee genussvoll schlürfte, war Marie draußen mit ihrer Unterhaltung beschäftigt, doch irgendwie schien es Heather, als wenn Marie nicht glücklich mit dem Verlauf der Unterhaltung war. Maries Haltung und Gestik spiegelte eine Mischung aus Genervt sein und Ablehnung. Bei genauerem Hinsehen fielen Heather bald die Augen aus dem Kopf. Einer der beiden Männer sah aus wie Leon Matisse! Unfassbar. Wieso kannte Marie so eine prominente Persönlichkeit. Erst jetzt wurde Heather bewusst, wie elegant die beiden Männer wirkten. Vielleicht arbeitete ja Marie für diesen Matisse. Das würde auch zu ihrer Neugier passen. Wahrscheinlich musste sie ständig etwas für ihn in Erfahrung bringen. Und nun war sie genervt, weil sie gerade neue Anweisungen von ihrem Chef und möglicherweise seinem Manager bekommen hatte. Marie konnte sicherlich nicht gut damit umgehen, Befehle erteilt zu bekommen, Heather freute sich diebisch, das mitzubekommen. Und während Leon Matisse sicherlich in einem noblen Hotel residierte, hatte man Marie nur in einer kleinen Pension untergebracht.

Heather konnte sich ihrer Schadenfreude nicht erwehren. Sie bestellte sich eine zweite Tasse Kaffee und hing bei der Betrachtung der drei Personen ihren Gedanken nach. Sie sah, wie sich Marie und Leon Matisse von der dritten Person verabschiedeten und zu zweit davongingen. Die dritte Person verweilte einen Moment, bevor sie sich auch auf den Weg machte. Irgendetwas kam Heather am Gang der dritten Person bekannt vor. Noch bevor sie sich darüber klarwurde, an wen sie sich erinnert fühlte, drehte der Herr sich um und verursachte bei Heather akutes Herzrasen durch einsetzende Panikattacken mit gleichzeitiger Lähmung. Es war ihr Mann Bert in geklonter Weltmannform. Anscheinend hatte er eine Boutique überfallen und war im Anschluss beim Friseur zum Verjüngen gewesen. Es wirkte, als hätte sich ein Fremder des Körpers ihres Mannes bemächtigt.

Lasst sofort meinen Mann wieder frei, schrie es in Heather. Oh Gott, wahrscheinlich war Bert in die Midlife-Crisis gekommen und würde als Nächstes mit einem blutjungen Teenie durchbrennen. Er liebt mich vielleicht gar nicht mehr, wallte es panisch in ihr auf. Dieser Lottogewinn war tatsächlich mehr Fluch als Segen. Seit sie gewonnen hatte, wurde ihr Leben zunehmend schwieriger. Vorher war ihr Leben geordnet und wunderbar. Na ja, vielleicht nicht direkt wunderbar, aber sehr geordnet. Es mochte ja sein, dass diese Ordnung auch eine gewisse Langeweile mit sich gebracht hatte. Aber sie musste sich wenigstens nicht den ganzen Tag um alles Mögliche sorgen.

Völlig kraftlos und traurig bezahlte Heather ihren Kaffee, um sich möglichst unauffällig auf den Weg zurück in ihre Pension zu begeben. Ich will das alles nicht mehr, jammerte sie unentwegt in sich hinein. Ich bin reich und unglücklich!

Vielleicht war es ja noch nicht zu spät, vielleicht konnte sie den Gewinn im Nachhinein ja noch ausschlagen. Innerlich völlig ausgehöhlt ließ sich Heather auf eine Bank sinken. Sie hatte nicht mal mehr genug Energie, um ihren Kummer in einer Flutwelle aus Tränen aus dem Körper zu befreien. Was sollte sie nur tun? Das Geld einfach zurückgeben würde nicht funktionieren, schließlich hatte sie ja bereits ein ansehnliches Sümmchen davon ausgegeben. Und es würde irgendwie seltsam wirken, wenn sie einen Kredit aufnähme, um das Geld abzubezahlen, welches sie von ihrem eigenen Gewinn ausgegeben hatte. Sie könnte das restliche Geld auch spenden. Aber ihr Bedürfnis an Spenden war in letzter Zeit eigentlich gut abgedeckt worden.

Ihr eigentliches Problem war ja nicht das Geld, sondern diese Marie Tormeier. Vielleicht sollte Heather in einer finsteren, verrauchten Kneipe einen vernarbten, unheimlichen Gangster engagieren, der Marie unauffällig um die Ecke brachte. Ein guter Gedanke. Doch irgendwie zweifelte Heather, so einen Gangster in diesem ordentlichen Kurort zu finden. Oder Heather könnte sich einen Kurschatten buchen, um Bert eifersüchtig zu machen. Andererseits könnte es ja auch sein, dass Bert sie schon sehr lange nicht mehr liebte und es besser für alle wäre, sich nicht weiter zu quälen.

„Doro, ich schaffe das hier alles nicht alleine. Du musst mir helfen. Bert sieht aus, als wäre er Karl Lagerfeld zum Opfer gefallen."

„Süße, nun bleib mal ein wenig entspannt. Wenn du den Kopf verlierst, erreichst du überhaupt nichts", versuchte Doro Heather zu beruhigen.

„Ich will auch nichts erreichen. Nicht mal mein eigener Mann liebt mich. Mein Leben ist verpfuscht, vorbei", schluchzte diese.

„Kann es sein, dass du eine kompetente Lebensberaterin an deiner Seite brauchst, die zufällig hinter dir steht und dich bemitleidenswert albern findet", hörte sie Doro hinter sich sagen, bevor das Gespräch beendet wurde.

Wie von Sinnen drehte sich Heather um und fiel heulend und lachend Doro um den Hals.

„Dir ist schon klar, dass sich andere Menschen in ihren Kuren zu Tode langweilen. Und es für gewöhnlich nicht nötig ist, dass ihre Freundinnen sie retten", machte sich Doro mit Genuss über Heather lustig. „Zum Glück bist du Millionärin, denn es kommen ein paar Reisespesen auf dich zu", lachte sie.

„Doro, ich weiß ja selbst, wie seltsam das alles klingen mag, aber Bert ist nicht wiederzuerkennen."

„Na ja, du siehst aber auch aus wie eine Verwandlungskünstlerin. Und noch dazu wie eine verheulte Dumpfbacke. So, hoch mit dir, wir gehen jetzt Ehemänner suchen. Und bei dieser Gelegenheit begutachte ich auch gleich die knallharte Konkurrentin, die du nun hast", scheuchte Doro ihre Freundin hoch, während sie in ihrer Tasche nach Taschentüchern kramte, um Heather ansatzweise wieder in Ordnung zu bringen.

„Du meine Güte, holst du jetzt nach, was du in den letzten Jahren nicht geheult hast? Außerdem dachte ich, die Jobverteilung zwischen uns wäre klar. Ich habe Probleme, jammere dich dann voll und du redest mir gut zu. Und jetzt drehst du wegen dem treuesten Bert der Welt bald durch. Ich dachte, eure Welt geht nur unter, wenn euch die Gürkchen ausgehen."

„Was wollen wir denn jetzt machen?", fragte Heather. „Wollen wir uns ranschleichen und sie beobachten?"

Doro sah Heather ernst an. „Am besten nehmen wir die beiden auf Video auf, damit wir es Bert dann vorhalten können."

„Gute Idee", fand Heather.

„Heather!! Was ist mit dir los? Das war ein Scherz! Was sollen wir schon machen? Wir gehen einfach zu ihm und sagen Hallo. Er ist dein Ehemann und kein Schwerverbrecher. Schon vergessen?", schimpfte Doro kopfschüttelnd. „Kaum gewinnst du fünf Millionen, schon wirst du zum Teenager. Ein Glück, dass ich ständig pleite bin, sonst würde sich mein Gehirn wohl auch entmaterialisieren."

Die beiden Frauen schritten zügig in Richtung Pension, als Heather plötzlich stocksteif stehen blieb.

„Da, sieh nur, BERT", flüsterte Heather beinahe atemlos.

Doro folgte Heathers Blick und setzte sich schnurstracks in Richtung Bert in Bewegung. Völlig überfordert folgte Heather ihr.

„Bert, auch du liebe Güte, hast du dich mit Karl Lagerfeld angefreundet oder hat dich nun die Midlife-Crisis im Würgegriff?", begrüßte Doro den Gatten ihrer Freundin.

Bert strahlte über das ganze Gesicht, als er die beiden Frauen erblickte.

„Los, nun sagt schon, sehe ich nicht einfach super aus? Heather, wo warst du denn? Ich habe dich schon überall gesucht", schimpfte er in die Richtung seiner Ehefrau.

„Ach tatsächlich?", begann Heather mit einer Stimmlage, die bereits sehr nach Ärger klang.

„Sie hat mich am Bahnhof abgeholt, nachdem ich hier völlig überraschend angekommen bin", erklärte Doro schnell, um unnötigen Ärger zu vermeiden.

„Aber das Beste kommt noch", begann Bert, „als ich vorhin Marie getroffen habe, eine Urlaubsbekanntschaft von uns", erklärte Bert in Doros Richtung, „da hat sie mich Leon Matisse vorgestellt. Ist das nicht unglaublich? Erst gewinnt Heather so viel Geld und dann lernen wir erst Marie kennen und dann Leon Matisse."

Während Heather damit beschäftigt war, die nächste Zornesröte in ihrem Gesicht zu verteilen, kam Doro auf die glorreiche Idee, die richtigen Fragen zu stellen.

„Ich verstehe nicht, wie du das meinst. Dass Heather Geld gewonnen hat, ist natürlich toll, auch wenn du jetzt aussiehst wie ein Fremder, aber was hat das mit eurer Urlaubsbekanntschaft zu tun?"

„Ich bin auch nicht sofort darauf gekommen, aber mir kam ihr Name so bekannt vor. Marie Tormeier."

Verständnislos sahen beide Frauen ihn an.

„Heather müsste eigentlich wissen, wer sie ist. Überleg doch mal. Madeleine von Schweden. Na, dämmert dir da was?"

Madeleine von Schweden? Irgendwo in Heathers Kopf war da etwas, aber es ließ sich noch nicht so richtig fassen. Madeleine von Schweden. Man sah Bert seine Überlegenheit wirklich an. Er genoss es von Herzen, etwas zu wissen, was die beiden Frauen nicht aufgelöst bekamen.

„Ich habe nun wirklich oft genug versucht, dir auf die Sprünge zu helfen, Heather", schloss er das Thema ab. „Seid ihr auch so hungrig wie ich? Diese Kurorte haben ja irgendwie eine eigene Dynamik. Mein Magen hat noch gar nicht geöffnet, wenn hier das Frühstück eingenommen wird. Außerdem muss mein neues Ich schließlich standesgemäß ausgeführt werden. Würdet ihr mir die Ehre erweisen, mich zum Essen zu geleiten?"

„Ich bin auch am Verhungern. Und wenn ich schon in diesem Kaff verweile, dann lässt sich der Frust am besten mit einer guten Mahlzeit runterspülen", stellte Doro vergnügt fest und hakte sich bei Heather und Bert ein. „Erzähl mal Heather, wie bekommen dir denn deine Kuranwendungen?", fragte Doro sichtlich erheitert.

Hochrot murmelte diese: „Alles schön. Wirklich sehr entspannend."

„Und wirst du noch von diesem traumhaft tollen Arzt mit den stahlblauen Augen betreut, von dem du erzählt hast", fragte Doro tapfer und ignorierte dabei, dass Heather ihren Arm völlig zerquetschte, in der Hoffnung, Doro damit zum Schweigen zu bringen. Lächerlich, ein kleiner Schmerz ließ eine Doro doch nicht verstummen.

„Was denn für ein Arzt? Davon hast du mir überhaupt nichts erzählt!", beschwerte sich Bert.

„Da verwechselst du bestimmt etwas, Doro", säuselte Heather.

„Nein, das glaube ich nicht. Sagtest du nicht, dass er frisch geschieden ist und fast ein wenig aufdringlich?"

„Ich bin sowieso der Meinung, Doro, dass diese Kur Gift für Heather ist. Sieh sie dir doch an. Sie sieht nun wirklich nicht erholt aus. Außerdem ist sie empfindlicher als flüssiges Natrium. Und übrigens, Heather, es ist dir vielleicht nicht aufgefallen, aber ich bin von Kopf bis Fuß neu gestylt. Vielleicht könntest du dich mal ein wenig für deinen Ehemann begeistern."

„Na ja, Bert, wir werden ja alle nicht jünger. Toll, dass du das erkannt hast und Heather noch mal beeindrucken möchtest. Und ich muss schon sagen, dein Anblick ist sehr ungewohnt, aber durchaus passabel. Bist du denn selbst darauf gekommen?"

Heather zischte Doro nur zu: Gute Frage, gute Frage.

„Natürlich bin ich das. Wenn man schon mal Zeit hat und genügend finanzielle Mittel. Außerdem ist mir aufgefallen, wie Heather letzte Woche einem Feuerwehrmann hinterhergesehen hat, und als ich das bemerkte, wurde sie ganz nervös und entfernte sich im Eiltempo in entgegengesetzte Richtung. Da wurde mir klar, ich habe Konkurrenz, ich muss mich auch mal aufmotzen."

„Sieh mal an, Heather, Feuerwehrmänner machen dich nervös. Ich wüsste zu gern warum", lachte Doro.

„Das ist dir aufgefallen?", fragte Heather ihren Ehemann erstaunt. Bert zog seine Augenbraue hoch und sah seine Frau an.

„Heather, ich bin vielleicht nicht Casanova, aber ich bin auch nicht blind. Können wir jetzt essen gehen. Vielleicht treffen wir ja auch noch mal Leon Matisse und kommen dann in die Zeitung. Wo ich doch so super aussehe."

4. Kapitel Stringularhusten

Dass der Alltag mitunter entspannender sein konnte als Urlaub, war zwar erstaunlich, aber es ließ sich auch nicht leugnen. Marie schlenderte die Straße entlang. Wenn es zu einem Erholungsurlaub gehörte, sich ständig zu streiten, dann würde sie nie wieder Urlaub machen. Seltsam, dass sie Probleme regelrecht anzog. Möglicherweise lag es auch an ihr. Es fiel anderen Leuten anscheinend leicht, sich über sie lustig zu machen oder sie nicht zu mögen. Vielleicht sollte sie ihre Rachepläne lieber auf Eis legen und das Leben genießen. Wahrscheinlich würde sonst aus ihr eine verbitterte Frau werden, die mit einem dicken Kissen unter den Ellbogen auf der Fensterbank lehnte und die Fußgänger auf der Straße beleidigte oder zu kommentieren begann. Vielleicht klang ihre Stimme längst schon keifig und keiner traute sich, ihr das zu sagen.

Zudem konnte Marie nicht umhin anzunehmen, dass sie aufgeflogen war. Wenn selbst ein unbedarfter Kurgast wie Bert Weidenthal bereits wusste, wer sie war, und auch ihre Kollegen mit Nachdruck nach ihrem gewonnenen Geld fragten, war es an der Zeit, etwas zu unternehmen. Sie musste sich eine Erklärung für die Leute überlegen, wo das Geld geblieben war. Und dann kam auch noch Leon Matisse in ihrem Kein-Erholungsurlaub vorbeigeschneit, um sich einen Scheck abzuholen und mit seinen Fortschritten bei Chantal zu glänzen. Selbstverständlich gab er mit seinen Heldentaten und Ideen derart an, dass einem übel werden konnte. Und prompt musste auch noch Bert Weidenthal vorbeikommen und sich ins Gespräch drängeln. Echt verrückt alles. Aber Marie musste zugeben, dass Leon tatsächlich der Richtige für diesen Auftrag zu sein schien. Er ließ sich von Chantal kein bisschen beeindrucken und schaffte es, sie immer mehr an sich zu binden. Im Grunde genommen war Chantal schon genug mit sich selbst bestraft. Es war ja nicht nur, dass sie anderen Leuten alles neidete, sie war auch mit sich selbst nie zufrieden, geschweige denn glücklich. Wenn das mit Leon Matisse gut lief, dann würde sie auf jeden Fall ihre Lektion gelernt haben.

Jetzt musste sich Marie nur noch einen plausiblen offiziellen Verwendungszweck für das Geld überlegen. Schließlich konnte sie ja schlecht von ihren Racheplänen erzählen. Also musste sie eine frauliche, möglicherweise leicht irrationale emotionale Erklärung für den Verbleib des Gewinnes erfinden. Sie könnte ja erklären, sie hätte verschiedene Schönheitsoperationen hinter sich gebracht. Oder sie hätte das Geld gespendet. An verlassene Frauen, die wegen ihrer vielen Tränen ausgetrocknet waren, sodass sie speziell bewässert werden mussten, während ihre Augen langsam durch die Präsentation von entsprechendem Bildmaterial wieder an das männliche Geschlecht gewöhnt wurden. Oder sie hätte das Geld an den Verein Piranhas für die Nordsee e.V. gespendet, die Piranhas in unseren Gewässern einheimisch machen wollen. Aber warum auch immer, es klang so wenig überzeugend. Vielleicht hatte ja Timm eine Idee. Der einzig wirklich wahre Freund der Frauen. Es gab wirklich niemanden, der ihn nicht mochte. Freundlich, klug, konnte stundenlang zuhören, selbst wenn es nur um die neuen Pumps ging, die man gerade erstanden hatte. Es war Marie ein Rätsel, wie man ohne einen Timm überleben konnte. Er war zwar manchmal etwas zu korrekt, aber das lag sicher daran, dass ihm die richtige Frau fehlte. Oder überhaupt mal eine Frau. Wie dem auch sei, vielleicht wusste Timm ja Rat.

Das Haus, welches Timm beherbergte, wirkte wie ein großes Männerwohnheim. Gardinen oder Blumen waren nirgendwo zu entdecken. Sechs Mietparteien gingen dort ein und aus, ohne dass sie einander viel Aufmerksamkeit geschenkt hätten. Marie hätte schwören können, dass Timm nicht mal den Namen seines Nachbarn kannte. Die Klingelschilder waren diverse Male überklebt worden, mit der Gleichgültigkeit, die Männern manchmal eigen war. Glücklicherweise wurde das Treppenhaus wöchentlich von einem Reinigungsservice gereinigt. Es war schauerlich, darüber

nachzudenken, wie es ansonsten aussehen würde. Der Hausbe-
sitzer war, wie überraschend, auch ein Mann. Dieser war bei seiner Scheidung derart von seiner Exfrau ausgenommen worden,
dass er nur noch Männer als Mieter duldete.

Wie eigentlich immer war die Tür zum Hauseingang geöffnet.
Wahrscheinlich hatten Männer einfach weniger Urängste, bestoh-
len zu werden. Marie betrat das Treppenhaus immer mit einem
Lächeln. Nichts war dort so wie in anderen Häusern. Keine Ehefrauen, deren Stimme durchs Treppenhaus tönte: „Hallo, haben
Sie auch die Tür richtig verschlossen?" Alles war praktisch und
sachlich. Selbstverständlich auch keine Pflanze im Treppenhaus
oder Türschmuck. Ein leerer Bierkasten stand vor einer Haustür,
an einer anderen Haustür klebte ein Zettel mit dem Hinweis:
„Klingel ist kaputt. Bitte klopfen." Das waren eindeutige Indizien
für das Fehlen von Frauen. Gäbe es in dem Haushalt eine Frau,
wäre die Klingel schon am nächsten Tag repariert worden. Soweit
sie wusste, war das sogar schon der zweite Mieter, dem die Klingel genauso egal war wie seinem Vormieter.

Marie erklomm lächelnd die Stufen bis zum dritten Stock.
Timms Türklingel funktionierte hervorragend, sie musste es nur
schaffen, die unterschiedlichen Bassgeräusche zu übertönen, die
ihr aus den anderen Wohnungen entgegenschallten.

„Hi Marie!", begrüßte Timm sie, als er ihres Anblickes habhaft
geworden war. „Zurück aus der Einöde?"

„Hör bloß auf", stöhnte Marie und ließ sich auf das bequemste
Sofa der Welt sinken, welches in Timms wunderbar stylischen
Wohnzimmer stand. Geschmack hatte er, da gab es nichts zu
meckern.

„Es war wirklich schrecklich. Das hatte rein gar nichts mit
Erholung zu tun. Da war so ein seltsames Ehepaar, das mich fast
in den Wahnsinn getrieben hat. Anscheinend wusste der Mann,
dass ich Geld im Fernsehen gewonnen habe. Immer wieder wollte
er es mir durch die Blume sagen. Einmal hat er extra betont, dass
er einen nagelneuen Fernseher besitzt, gewonnen bei einem
Preisausschreiben. Und seine Frau ist richtig unangenehm
geworden, weil sie wohl dachte, ihr Mann macht mir Avancen.

Offenbar wissen viel mehr Leute etwas mit meinem Namen anzufangen, als mir bewusst ist."

„Marie, du hast 100.000 Euro gewonnen, eine Summe, von der die meisten Menschen nur träumen können. Du hattest also riesiges Glück und solltest dich freuen. Stattdessen schaffst du es tatsächlich, vor mir zu sitzen und zu jammern, weil du Geld gewonnen hast?"

„Das ist ja wieder typisch Mann. Denk doch mal nach. Zum einen will ständig jemand wissen, was ich mit dem Gewinn mache. Und ich kann ja wohl schlecht sagen, dass ich mich an meiner Exfreundin und meinem zukünftigen Exmann rächen will. Und zum anderen können sich natürlich auch Fremde meinen Namen gemerkt haben, der wurde ja laut und vernehmlich im Fernsehen genannt. Das Beste wäre, ich würde eine Geschichte erfinden, die erklärt, wo mein Geld geblieben ist und bei der ich zugleich auch noch gut wegkomme."

Timm verdrehte die Augen und setzte sich zu Marie aufs Sofa.

„Warum nimmst du nicht einfach das Geld, gehst exklusiv shoppen, kaufst dir ein tolles Auto und krönst das Ganze mit einem tollen Urlaub. Und zwar nicht in einem langweiligem Kurort, sondern in der Karibik oder auf den Seychellen. Mit vielen Cocktails, Sonne und noch mehr Shopping?"

Die Türklingel unterbrach sie.

„Hi Timm", hörte Marie, bevor Eddie in seinem kompletten, wirklich sexy Outfit eintrat.

„Hi Mary. Na, wie war deine Kur? Ach ich sehe schon, du bist ja mindestens zehn Jahre gealtert. Dann muss sie ja super gewesen sein", ärgerte Eddie sie. bevor er Marie zur Begrüßung umarmte.

„Eddie, zum 100.000sten Mal. Nenn mich nicht immer Mary. Du siehst ja wieder sehr wichtig aus. Und steht heute wieder Jungfrauen retten auf deinem Programm?", lachte sie.

„Eddie hat heute ein Date!", jaulte Timm aus der Küche.

„Ein Date. Das ist ja super, Eddie. Los, erzähl schon", forderte ihn Marie auf.

Eddie baute sich mit verschränkten Armen vor Marie auf. „Diskretion ist meine Spezialität. Sozusagen im Preis inbegriffen. Im Übrigen, Timm, du Tratsche, kaum bist du wieder gesund, schon spielst du wieder mit deiner Gesundheit", drohte er lachend mit seiner Faust, die an diesem wirklich, wirklich muskulösen Arm hing.

Marie seufzte. Warum konnte sie sich nicht einfach in Eddie verlieben. Aber die Tatsache, dass ihre Mütter befreundet waren und jahrelang versucht hatten, ihre Kinder miteinander zu verkuppeln, machte es ihr einfach unmöglich, Liebesgefühle für Eddie aufzubringen. Sie kannte nicht nur jedes Foto, das von Eddie existierte, sondern seine Mutter hatte ihr auch von jeder seiner Krankheiten und seinem Stuhlgang als Baby erzählt. Und hätte Marie selbst dann noch einen Hauch von Emotionen für Eddie in sich gespürt, hätte ihn seine Mutter spätestens dann zerstört, als sie Marie auch noch nötigte, sich die gesammelten Werke von Eddies selbstgebastelten Muttertagsgeschenken anzusehen, zusammen mit seinen selbstgemalten Kindergartenbildern. Das hatte wirklich jedes Gefühl ausgelöscht, das hätte da sein können. Aber als Freund war Eddie wirklich unschlagbar, zusammen mit Timm selbstverständlich. Auch wenn Eddie ständig seine Frauen wechselte und die Aufregung nie verstand, wenn er wieder eine Frau mit der Nächsten betrog. Eigentlich hasste Marie genau dieses Verhalten an Männern. Aber bei Eddie war das irgendwie anders. Er war einfach immer so lustig und unkompliziert. Im Grunde genommen wusste jede seiner Liebschaften auch immer Bescheid, dass er keine Frau fürs Leben suchte. Aber jede ging natürlich davon aus, genau die eine zu sein, die er suchte, und so war jede der Damen tief erschüttert, wenn Eddie dann weiterzog.

Eddie war das genaue Gegenteil von Timm. An Timm prallten alle Avancen von Frauen ab. Frauen waren ihm einfach zu kompliziert. Er war so mit sich im Reinen, dass er es schaffte, allein glücklich zu sein. Die Vorstellung, dass sich eine andere Frau zwischen Timm und Marie drängen könnte, war Marie auch äußerst unangenehm. Ohne Timm auszukommen, das würde sie gar nicht schaffen.

„Hallo Marie, meditierst du gerade?", fragte Eddie, bevor er sie herumwirbelte.

„Mann, geht ihr mir auf die Nerven", meckerte Tim, „was zur Hölle wollt ihr denn nun hier? Es gibt ja schließlich auch noch Leute, die was zu tun haben."

„Was hast du denn mit deiner ganzen Kohle gemacht, Marie?", fragte Eddie.

„Aahhh, siehst du, Timm. Ich sage es dir doch, jeder fragt mich das. Sogar Eddie", sagte Marie in einer typisch weiblichen, übertrieben hohen Stimmlage.

„Na hör mal, man wird ja wohl noch mal fragen dürfen. Außerdem weiß ich in groben Zügen, was du vorhast. Hast du schon einen Massenmörder für deinen dämlichen Exmann engagiert? Ich habe dir ja gleich gesagt, dass du ihn nicht heiraten sollst. Aber du wusstest es ja besser."

„Erzähl ihm doch mal, wen du beauftragt hast, für Chantal", stichelte Timm.

Marie wurde nicht nur rot, sie war auch ganz sicher, dass bereits Rauchschwaden ihr Ohr verließen.

„Das ist doch egal. Eddie wollte außerdem gerade los. Wir wollten ja hier nicht mein Leben durchkauen. Ist ja viel zu langweilig. Na, dann wollen wir dich nicht aufhalten. Und viel Spaß mit deinem Date", sagte Marie mit strahlendem Lächeln an hochrotem Kopf.

„Hoppla, da will mir wohl jemand eine gute Geschichte vorenthalten. Na, dann lass mal hören", freute sich Eddie.

„Ich habe mich nur ein wenig an Chantal gerächt. Das ist alles."

„MARIE!!!"

Ganz kleinlaut, kaum hörbar entwich ihrem Mund ein „Leon Matisse".

Verblüfft sah Eddie sie an, während Timm grinsend im Türrahmen stand und es sichtlich genoss, Marie so peinlich berührt zu sehen.

„Du hast Leon Matisse angeheuert für Chantal??"

Marie nickte.

„Aber ich dachte, du wolltest dich rächen. So machst du doch Chantal eine riesige Freude."

„Na hör mal, Eddie", schaltete sich Timm ein, „Marie ist doch nicht dämlich. Sie hat sich das schon ganz gut überlegt. Sie schickt den Matisse los, um Chantal einzuwickeln. Da die ja nur ein erbsengroßes Hirn hat, fährt sie natürlich voll darauf ab. Das Problem ist aber, dass die Medien das Ganze verfolgen werden. Chantal selbst findet es natürlich super, sich in den Zeitungen wiederzufinden. Da sie aber gerade erst ihren Mann für ihren neuen Liebhaber verlassen hat, hat sie keinen Anspruch auf Unterhalt oder Ähnliches, und ist dann ja wohl gezwungen, auch mal für sich selbst aufzukommen. Abgesehen davon ist sie ja schließlich auch Mutter."

„Na und, sie hat doch einen Job", wandte Eddie ein.

„Schon, aber den hat sie ja nur halbtags, weil sie ihren Neuen bereits alles zahlen lässt. Der entnimmt nun der Zeitung, dass seine Liebste mit Leon Matisse herumturtelt. Das dürfte ihm nicht gefallen. Abgesehen davon fehlt Chantal ständig auf der Arbeit, womit sie ihren Job gefährden dürfte."

Eddie zog seine Augenbrauen hoch. „Hört sich alles interessant an. Aber was soll es denn bewirken. Am Ende brennt Chantal mit dem Matisse durch und du hast dein Geld verschwendet. Frauen wie Chantal fallen immer auf die Füße. Am Ende bist du nur wieder traurig, weil sie dich wieder überlistet hat. Ich kann mir nicht vorstellen, dass du Chantal an einem schwachen Punkt treffen kannst. Dafür hat sie viel zu viel Selbstbewusstsein."

Marie schaute Eddie an und wirkte verunsichert. „Ich möchte mich einfach mal wehren. Sie soll sich auch mal schlecht fühlen. Selbst wenn die Chance nur gering ist, dass ich das schaffe, aber das ist es mir wert. Verstehst du?"

Eddie zog Marie an sich, da sich ihre Augen schon wieder mit Wasser füllten. „Du hast Recht. Wenn man es nicht versucht, wird man nie Erfolg haben. Und wenn ich dir helfen kann, dann lass es mich wissen. Wir könnten ja auch einen Brand in ihrer Wohnung legen. Und wenn ich dann mit meinen Jungs zum Löschen anrücke, dann haben wir halt blöderweise die Schläuche vergessen. Die Feuerwehr, dein Freund und Helfer, weißt du doch. Was machen deine Rachepläne für deinen Verflossenen? Mann, du umgibst dich aber auch mit Idioten. Ich hoffe doch, du hast einen Killer beauftragt, der ihn beseitigt."

„Na ja, ehrlich gesagt bin ich noch nicht so weit gekommen mit meinen Racheplänen. Wichtig ist natürlich, dass ich am Ende alle meine Sachen wiederbekomme, die er nicht rausrückt. Und ich muss erreichen, dass er sich in Schwierigkeiten bringt. Aber im Moment habe ich erst mal das Problem, dass ich den Verbleib meines Geldes erklären muss. Ich kann ja schlecht von meinen Racheplänen erzählen."

„Sag doch einfach, dass du es verschenkt oder gespendet hast. Bei uns in der Feuerwache kommt in Abständen immer eine Unbekannte, die uns irgendwelches edles Elektrozeug schenkt. Wir dürfen aber nicht wissen, wie sie heißt. Sie wirkt auch immer total abgehetzt. Echt, die tut uns allen richtig leid. Scheint richtig Probleme zu haben, die Dame. Und eine echt scharfe Freundin. Mein Date für heute", grinste Eddie.

„Oh mein Gott. Du holst dir aber auch jede Frau ins Bett, die sich bewegt", lachte Marie, bevor sie von Timm durch einen Hustenanfall unterbrochen wurde.

„Hey Timm, ich dachte, du bist wieder gesund", kommentierte Eddie.

„Du warst krank?", fragte Marie erstaunt.

„Wenn ich genauer darüber nachdenke", parlierte Eddie mit wichtige Miene, „dann hast du doch sicher immer noch diesen fiesen Husten, der zum Tod führen kann, wenn du nicht diese spezielle, sauteure Behandlung von dem ausländischen Spezialisten bekommst, die du aber selbst bezahlen musst, oder?"

Marie und Timm sahen Eddie verständnislos an, als hätte er gerade die Unendlichkeit des Universums erklärt. Doch dann dämmerte es Marie.

„Richtig, und dieser fiese Husten muss in den USA behandelt werden, weil nur die Spezialisten dort die überaus schwierige Behandlung durchführen können", ergänzte sie, „und das kostet alles richtig viel Geld. Und ich habe zufällig Geld."

„Nein, nein, nein", ging Timm dazwischen, „ich glaube, ihr beiden spinnt. Vergiss es Marie, und zwar ganz schnell."

„Ich habe auch gelesen, dass dieser gemeine Husten zum Tode führen kann", insistierte Eddie.

„Ja genau, das habe ich auch gelesen. Dieser üble Stringularhusten. Ganz fiese Sache", bestätigte Marie. Beide sahen Timm erwartungsfroh an. „Meine Antwort lautet NEIN!"

„Ich schenke dir einen tollen Karibikurlaub mit allem Drum und Dran für die Zeit deines angeblichen Klinikaufenthaltes", bettelte Marie. „Und wir sagen es ja auch niemandem. Nur meinen Kolleginnen. Damit die aufhören zu nerven. Bitte, Timm. Ich mache es auch wieder gut. Du hast doch nichts zu verlieren. Bitte, bitte", drängelte Marie.

Timm fing wieder an zu husten. Marie und Eddie sahen sich an und grinsten.

„So, ich muss dann mal los, Leute retten. Gute Besserung für dich, Timm, mit deinem Stringularhusten. Und dir, Marie, viel Spaß beim Leutetöten. Tolle Freunde habe ich", hörte man Eddie noch sagen, bevor die Tür ins Schloss fiel.

„Marie, für den Fall, dass ich diesen Schwachsinn wirklich mitmachen sollte, du sagst sonst niemandem, dass es sich bei deiner angeblichen Lebensrettung um mich handelt, verstanden?"

Marie quietschte und sprang Timm in die Arme. „Danke Timm, das ist wirklich nett. Ich baue auch keinen Mist. Ehrenwort."

„So, und jetzt raus mit dir. Ich muss mir nämlich mein Geld noch auf ehrliche Art verdienen. Ohne dich wäre mein Leben sicher total langweilig."

In der folgenden Arbeitswoche fühlte sich Marie regelrecht beschwingt. Mit Leon Matisse und Chantal lief es hervorragend. Jeden Abend waren die beiden auf Vergnügungstour. Marie konnte sogar schon darüber nachdenken, das Projekt abzubrechen, bevor es noch teurer wurde. Und sie hatte mit Timms Stringularhusten eine gute Erklärung für den Verbleib ihres Geldes, abgesehen davon, dass alle Kollegen ihre gute Tat bewunderten und Marie in ihrer Achtung stieg. Sie hatte die Geschichte noch ein ganz klein wenig ausgeschmückt. Und weil Lydia immer so nett zu ihr war und sich wirklich für Maries Leben interessierte, hatte Marie es auch noch Lydia erzählt. Und weil alle so glücklich waren, dass Marie zur selbstlosen Lebensretterin wurde und Marie selbst sich deswegen auch so wahnsinnig glücklich fühlte, erwähnte sie es auch noch bei Ricardo, dem Friseur im Untergeschoss. Sie hatte das Gefühl, dass nun alle irgendwie netter zu ihr waren. Selten war sie so zufrieden gewesen. Deshalb konnte sie Timms Ärger auch nicht so ganz verstehen, als er mit grimmigem Gesichtsausdruck im Shoppingpoint an Maries Infoschalter erschien.

„Du hast Eltern?", fragte Marie ernsthaft erstaunt.

„Marie, du hattest mir versprochen, dass es keine Schwierigkeiten geben würde. Stringularhusten. So ein Mist. Versau es jetzt bitte nicht", fauchte Timm ihr sehr verärgert entgegen, bevor er einem älteren Ehepaar entgegen ging.

„Mama, Papa, darf ich euch Marie Tormeier vorstellen", machte er Marie mit seinen Eltern bekannt, bevor er eine Hustenattacke simulierte.

„Sie werden also unseren Timm retten?", fragte Frau Gruner mit Tränen in den Augen. „Er ist doch unser einziger Sohn. Und Kinder sollten doch nicht vor den Eltern gehen."

„Das gibt es doch nicht", hörte Marie zu ihrem Schrecken hinter sich. „Timm, du bist also dieser todkranke Patient, für den Marie sich so selbstlos einsetzt. Das ist ja schrecklich. Ihr seid doch so gut befreundet", ereiferten sich ihre herangeeilten Kollegen Linda und Gunnar.

Der Tag hätte besser laufen können, fuhr es Marie durch den Sinn und sie überlegte schon einmal, wie groß das Geschenk an Timm würde sein müssen, damit sie ihn als Freund behielt.

„Marie ist schon eine ganze Zeit immer so nervös. Und ich sag noch, Linda, sag ich, wenn da mal nicht was Schlimmeres bei unserer Marie im Busche ist. Ich habe da so einen untrüglichen Riecher. Wenn was nicht stimmt, ich merke das sofort. Aber sofort", erklärte Gunnar voller Inbrunst, die er immer an den Tag legte, wenn er seine besondere Menschenkenntnis unterstreichen wollte. Und die war seiner Meinung nach Homosexuellen angeboren. Gunnar konnte zuweilen anstrengend sein, aber als Kollege war er einfach ein Traum.

Timms Mutter entpuppte sich als eine gepflegte, leicht gerundete Dame, die sicherlich ihre Tischdecken tipptopp gebügelt hatte, wenn sonntags pünktlich das Essen auf den Tisch kam. Leider hatte Marie nun das Leben von Frau Gruner getrübt, indem sie aus ihrem kerngesunden Sohn einen todgeweihten Patienten mit Stringularhusten gemacht hatte. Wieso hatte sich die Sache eigentlich bis zu Timms Eltern rumgesprochen? Sie hatte die Geschichte vielleicht etwas ausgeschmückt, aber sie hatte Timms Namen nur auf ausdrücklichen Wunsch genannt.

„Wie konnte es nur dazu kommen!", sagte Frau Gruner mit trauriger Stimme, „Stringularhusten. Das ist die Strafe dafür, dass du als Kind immer so gesund warst. Und so ein braver Junge. Unser Timmi."

„Mama, nenn mich bitte nicht Timmi. Mein Name ist Timm. Was soll das nur mit diesen grausamen Verniedlichungen", meckerte Timm. Als er in die betrübten Gesichter sah, fing er ordentlich an zu husten, damit alle Anwesenden auch zufriedengestellt waren.

„Also bei mir im Haus war auch einer mit Stringularhusten", sinnierte Gunnar. „Herr Niemann. Vergesse ich nie. Schlimme Sache. Ganz schlimm. Habe nie wieder von ihm gehört", dramatisierte Gunnar.

„Aber du wohnst doch dort gar nicht mehr", wandte Linda ein.

„Ja, schon, aber ich habe trotzdem nie wieder von ihm gehört."

„Aber ihr konntet euch doch gar nicht ausstehen. Ihr habt doch nie miteinander gesprochen???" Linda ließ nicht locker.

Nachdem Gunnar ihr einen vernichtenden Blick zugeworfen hatte, warf er seinen Kopf in den Nacken und machte sich auf den Weg zurück zu seiner Arbeit am Infopoint.

„Es ist so eine große Geste, dass sie unserem Sohn diese Behandlung ermöglichen. Es gibt noch gute Menschen auf dieser Welt. Es ist uns überhaupt nicht möglich, Ihnen den Dank entgegenzubringen, den wir empfinden", erklärte Frau Gruner emotional. Timms Vater, der sich die ganze Zeit eher still im Hintergrund gehalten hatte, legte seine Hand auf Timms Schulter.

„Es sind schwere Zeiten, mein Junge. Aber du musst ein Mann sein und die Bürde aushalten, die unser Herrgott dir auferlegt hat. Wir sind Ihnen zu großem Dank verpflichtet, junge Dame."

„Ach wissen Sie, ich tue das wirklich gern. Immerhin ist Timm ein sehr guter Freund von mir. Und in der heutigen Zeit, wo die Menschen viel zu wenig füreinander einstehen, da dachte ich mir

...", begann Marie, bevor sie einen heftigen Schmerz an ihrem Arm wahrnahm, da Timm sich bemühte, ihren Arm zu zerquetschen.

„... ich helfe doch gern", war alles, was Marie noch deutlich aussprechen konnte, ohne vor Schmerz loszuschreien.

„Wann soll es denn nun losgehen? Ende der Woche, oder? Ich finde es so reizend, dass Sie Timm begleiten, Marie. So eine komplizierte Behandlung allein durchzustehen, ist ja viel zu schwierig."

„Du hast schon wieder Urlaub?", fragte Linda erstaunt.

Marie stöhnte innerlich. Ich begleite Timm? Wohin denn überhaupt.

„Weißt du, Linda, ich wollte euch nicht damit belasten und da dachte ich, dass ich es euch so spät wie möglich sage, damit ihr euch keine Sorgen macht." Sie sah mit verärgertem Blick in Timms Richtung, der daraufhin lächelnd und wenig überzeugend hustete.

„Ihr schafft das doch, wenn ich schon wieder fehle, oder?"

Linda umarmte erst Marie, dann Timm, der von Lindas Parfüm, mit dem sie sehr großzügig umgegangen war, gleich einen neuen Hustenanfall bekam, den jeder der Anwesenden mit einem tiefen Seufzer und Tränen in den Augen zur Kenntnis nahm.

„Mach dir keine Gedanken, natürlich halten Gunnar und ich hier die Stellung. Wir sind ja mächtig stolz, so eine tolle, selbstlose Kollegin zu haben. Es ist uns eine Ehre, dich zu vertreten", verkündete Linda dramatisch.

Timm sah mittlerweile aus, als wäre er tatsächlich behandlungsbedürftig, alle schienen ihn in den Wahnsinn treiben zu wollen. Vielleicht würde auch Marie nach diesem netten Zusammentreffen bald eine Behandlung nötig haben, denn in Timms Augen blitzte längst so etwas wie Mordlust auf. Vor allem, wenn er in Maries Richtung sah.

„Wir bringen euch natürlich   zum Flughafen. Sagt mir, wann der Flug geht, dann holen wir euch zu Hause ab. Ich bin pünktlich wie ein Schweizer Uhrwerk."

„Timm, es gibt da ein Problem", flüsterte Marie.

„Ich denke mal, dass selbst dein Reservoir an Problemen langsam erschöpft ist, Marie Tormeier. Was ist es diesmal?", zischte Timm wütend.

„Ich habe Flugangst."

5. Kapitel Doro wartet im Park

Als Eddie das Tee- und Kaffeehaus betrat, waren sowohl Doro als auch ihre Mitarbeiterin von seinem Anblick kurzfristig wie betäubt.

Bitte, lieber Gott, lass ihn zusammenhängende Sätze sprechen können, nicht sabbern und auch nicht stinken wie ein Iltis, betete Doro.

Eddies Erscheinung war einfach himmlisch. Und der liebe Gott konnte doch ein solches Geschöpf nicht versaut haben.

Doro hatte sich nicht mehr so richtig an Eddie erinnern können, denn bei der Vielzahl an Feuerwehrmännern war ihr Blick leicht getrübt gewesen, von den unerwartet vielen Hormonen, die von ihrem Körper Besitz ergriffen hatten. Sie hatte nach diesem wunderbarem Ausflug zur Feuerwehr mit Heather (Lottogewinne waren echt super) völlig berauscht die erstbeste der Telefonnummern angerufen, die sie erhalten hatte, und einfach gebetet, dass sie sich die richtige Nummer gegriffen hatte. Aber das hier war wie „Wünsch dir was".

Beschwingt ging sie auf Eddie zu.

„Hallo Edgar, du bist pünktlich, das ist ja mal eine angenehme Überraschung", begrüßte sie ihn. Vielleicht nicht sonderlich diplomatisch.

„Als Feuerwehrmann kann ich mir keine Verspätungen erlauben. Aber ich freue mich auch, dich zu sehen. Hallo Dorothea", parierte Eddie lächelnd. Man konnte sehen, dass ihm Doros Anblick sehr zusagte. Ihr türkisfarbener enger Rock passte perfekt zu ihren grünen Augen, ihre brünette Haarpracht ließ sich kaum bändigen und schimmerte leicht rötlich. Um es auf den Punkt zu bringen, am liebsten hätte Eddie Doro gleich jetzt und hier flachgelegt und es kostete ihn viel Konzentration, noch in flüssigen, lässig klingenden Sätzen zu sprechen. Wie war es nur möglich, dass eine Frau so viel Sexappeal ausstrahlen konnte. Es war unvorstellbar, neben dieser Frau morgens aufzuwachen und sich zu erschrecken, sie ungeschminkt zu sehen.

Doro ging auf Eddie zu und umarmte ihn. Dieser Mann roch so unverschämt gut, dass ihre Beine ganz weich wurden und sie nach dem Tisch neben sich griff, um nicht umzufallen. Wo hatte dieser Adonis nur die ganze Zeit gesteckt!

Doros Umarmung ließ eine Welle der Erregung durch Eddies Körper strömen, sodass er sich am Tresen festhalten musste, um Doro nicht an sich zu reißen und nie wieder loszulassen. Wo war diese Göttin nur die ganze Zeit gewesen?

Gemeinsam verließen sie Doros Geschäft und Doro war es egal, ob Eddie zusammenhängende Sätze sprechen konnte. Sie wollte nur mit ihm zusammen sein. Selbst wenn sie ihm das Essen klein schneiden müsste, egal. Es gab Wichtigeres. Einmal unter ihm einschlafen und ihr Leben wäre erfüllt.

„Okay, wohin darf ich dich denn einladen?", fragte Eddie, „kennst du das La Provence?"

Im La Provence, da war sie gerade letzte Woche mit diesem Spinner gewesen, wie hieß der noch??, versuchte sich Doro zu erinnern.

„Ach weißt du, Eddie, das Lokal mag ich nicht so, wie wäre es mit dem Bella Italia?"

Eddie zauderte. Nachdem er sich bei der Schwester des Wirtes nicht mehr gemeldet hatte, war das Bella Italia vielleicht keine gute Idee.

„Das Bella Italia wird wirklich immer überbewertet, wie wäre es mit diesem kleinen Lokal am Marktplatz, dem Gustl?", schlug Eddie vor.

Doro dachte nach. Nein, da war sie doch mit diesem kleinen hässlichen Hamburger gewesen. Wie hieß der noch?

„Nicht so gern, wie wäre es denn mit dem Andalucia? Da soll man ganz toll essen können", empfahl Doro.

Eddie erinnerte sich noch sehr gut an das Temperament, das die Bedienung im Andalucia an den Tag gelegt hatte, als er sie verließ.

„Doro, das ist ein guter Vorschlag, aber die nehmen da immer so ein Gewürz, das ich nicht vertrage. Kennst du die Fischerhütte?"

Fischerhütte? Fischerhütte? Ach ja, da war sie mit diesem aalglatten Immobilientypen gelandet. Mann, war der schrecklich gewesen. Wie hieß der noch gleich?

Doro sah Eddie an und schüttelte den Kopf.

„Kaiserhof?", schlug sie vor.

Eddie schüttelte den Kopf. „Braukeller?"

Doro verneinte lächelnd.

„Dorothea, ich unterstelle mal, dass dein Vorleben genauso umfangreich ist wie meins. Ich glaube, da bleibt nur der Pizza-Bringdienst. Was hältst du von dieser Idee?", fragte Eddie. „Wir besorgen uns noch eine Decke und dann essen wir im Park. Ich werde mich nur noch an warmen Sommertagen verabreden. Das ist viel unkomplizierter."

„Okay, dann besorg du die Pizza und ich eine Decke. Wir treffen uns dann in einer halben Stunde im Park an dem kleinen See", organisierte Doro belustigt. Während Eddie sich in Richtung Pizza auf den Weg machte, flitzte Doro ins Kaufhaus und suchte nach einer großen Decke. Das würde gar nicht so einfach sein, denn sie musste groß sein, um diesen kräftigen Mann zu beherbergen, und sie sollte farblich gut zu Doros Teint passen. Nicht dass die Decke sie in ein schlechtes Licht rücken bzw. legen würde. Auf dem Weg zur richtigen Abteilung kaufte sie noch Gläser, in der Hoffnung, dass Eddie auch an Getränke dachte. Ach ja, sie brauchten auch noch Besteck. Meine Güte, was für ein Aufwand. In der Haushaltsabteilung sprang Doro ein Picknickkoffer ins Auge, der alles beinhaltete, was sie brauchte, inklusive Decke. Grandios.

Als sich Doro mit ihrer Neuerwerbung in Richtung Ausgang bewegte, fiel ihr ein Stand mit Seidenschals auf. Einer der Schals hatte genau die Farbe ihres Rockes. Das war ein Zeichen. Doro hatte zwar noch nie gern Schals getragen, sie kam sich immer vor wie erwürgt. Aber vielleicht war jetzt genau die richtige Zeit, damit zu beginnen. Sie legte den luftigen Schal locker um ihren Hals, sodass er bei ihrem schnellen Schritt hinter ihr herflatterte wie bei einem Model im Werbespot.

Als sie in Richtung Park stürmte, sah sie vor sich, wie Eddie bepackt denselben Weg einschlug.

„Edgar!", rief sie. Doch dieser ging unbeirrt weiter.

„Edgar. Warte doch!", rief sie sehr laut, sodass sich die ersten Leute umdrehten. Doro sah, wie Passanten, Eddie darauf aufmerksam machten, dass eine stürmische Dame hinter ihm herrannte.

„Bist du schwerhörig, Edgar?", stöhnte Doro, als sie ihn schnaufend einholte.

„Kein Mensch nennt mich Edgar. Jeder sagt Eddie. Mein Gehör ist einfach nicht auf Edgar trainiert. Sorry, Dorothea."

„Das ist ja mal wieder typisch Mann. Dann sag mir doch gleich deinen richtigen Namen. Eine klare Kommunikation war ja schon immer das Problem zwischen Männern und Frauen", schimpfte Doro den amüsierten Eddie an, während sie nach einem Plätzchen für ihre Decke Ausschau hielten.

Kaum dass sie die Decke ausgebreitet hatten, ließen sie sich darauf fallen. Doro konnte Eddies Atem im Nacken spüren. Alle

Härchen richteten sich bei ihr   auf. Sie wandte ihren Kopf
Eddie zu. Die Zeit schien stillzustehen und Doros Körper
schmerzte förmlich vor Wollust. Eddies Hand umfasste mit festem
Griff ihre Taille und zog sie fast gewaltsam zu sich. Mit einem
erregten Stöhnen näherte sich Eddies Mund.

„Entschuldigen Sie, wo finde ich hier wohl den nächsten Taxi-
stand?", rief eine ältere Dame ihnen zu, sodass sie sofort voneinander abließen. Eddie sprang leicht wankend auf, um dem Stö-
renfried behilflich zu sein, während Doro zwischenzeitlich wie in
Trance den Picknickkorb ausräumte und alles auf der Decke ar-
rangierte. Glücklicherweise hatte Eddie nicht nur Pizzen, sondern
auch zwei Flaschen Wein und Wasser besorgt. Und ein Dessert,
das irgendwie nach Tiramisu aussah.

Doro ging Eddie entgegen, als dieser seine Tätigkeit als Frem-
denführer beendet hatte.

„Sei froh, dass wir uns hier in der Öffentlichkeit befinden,
Dorothea. Sonst hätte ich für nichts garantieren können", grinste
Eddie sie an.

Doro schaffte es einfach nicht, brav neben ihm herzugehen.
Wie von Zauberhand bewegt fuhren ihre Finger seinen Rücken
entlang. Eddie zögerte nicht lang, riss sie an sich, hob sie auf seine
Hüfte und presste Doro kraftvoll an sich. Er sah sie mit glühenden
Augen an, bevor er zu einem Kuss ansetzte. Doch bevor ihre Lip-
pen sich erreichten, hörten sie ein „Ey, was machte ihr denn da?
Spielt ihr Verknoten?".

Als sie ihren Blick einen Meter tiefer senkten, sahen sie ein
kleines Mädchen mit Zöpfen, Lutscher im Mund und Ball in der
Hand stehen, das sie erwartungsvoll ansah. Eddie setzte Doro
widerwillig ab.

„Ist das eure Pizza da hinten auf der Decke?", fragte die Kleine
wenig diplomatisch. „Pizza mag ich auch", setzte sie nach.

Da Eddie offensichtlich noch nicht das Gefühl für sein Sprach-
vermögen wiedergefunden hatte, übernahm Doro mit heiserer
Stimme den Part.

„Na, du möchtest wohl ein   Stück Pizza abhaben?", fragte sie freundlich. Wieder einmal kam Doro ihr Job sehr zugute, der sie darauf trainiert hatte, in jeder Situation kundenorientiert zu agieren. Und auch kleine Mädchen waren potenzielle Kunden.

„Wo sind denn deine Eltern?", fragte Doro, während sie der Kleinen ein Stück Pizza abschnitt. Eddie saß wortlos auf der Decke und wirkte nicht sonderlich entspannt.

„Eddie, wie wäre es, wenn du den Wein öffnen würdest?", fragte Doro leicht amüsiert und reichte ihm Weinflasche und Öffner.

„Grmmfp", antwortete Eddie und nahm widerwillig die Flasche entgegen.

„Meine Eltern sind arbeiten. Wir wohnen nämlich in der Krusenstraße, die ist gleich da vorne. Und alle meine Freunde sind nicht da. Deshalb spiele ich hier Ball. Aber allein macht das einfach keinen Spaß."

„Hast du denn auch einen Namen? Ich bin Doro."

„Ich heiße Lina. So wie die Magd bei Michel aus Lönneberga. Aber meine Mama sagt, ich muss deshalb nicht Magd werden. Mit dem Namen darf man auch ruhig einen anderen Beruf haben, weißt du", erklärte Lina den beiden Unwissenden.

Nachdem sie ihr Pizzastück verdrückt hatte und Doro und Eddie wortreich aufgeklärt hatte, wie sich das nun genau mit all ihren Freunden verhielt, machte sich Lina auf den Weg nach Haus.

„Wir könnten ja versuchen, in aller Ruhe aufzuessen, ohne uns zu berühren. Vielleicht schaffen wir es ja sogar, uns ein wenig zu unterhalten. Das wäre doch großartig, denkst du nicht auch, Eddie?", fragte Doro lächelnd.

„Für gewöhnlich vergewaltige ich auch keine Frauen in öffentlichen Parks. Ich bin eher der, der sie rettet. Es muss also an dir liegen", erklärte Eddie.

„Hast du denn schon mal   jemanden gerettet?"

„Ja, mich. Eben gerade, vor einer Anzeige wegen Erregung öffentlichen Ärgernisses. Ich habe einen Ruf zu verlieren."

Doro lachte. „Na ja, ich weiß nicht genau, welchen Ruf du meinst. Der Ruf, der Jungfrauen ereilt, bevor sie sich mit der Kirche verheiraten, kann ja nicht gemeint sein. Ich gehe mal davon aus, dass man bei dir nicht lange Jungfrau bleibt. Und mit dem Heiraten hast du es sicher auch nicht so", sinnierte Doro, während Eddie ihr lachend zuhörte.

„Und der Ruf, den du in dieser Stadt genießt, kann es auch nicht sein. Mir ist zwar noch nichts über dich zu Ohren gekommen, aber vielleicht arbeitest du ja auch mit unterschiedlichen Decknamen. Bei dir bekommt das Wort Deckname gleich eine ganz neue Bedeutung."

Eddie lachte schallend. „Dorothea. Ich glaube, ich muss dich gleich schon wieder anfassen. Du weißt, wohin das führt."

„Meine Güte, nenn mich doch nicht immer Dorothea. Das ist ja so, als würde ich mit meinen Eltern sprechen. Sag bitte Doro."

„Ach ja, wie war das mit den Missverständnissen zwischen Mann und Frau. Warum sagst du mir denn auch nicht deinen Rufnamen, wenn das so wichtig für dich ist. Weiber", schimpfte Eddie halbherzig.

„Kann ich bitte noch einen Schluck Wein haben?", fragte Doro und hielt Eddie ihr Glas hin.

„Alkoholikerin bist du also auch noch. Na super", ärgerte Eddie sie.

„Ehrlich, Eddie. Ich finde, das ist ein wirklich schöner Abend. Ich habe mich lange nicht mehr so wohl gefühlt."

„Erzähl doch mal von unserer Wohltäterin. Was ist mit der los. Wieso spendet die ständig irgendwas?", fragte Eddie.

„Keine Auskünfte zu Heather. Sie ist meine beste Freundin."

„Aber stimmt denn mit der   irgendetwas nicht? Sie hat ja offensichtlich überhaupt kein Interesse daran, im Mittelpunkt zu stehen. Abgesehen davon seid ihr beide euch auch wirklich nicht sonderlich ähnlich."

„Sie ist keine durchgeknallte Verrückte, wenn du das meinst. Heather ist wirklich die netteste Frau, die ich kenne. Und sie ist weit davon entfernt, verrückt zu sein. Im Gegenteil, eigentlich ist sie immer mein Fels in der Brandung. Wenn bei mir etwas schiefläuft, renne ich zu Heather. Mit den verrücktesten Sachen. Und sie hört sich dann alles geduldig an und redet mir gut zu."

„Aber du musst zugeben, dass ihr total unterschiedlich seid."

„Ja, das stimmt wohl. Wir haben früher mal zusammen gearbeitet. Heather war im Prinzip die Einzige, die es mit mir ausgehalten hat. Na ja, und irgendwann habe ich mich dann halt mit meinem Laden selbstständig gemacht. Deine Freunde sind doch sicher auch ganz anders als du, oder willst du mir sagen, dass es noch mehr Exemplare von deiner Art gibt. Dann möchte ich nämlich sofort die Telefonnummern von allen, falls du dich als Idiot herausstellst."

„Ich bin ein Mann und somit ein Geschenk an die Menschheit. So verhält sich das doch wohl, oder sehe ich da etwas falsch. Aber du hast natürlich recht, meine Freunde sind alle ganz anders als ich. Ich habe sogar eine weibliche Freundin. Mit der hatte ich noch nie Sex. Ich schwöre", sagte Eddie und legte seine Hand aufs Herz.

„Das gibt es ja nicht. Handelt es sich hier möglicherweise um die berühmte Frau ohne Unterleib? Oder stinkt sie so aus dem Mund, dass man sich ihr nicht nähern kann, oder habt ihr etwa die gleiche Mutter?"

„Nein, nein. Wir kennen uns wohl einfach schon zu lange. Abgesehen davon wäre sie mir auch zu anstrengend. Sie zieht nämlich Unglücke magisch an. Das ist fast schon unheimlich."

Doro lachte. „Erzähl doch   mal", bat sie, leicht berauscht vom Wein. Es war so angenehm, Eddie zuzuhören. Er hatte eine sonore Stimme und eine unterhaltsame Art zu erzählen. Sie hätte ihm stundenlang zuhören können. Na ja, sagen wir mal minutenlang. Auf jeden Fall schaffte sie es, Eddie reden zu lassen, ohne ihm gleich ins Wort zu fallen.

„Bei Marie, oder genauer gesagt bei Marie Anett häufen sich immer die Probleme. Da hätten wir zum Beispiel ihren Exmann. Eigentlich ist er noch nicht ihr Exmann, die Scheidung steht noch aus. Aber so genau nehmen wir das nicht. Auf jeden Fall ist er ein Super-Idiot. Der hatte sie in Rekordzeit um den Finger gewickelt mit schönen Worten, den schmeichelhaftesten Komplimenten und leeren Versprechungen. Praktisch vom Fleck weg hatte er Marie geheiratet. Leider gab es in seiner Firma ständig dieses oder jenes finanzielle Problem, also hat Marie alles Mögliche für ihn unterschrieben, um ihm aus der Patsche zu helfen. Er hat ihr dafür das Blaue vom Himmel versprochen, vor allem, sie bald zur Mutter zu machen. Also hat Marie immer brav mitgespielt, jahrelang ging das so. Na ja, und eines Tages kam sie nach Hause, nur leider war das Türschloss ausgetauscht, weil sich ihr geliebter Gatte still und heimlich eine Jüngere gesucht hatte."

Doro schüttelte den Kopf. „Unglaublich. Ich hätte ihm sofort die Polizei auf den Hals gehetzt oder die Tür eingetreten."

„Das hätten sicher die meisten so gemacht. Aber Marie wollte keinen Ärger und dachte sich, wenn sie nach seinen Regeln spielte, kommt er vielleicht wieder zu ihr zurück. Sie hatte sich so viele Jahre eingeredet, glücklich zu sein, dass sie gar nicht mehr bemerkte, wie unglücklich sie eigentlich war. Und als sie nach Monaten endlich den Mut fand, ihren Mann um die Herausgabe ihrer Sachen zu bitten, schaltete sich die Neue ein, beleidigte Marie auf Übelste und drohte ihr wild, falls Marie nicht die Finger von ihrem Mann lassen würde. Die Neue hatte sich längst in Maries Haus eingenistet, zusammen mit ihrem Kind, schlief in Maries Bett und benutzte ihr Geschirr. Völlig schmerzfrei. Irgendwann erbarmte sich Maries Nachfolgerin dann doch und ließ Marie ein paar von ihren Sachen zukommen, die sie wohl nicht mochte oder nicht gebrauchen konnte. Und was tat Marie? Nichts. Sie hatte einfach nicht den Mut, etwas zu unternehmen."

„Was???", entrüstete sich Doro. „Das gibt es ja gar nicht. Wieso wehrt sie sich denn nicht. Ist sie tatsächlich so dämlich?"

„Marie ist eine absolut intelligente Frau, aber ihr Harmoniebedürfnis ist größer als ihr Kampfgeist. Momentan hat sie jedoch einen wilden Plan, sich zu rächen. Durch einen Zufall ist sie an etwas Geld gekommen und will nun anonym Schaden anrichten."

„Also ich finde, ihr Ex und seine neue Flamme haben das ja allemal verdient, so übel wie sie ihr mitspielen. An Maries Stelle würde ich es darauf anlegen, den Ruf der beiden zu zerstören. Für ihn als Geschäftsmann ist es doch wichtig, einen guten Ruf zu haben. Und wenn seine Neue nahtlos in Maries Rolle geschlüpft ist, dann muss man verbreiten, dass sie keineswegs so eine tolle Frau und Mutter ist, wie sie es gern zur Schau stellt. Warte mal, sie ist Mutter, sagst du. Da sind soziale Kontakte im Umfeld des Kindes doch immer wichtig. In der Schule, in Spielkreisen und so weiter. Man müsste den anderen Frauen einfach nur Angst machen, nach dem Motto ‚Haltet eure Männer fest, sonst werden sie von unserer Gottesanbeterin verspeist'."

Eddie zog die Augenbrauen hoch. „Wow, du scheinst dich ja schon mit solchen Sachen beschäftigt zu haben. Das macht mir ja fast ein wenig Sorgen."

„Wenn du möchtest, kann ich mich über meinen Laden umhören. Wie heißen denn Mutter und Kind?"

„Ich verrate es dir, aber Marie bringt mich um, wenn ich sie in Schwierigkeiten bringe. Für Schwierigkeiten sorgt sie für gewöhnlich selbst. Das bedenkst du doch?", fragte er Doro.

„Ich bin Geschäftsfrau. Ich weiß, wie man solche Dinge behandelt. Danke für dein Vertrauen. Hast du sonst nur dumme Frauen um dich?", stichelte Doro.

„Also gut. Svenja Balat heißt die Dame. Und ihr Sohn heißt Timo. Soweit ich weiß, geht er auf die Grundschule Oststadt."

„Ich liebe Intrigen", freute   sich Doro.

Die Zeit verging wie im Fluge. Der Alkohol hatte sie ermüdet, sie streckten sich auf der Decke aus und schafften es, ohne Sex friedlich nebeneinander zu liegen. Doro fühlte, wie sich ihr Körper entspannte, sie schloss für einen Moment die Augen und fiel in einen tiefen, wunderbaren Schlaf. Den Lärm, den Eddies Pieper neben ihr veranstaltete, nahm sie nicht wahr.

„Scheiße", fluchte Eddie. „Doro, wach auf. Ich habe Feuer- alarm. Ich muss weg. Tut mir leid." Zügig begann er seine Sachen zusammenzusammeln. „Doro, bitte wach auf. Doro?" Mist, er konnte sie doch hier nicht durchschütteln, um sie zu wecken. Was sollte er nur tun. Er konnte sie doch nicht hier mitten im Park liegen lassen. „Doro. Aufwachen", versuchte er es noch einmal. Doch es war keinerlei Regung zu erkennen.

Okay. Dann fahre ich schnell zu meinem Einsatz und seile mich ab, so schnell es geht, dann komme ich her und hole Doro wieder ab. Ja, alles klar, so mache ich es, beschloss Eddie und machte sich dann zügig auf den Weg zur Feuerwehr. Er warf noch einen Blick zurück auf die schlafende Doro. Wie eine Göttin lag sie da. Was für eine Traumfrau.

„Entschuldigung. Hallo, bitte wachen Sie auf", nahm Doro be- nommen eine Stimme wahr, während sie am Arm gerüttelt wurde. Sie öffnete die Augen und hatte Probleme, sich zu orientieren.

„Was ist denn mit Ihnen los? Dies ist ein öffentlicher Park und kein Schlafplatz. Können Sie sich ausweisen? Zeigen Sie einmal Ihre Papiere. Wir bringen Sie am besten ins Obdachlosenheim, da können Sie eine Nacht bleiben."

„Geht es Ihnen nicht gut. Was erlauben Sie sich", fauchte Doro die beiden Polizisten an, die sich in ihrer Uniform sehr überlegen fühlten.

„Wir sind hier nur kurz eingeschlafen. Fragen Sie doch meinen Bekannten."

Die Polizisten machten eine ausholende Geste. „Sehen Sie hier jemanden außer uns?"

Doro sah sich um. Wieso zur Hölle war sie allein?

„Wie heißt denn Ihr Bekannter?"

Doro wurde ganz warm. Mist, wie hieß er noch mal? Es war ein ganz einfacher Name. Winnie? Nein. Jonny? Ach verflixt, sie hatte ein echtes Problem mit Namen. Sie sah die Polizisten hilflos an.

„Ich weiß gerade nicht, wie er heißt, aber wenn ich einen Moment darüber nachdenke, dann fällt es mir bestimmt wieder ein."

„Dürften wir wohl mal Ihren Ausweis sehen?"

„Meinen Ausweis?", fragte Doro entsetzt.

„Sie haben doch wohl einen Ausweis, oder nicht?", fragte der Polizist mit einem leicht bedrohlichen Unterton.

Doro ließ ihren Ausweis eigentlich immer im Geschäft, weil sie ständig ihre Taschen wechselte und sich ersparen wollte, immer alles umzupacken.

„Mein Ausweis liegt in meinem Geschäft. Ich könnte ihn vielleicht schnell holen", schlug sie vor.

„Ich würde sagen, Sie begleiten mich und meinen Kollegen mal aufs Revier, und da können wir uns dann ganz in Ruhe über Ihren Ausweis und Ihren Bekannten unterhalten."

„Feuerwehr. Mein Bekannter arbeitet bei der Feuerwehr", erklärte Doro triumphierend.

„Das ist wirklich toll. Dann fahren wir jetzt mal zur NASA und sehen uns an, wie Raketen gebaut werden", sagte der Polizist, als würde er mit einer Verrückten sprechen. Irgendwie lief das hier alles nicht so gut.

Heather wurde auf der Polizeiwache bereits erwartet. „Vielleicht sollten Sie besser auf Ihre Freundin aufpassen. Es ist nämlich untersagt, in öffentlichen Parks zu übernachten. Hat sie denn keine eigene Wohnung?", fragte der Polizist.

Im Hintergrund hörte Heather eine wütende Stimme.

„Wagen Sie es nicht, mich anzufassen. Ich hetze Ihnen alle Anwälte dieser Stadt auf den Hals. Ich bin eine gesetzestreue Bürgerin und verlange mit Respekt behandelt zu werden."

Der Polizist stöhnte. „Ihre Freundin ist zwar erst seit einer Stunde hier, da Sie ja so freundlich waren, schnell herzukommen. Aber ich versichere Ihnen, sie kennt mehr Schimpfwörter als mancher Kriminelle. Abgesehen davon kann sie schimpfen, ohne Luft zu holen."

„Außerdem möchte ich alle Feuermänner anzeigen, die Edgar heißen", tönte es aus dem Nachbarzimmer. „Ich kann doch wohl erwarten, menschenwürdig behandelt zu werden. Ich zahle schließlich Steuern. Ohne mich wären Sie hier alle arbeitslos."

Der Polizist schaute Heather resigniert an. „Danke, dass Sie so schnell gekommen sind. Nehmen Sie es mir bitte nicht übel, aber genauso dankbar wären wir, wenn Sie genauso schnell mit Ihrer Freundin wieder gehen." Dann nickte er in die Richtung seines Kollegen, der daraufhin die Tür öffnete, hinter der Doro alle auf Trab hielt.

„Ich habe einflussreiche Freunde, sehr einflussreiche sogar! So eine Frechheit", ereiferte sie sich, während Heather sie am Ärmel nach draußen zog.

„Doro!! Wirst du dich jetzt bitte beruhigen", befahl Heather in einem Ton, der keinen Widerspruch duldete. „Was zur Hölle ist denn passiert? Warum übernachtest du denn im Park? Abgesehen davon gefällt mir dein neuer Look. Ist das der Alternativ-Look?", scherzte Heather. Doro sah an sich herunter und musste auch lachen. Sie war völlig verknittert und mit Erde und Gras verschmiert. Ihre Haare waren verzottelt. Sie sah wirklich zum Fürchten aus.

„Du glaubst nicht, was passiert ist", begann Doro, während Heather das Auto aus der Parklücke bugsierte. „Ich hatte doch mein Feuerwehrmann-Date. Weißt du doch. Es begann damit, dass wir in kein Lokal konnten, weil immer einer von uns beiden bereits dort gewesen war. Mit anderen Dates. Also haben wir beschlossen, im Park zu picknicken, und sind dann eingeschlafen. Aber irgendwie bin ich ohne ihn aufgewacht. Ich kann es mir auch nicht erklären."

„Du lässt aber auch gar nichts aus, oder? Wo war denn dein Feuerwehrmann abgeblieben?"

„Ich weiß es nicht, wirklich nicht. Eigentlich hatte ich das Gefühl, es würde gut laufen. Denkst du, wir könnten deine ganzen Geschenke wieder bei der Feuerwache abholen? Schließlich bin ich deine beste Freundin."

„Vielleicht hat er dir ja eine Nachricht in den Briefkasten geschmissen", dachte Heather laut nach, während sie Doros Hausflur betraten.

„In welchem Jahrhundert lebst du denn? Man gibt doch nicht seine Privatadresse raus", stöhnte Doro.

„Vielleicht hatte er einfach nur einen Einsatz", versuchte Heather ihn zu entschuldigen.

„Ja, klar, und dann lässt er mich einfach liegen. Was ist das denn für eine Masche? Das ist ja wohl das Letzte", schimpfte Doro, während sie ihre Wohnung betraten.

„Du liebe Güte, was ist denn hier passiert?" Heather traute ihren Augen nicht. Überall verstreut lagen Kleidungsstücke, Briefe, nicht ausgepackte Tüten.

„Was soll denn passiert sein. Es ist dir vielleicht nicht aufgefallen. Aber ich bin eine berufstätige Frau. Da habe ich nicht ganz so viel Zeit wie du. Abgesehen davon musste ich gerade erst einer Freundin zur Seite stehen, die Gespenster gesehen hat, wenn du dich vielleicht erinnerst", fauchte Doro, während sie sich im Gehen entkleidete.

Was für ein Körper!, dachte Heather neidisch und sah betrübt an sich herunter.

„Doro, ich habe eine Idee. Wie wäre es, wenn ich dir etwas im Laden helfen würde? Und du hast doch nichts dagegen, wenn ich hier etwas Ordnung mache, oder?"

Kopfschüttelnd sammelte Heather die gesammelten Werke von Doro ein, die längst im Bad verschwunden war und unter der Dusche stand. Mit spitzen Fingern hob Heather diverse Dessous vom Fußboden auf, offensichtlich ganz neu. Ein Blick aufs Preisschild ließ ihr das Blut in den Adern gefrieren. Wie konnte so ein Hauch von Stoff nur so viel Geld kosten. Unfassbar. Während ihr eigenes Zuhause so sauber war, dass es sich nur um Mikrostaubkörner handelte, die sie noch wegputzen konnte, war hier bei Doro alles dermaßen chaotisch, dass es eine Wonne war aufzuräumen. Aufräumen konnte so effektiv sein.

„Doro, bist du unter der Dusche eingeschlafen?", fragte Heather und steckte den Kopf ins Bad, welches auch nicht gerade einen Preis für besondere Ordnung gewinnen würde.

„Ich könnte im Stehen schlafen. Es ist nicht so erholsam, in einem Park einzuschlafen und sich dann auf einem Polizeirevier wiederzufinden. Aber ich muss in zwei Stunden den Laden aufmachen."

„Weißt du, ich habe mich gefragt, ob du mich nicht einstellen könntest. Wenigstens für halbe Tage. Ich könnte dich doch etwas entlasten", fragte Heather mit hoffnungsvollem Blick.

„Heather, du weißt doch, dass ich mir das gar nicht leisten kann. Und warum willst du denn arbeiten. Du bist reich, hast du das denn vergessen?"

„Ich kann dieses blöde Geld nicht ausstehen. Ich will lieber was Eigenes schaffen. Natürlich würde ich umsonst bei dir arbeiten. Und ich könnte Kekse und Kuchen backen, die wir dann mitverkaufen. Bitte, Doro. Wir können ja eine Probezeit vereinbaren und wenn es nicht klappt, dann lassen wir es und ich verliere nie wieder ein Wort darüber."

Doro sah ihre Freundin an. „Na, bei den Bedingungen müsste ich ja wohl total verblödet sein, wenn ich dich nicht einstellen würde. Wenn du willst, kannst du gleich heute anfangen, dann kann ich ausschlafen und im Anschluss Feuerwehrmänner töten."

Heather flog ihr um den Hals. „Ich verspreche dir, dass du es nicht bereuen wirst. Du hilfst mir doch, Bert das beizubringen, oder? Ich habe mir auch schon überlegt, man könnte verschiedene Kekse anbieten. Zum Beispiel Sternzeichenkekse, oder Feng-Shui-Kekse. Oder Liebeskekse, Erfolgskekse. Es gibt da eine Vielzahl von Möglichkeiten", freute sich Heather sichtlich.

„Nur dass eins klar ist. Es ist mein Geschäft. Ich bin der Boss. Nicht dass ich am Ende noch arbeitslos bin."

„Ja natürlich, Doro. Ich dachte mir außerdem, dass du vielleicht etwas von meinem Geld gebrauchen kannst. Also nicht, dass du denkst, ich will die Freundschaft zu dir kaufen. Nur so, als kleine Aufmerksamkeit sozusagen. Du kannst auch mitentscheiden, welche Summe. Was denkst du?"

„Willst du mir denn sämtliche Spannung aus meinem Leben nehmen. Ich bin daran gewöhnt, das Ende des Monats mit Grauen zu erwarten, weil das Geld mal wieder knapp wird. Okay, wären für dich 250.000 in Ordnung?"

Heather nickte lächelnd. „Wollen wir auf 300.000 aufrunden?", schlug sie vor.

„Okay, aber ich bin nicht käuflich. Und ich bin dir zu nichts verpflichtet. Und es ist mein Geschäft. Klar?"

Doro sah sich um. „Du meine Güte, was zur Hölle hast du hier gemacht? Wo sind denn meine ganzen Klamotten? Hast du schon mal was von Privatsphäre gehört, Heather Weidenthal. Mann, es ist wirklich nicht einfach, mit dir befreundet zu sein", schimpfte sie, während sie splitternackt durch die Gegend hüpfte, um ihre Schränke zu erforschen.

„Was war denn sonst mit deinem Feuerwehrmann?"

„Nichts Besonderes. Er hat   mir von einer Freundin erzählt, die sich gern in Schwierigkeiten bringt. Ihr Typ ist mit einer anderen durchgebrannt und hat sie praktisch aus dem eigenen Haus geworfen. Und als sie sich dann kleinlaut wehren wollte, ist ihr die Neue bald an die Gurgel gegangen. Ich habe mir den Namen geben lassen. Svenja Balat. Oh wow, Heather, ich habe mir den Namen gemerkt. Das ist ja sensationell. Mal sehen, vielleicht nutze ich dein Geld auch für eine Rufmordkampagne. Ich hatte mir überlegt, den guten Namen der Dame ein wenig zu ruinieren. Wie denkst du darüber?", fragte Doro und erzählte Heather von ihren Plänen, die sofort Feuer und Flamme war.

„Ich habe ja gesehen, wie schnell man in Gefahr gerät, den Mann zu verlieren. Aber nun geh schlafen, ich mache dein Geschäft auf. Komm einfach, wenn du wieder wach bist."

„Nichts, ich muss jetzt zum Beruhigungsshoppen fahren. Da sind mindestens zwei Paar Schuhe fällig. Was denkst du, wann ich das Geld von dir habe?"

Heather liebte es, dass Doro frei heraus sagte, was sie dachte. Niemand würde so auf einen unerwarteten Geldsegen reagieren. Jeder andere würde katzbuckeln und Heather vor Dankbarkeit vollschleimen. Diese Sorge war bei Doro wirklich nicht nötig.

Obwohl Doro keine zwanzig mehr war, ließ sie alle anderen Frauen im Shoppingpoint blass aussehen. Mit viel Power schritt sie selbstbewusst den Gang Richtung Schuhgeschäft entlang.

„Doro Barleben!", hörte sie jemanden rufen. Als sie sich umdrehte, sah sie Jens Kramer, ihre Import-Export-Urlaubsbekanntschaft von den Kanaren, aus der Krawattensonne kommen. Der hatte ihr gerade noch gefehlt.

„Hallo Jens, na, gut erholt zurück."

„Du siehst wirklich toll aus, Doro. Es ist doch immer ein Vergnügen, sich am Anblick schöner Frauen zu betören."

So ein Schmierlappen.

„Danke. Ich bin wirklich   sehr in Eile. Du kennst das ja. Geschäfte", quälte sie sich aus der Nummer, drehte sich um und wollte davonlaufen, als sie im Augenwinkel noch ein Plakat wahrnahm, das auf ein Feuerwehrfest in der Nähe hinwies.

Woher mit einem Mal dieser kleine Junge gekommen war, war ihr ein Rätsel. Sie stolperte filmreif und fiel einem Mann genau in die Arme, der sie instinktiv auffing. Und ihr irgendwie bekannt vorkam. Vielleicht hatte sie ja schon mal ein Date mit ihm. Wie war noch mal der Name?

Aufgebracht löste sich Doro von dem Typen.

„Vielleicht könnten Sie mal etwas besser auf Ihre Brut aufpassen. Sie sind ja schließlich nicht allein auf der Welt", fauchte sie ihn wutentbrannt an und rauschte davon.

Jens Kramer hatte die ganze Szene amüsiert verfolgt, während der Mann, sozusagen Doros Retter, dieser wie betäubt hinterhersah.

„Hallo, eine tolle Frau, oder? Sie sind doch Leon Matisse?", kommentierte Jens Kramer. „Wenn Sie mal jemanden aus dem Bereich Import-Export brauchen, können Sie mich gern anrufen. Ich gebe Ihnen mal meine Karte. Übrigens, der Dame gehört das Tee- und Kaffeegeschäft in Hainhausen. Nur falls es Sie interessieren sollte", erklärte er dem nach wie vor sprachlosen Leon Matisse.

Was für eine Frau. Er als Künstler hatte dieses untrügliche Gefühl für besondere Menschen. Da konnte ihm keiner was vormachen. Seine jahrelange Erfahrung kam ihm da natürlich zugute. Und diese Frau war das Leben pur.

Beschwingt machte sich Jens auf dem Weg zurück in sein Geschäft. Dieser Tag hatte sich wirklich für ihn gelohnt. Erst hatte ihn Chantal mit dem neuesten Tratsch versorgt und es war unglaublich, was die alles wusste. Sie war wie eine wandelnde Zeitung. Dann hatte er noch durch eine nahezu filmreife Szene Leon Matisse kennengelernt und ihm geschickt seine Karte zukommen lassen. Obwohl, er könnte ja   auch Chantal fragen, ob sie in dieser Sache etwas für ihn tun konnte. Es war immer gut, mit einem Promi in Verbindung gebracht zu werden. Er könnte ja Chantal eine Vermittlungsprovision zahlen, schließlich konnte sie das Geld gut gebrauchen, jetzt, wo ihr Typ sie verlassen hatte. Andererseits hatte sie immer genügend Geld gehabt, um gut zu leben, obwohl sie sich nie beim Arbeiten verausgabt hatte. Aber sein persönliches Tageshighlight war sicher Doro gewesen. Er hatte sich ohnehin vorgenommen, sie mal zu besuchen. Diese Frau war   einfach   Energie   pur.

6. Kapitel   Jamaika

„Findest du es nicht etwas verantwortungslos, deine Eltern mit ihren Sorgen allein zurückzulassen? Vielleicht sollte ich lieber hierbleiben und sie aufmuntern", schlug Marie vor, während sie mit Timm, seinen Eltern und einem Kofferwagen durchs Flughafengebäude Richtung Gate C schob.

„Du kannst ganz sicher sein, dass ich dir nicht die Gelegenheit geben werde, noch mehr Schaden anzurichten. Und deine Flugangst freut mich sehr. Leiden sollst du. Und ich werde jeden Augenblick deines Leids genießen", freute sich Timm und strahlte Marie schadenfroh an, bevor er in die Richtung seiner Eltern hustete.

„Sie passen doch gut auf unseren Jungen auf, Marie", fragte Frau Gruner. „Ach Timmi, ich habe hier ein Lunchpaket für euch, mit guten hausgemachten Butterbroten. Wer weiß, was ihr da drüben zu essen bekommt."

„Mama, es geht mir gut. Ich werde gesund und munter wiederkommen. Ich melde mich, sobald wir gelandet sind. Macht euch keine Sorgen. Und nun müssen wir wirklich los", kürzte Timm die ganze Zeremonie ab, umarmte hustend seine Eltern, nahm erst das Lunchpaket und dann Marie am Arm, mit der er dann winkend durch den Zoll entschwand.

Seine Eltern waren noch nicht ganz außer Sichtweite, da landete das mit Liebe bereitete Lunchpaket im Müll, während Timm sofort den Duty-free-Shop stürmte.

„Wie sieht es aus, Marie, möchtest du auch etwas?"

„Mir ist schlecht. Ich möchte nicht mitfliegen. Kann ich nicht einfach hierbleiben und warten, bis der Flieger weg ist. Ohne mich. Dann fahre ich zu mir und verlasse die Wohnung nicht mehr, bis du zurück bist. Bitte!"

Timm sah Marie vergnügt an. „Du wirst dich schön quälen. Hoffentlich schaukelt das Flugzeug richtig. Ich sage nur: Stringularhusten."

Kleinlaut und sehr blass saß Marie im Warteraum und wartete darauf, dass ihr Flug aufgerufen wurde, während Timm sehr munter und erstaunlich gesund den halben Duty-free-Shop leer kaufte. Nach gefühlten eine Million Ansagen: „Attention please, do not leave your baggage unattended" kam dann leider nicht ganz unerwartet: „Wir bitten die Gäste des Fluges HF7304 nach Montego Bay, sich zum Schalter 2 zu begeben."

Als Marie dies hörte, fühlte sie sich, als wäre soeben ihr Todesurteil gesprochen worden. Wieso verpflichtete denn der Gewinn von Geld zu Flugfernreisen! Und warum konnte denn nicht Eddie mitfliegen, er hatte ja auch schuld an Timms Stringularhusten.

„Ich könnte mich immer noch totlachen. Da fragt mich deine Kollegin Linda, wo genau in Amerika denn Montego Bay liegt. Und ich antworte ihr in Montgomery, wie der Name doch schon sagt, und sie ist glücklich. Unfassbar", lachte sich Timm schlapp und ignorierte dabei völlig, dass Marie das Reden völlig eingestellt hatte.

Marie schlurfte energielos durch die Gangway zum Flieger und warf den Stewardessen böse Blicke zu, die ihr einen schönen Flug wünschten. Was kann denn am Fliegen schön sein. Ich bin doch noch so jung, ich will noch nicht sterben. Die Welt hat bestimmt noch was mit mir vor. Irgendwas. Auch wenn ich noch nicht so genau weiß, was, ging Marie durch den Kopf.

„Timm, ich will noch nicht sterben. Bitte lass mich gehen. Ich möchte lieber noch einmal in meinen Kurort fahren", flehte Marie mit letzter Kraft, doch es war zu spät, die Stewardessen schlossen bereits die Tür.

„Mein Name ist Uwe Odenthal. Ich bin auf Ihrem Flug Ihr Kapitän und begrüße Sie im Namen von Happy Fly und meiner Besatzung an Bord unseres Fluges   nach Montego Bay. Unsere Flugzeit wird voraussichtlich 11 Stunden betragen. Ihre Chefstewardess Frau Beate Unger wird Sie gleich mit unseren Sicherheitsbestimmungen vertraut machen. Wir bitten hierfür um Ihre Aufmerksamkeit. Wir bitten Sie, jetzt Ihre Handys auszuschalten und sich anzuschnallen. Wir wünschen Ihnen einen angenehmen Flug."

Marie merkte, wie sich das Flugzeug langsam in Richtung Startbahn in Bewegung setzte, während die Stewardessen alle Gepäckfächer über ihnen schlossen und nach dem Rechten sahen. Timm saß vergnügt an seinem Fenster und wirkte glücklich. Das, was Marie an Furcht empfand, schien er an Glück zu empfinden. Während das Flugzeug langsam über die Piste rollte, wackelte alles um sie herum. Marie war ganz schwindlig vor Angst.

Timm nahm ihre Hand. „Marie, es wird nichts passieren. Flugzeuge sind die sichersten Transportmittel. Und das weißt du auch. Ich bin die ganze Zeit bei dir und halte deine Hand. Du musst keine Angst haben. Und heute Abend sitzen wir mit einem Cocktail am Karibischen Meer."

Wenn Maries Herz nicht so gelähmt gewesen wäre vor Angst, so wäre es Timm sicherlich entgegengesprungen. Das Flugzeug kam zum Stehen. Das war der Moment, den Marie am meisten fürchtete. Erst das bedächtige Holpern zur Startbahn und dann diese Ruhe vor dem Sturm, bevor das Flugzeug mit seinem Schub und seiner unglaublichen Kraft Richtung Himmel schoss. Die Lichter flackerten und Marie wurde in ihren Sitz gepresst. Einer Ohnmacht nahe drückte sie Timms Hand und verabschiedete sich von ihrem Leben.

Timm sah fasziniert aus dem Fenster und war, typisch Mann, begeistert von der Technik des 21. Jahrhunderts. Dann klappte er die Lehne zwischen sich und Marie hoch, legte seinen Arm um sie und hielt das zitternde Bündel Mensch fest an sich gedrückt.

„Wir werden eine schöne Zeit haben, Marie. Du wirst sehen."

Wenn es jemand schaffte, seine Ruhe und Zuversicht auf sie zu übertragen, dann Timm. Nachdem sie ihre Reisehöhe erreicht hatten und das Flugzeug ruhiger flog, löste sich Marie von Timm. Der fühlte sich regelrecht befreit, denn er hatte nicht ahnen können, mit wie viel Kraft sich Marie an ihn klammern würde. Seine ganze linke Seite schien einmal durch die Mangel gedreht worden zu sein, so taub fühlte sie sich an. Doch wie auf ein Zeichen kamen die Stewardessen mit Getränken und alle Unannehmlichkeiten waren vergessen.

„Also, wenn du mich jedes Mal nach Jamaika einlädst, wenn ich Stringularhusten haben muss, kann ich den öfters bekommen", freute sich Timm. Überhaupt war er richtig gelöst. So aufgeputscht hatte Marie ihn eigentlich noch nie erlebt.

Nach dem Essen ging es Marie besser. Sie kannte das schon von vorherigen Flügen, sobald die Reisehöhe erreicht war, ging es wieder. Nur dieser Start und dieses Rumgeruckel bis zur richtigen Höhe waren für Marie die Hölle. Sie bat Timm, weiter seine Hand halten zu dürfen, und schlief dann mit dem wohligen Gefühl der Geborgenheit ein.

„Marie, wach auf. Du musst dich anschnallen. Wir landen. Sieh mal raus. Wunderbares blaues Meer. Jamaika!"

„Oh mein Gott, wir sind schon da. Und ich habe es geschafft. Ich bin über den großen Teich geflogen. Ich bin eine Heldin."

Glücksgefühlte durchströmten sie. Der Landeanflug war etwas wacklig, doch das war Marie absolut egal. Landen machte ihr nichts aus. Zumal sie die Maschine verlassen und auf jamaikanischem Boden stehen würde.

Unglaublich. Die Luftfeuchtigkeit schlug ihnen entgegen, als sie das Flugzeug ungeduldig verließen. Marie fiel Timm um den Hals und hüpfte dann wie eine Verrückte herum.

„Jamaika. Jamaika."

Lachend und total aufgedreht brachten sie die Zollkontrolle hinter sich, warteten aufgeregt auf die Koffer. Als sie endlich durch die Tür nach draußen traten, wartete bereits ein jamaikanischer Fahrer mit einem Schild, auf dem klar und deutlich „Mary Tormey" stand. Das war dann wohl ihr Abholservice. Mary Tormey. Auch schön. Auf diesen Namen würde sie zurückgreifen können, wenn sie mal einen Künstlernamen brauchte.

Die Fahrt zum Hotel dauerte gut eine Stunde, aber da es so viel zu sehen gab, kam es ihnen eher vor, als wären sie nur wenige Minuten unterwegs gewesen. Es war so berauschend, so viel Schönheit auf einem Fleck vorzufinden. Fasziniert hatten sie den Sonnenuntergang beobachtet, nachdem sie ihre Koffer nur flüchtig ausgepackt und sich sofort auf den Weg zum nahe gelegenen Strand gemacht hatten. Im Strandrestaurant hatten sie anschließend eine wunderbare Fischplatte bestellt und nun, nach einem köstlichen Cocktail und dem anstrengenden Flug, konnten sie die Erschöpfung nicht mehr verleugnen. Arm in Arm, rundum glücklich schlenderten sie mit leicht schwankendem Schritt zu ihrem Doppelzimmer mit Meerblick. Nach einer Katzenwäsche und einigen Schlucken des vom Hotel bereit gestellten Weines glitt Marie sanft wie auf Wolken in den Schlaf.

Es war stockfinster, als Marie nachts aufwachte. Die Orientierung fiel ihr ziemlich schwer. Okay, Marie, denk nach. Richtig. Jamaika. Nach dem Konsum von jeder Menge Flüssigkeit, hauptsächlich in alkoholischer Form, verlangte die Natur einfach nur ihr Recht. Das war an sich auch nicht das Problem. Allerdings kam Marie ins Grübeln, warum Timm so nah bei ihr lag. Hatten sie nicht eigentlich die Betten noch auseinander schieben wollen? Aber wirklich beunruhigend war, dass sie ziemlich dürftig bekleidet, um nicht zu sagen nackt war. Sie hatte doch nicht etwa Sex mit Timm gehabt? Unsinn, daran würde sie sich erinnern. Außerdem hatte Timm gar kein Interesse an Frauen und schon gar nicht an ihr. Marie lachte innerlich bei der Vorstellung. Sex mit Timm. Lachhaft, grinste sie, als Timm seinen Arm um sie schlang und sich an sie drückte. Nackt.

Marie stahl sich vorsichtig aus dem Bett und entschwand ins Bad. Oh ja Marie, wenn es Schwierigkeiten gibt, dann findest du sie auch, mit Sicherheit. Aber vielleicht machte sie sich auch unnötig Sorgen. Sie waren ja schließlich Freunde und erwachsene, vernünftige Personen. Marie sah sich im Spiegel an und schnitt eine Grimasse. Unsinn. Don't worry, be happy. Sie zog sich Unterwäsche an, schlich leise zurück und schlüpfte vorsichtig wieder unter die Decke. Timm umschlang sofort Maries Körper und umschloss mit seiner Hand ihre Brust. Und auch wenn es diplomatisch unklug war, es gefiel Marie. Und es gefiel ihr auch, ihn so dicht bei sich zu spüren. Vielleicht sollte sie ihre Rachepläne begraben und mit Timm durch die Welt reisen, dachte sie, bevor der Schlaf sie übermannte.

„Guten Morgen", begrüßte Timm die erwachende Marie. „Hast du auch so himmlisch geschlafen wie ich? Du glaubst gar nicht, was ich für wilde Träume hatte. Ich wusste gar nicht, ob es Traum oder Wirklichkeit war."

„Was für einen wilden Traum hattest du denn?", fragte Marie gähnend.

„Ich habe geträumt, dass wir beide, du und ich, wilden, heftigen, richtig guten Sex hatten. Ehrlich, ich war richtig erleichtert, als ich heute aufgewacht bin und gesehen habe, dass du Unterwäsche anhast. Ich habe einen Mordshunger. Los, zieh dich an, Madame. Zeit zum Essen fassen."

Oh mein Gott, da hatte ich möglicherweise Sex mit meinem besten Freund und ich erinnere mich nicht mal daran. Vielleicht ist Timm ja auch so schlecht gebaut, dass ich den Sex gar nicht bemerkt habe!

Eddie würde die Hände über den Kopf zusammen schlagen, wenn sie ihm von dieser Heldentat erzählte. Aber eigentlich hatte sie ja gar nichts gemacht. Wenn überhaupt, war es Timm gewesen, der etwas gemacht hatte, sie selbst konnte sich schließlich an nichts erinnern. Und eine fehlende Erinnerung an etwas, was möglicherweise ohnehin nicht stattgefunden hatte, sollte ihr den Urlaub nun wirklich nicht verderben. Meine Güte, bloß nichts Kompliziertes, dachte sie sich mit dröhnendem Kopf.

Das Frühstücksbuffet war nicht nur appetitlich, es war auch ungemein farbenfroh. Obst in allen Farben und Variationen ließ gleich gute Laune aufkommen. Timm schien das nicht zu bemerken, denn sein Teller füllte sich mit Männeressen. Bacon, Ei und Toast. Maries zarter Hinweis auf das vielseitige Obst- und Gemüseangebot entlockte Timm nur ein mildes Lächeln.

„Ich bin doch nicht auf einer Fitnessfarm. Ich muss eine fachgerechte Grundlage für den Tag schaffen. Und wag es nicht, über Kalorien zu reden."

Der Mann am Nebentisch grinste. Da sich seine Tellerbefüllung nicht wesentlich von Timms unterschied, entstand anscheinend eine sofortige Männerverbundenheit.

„Ich fliege doch nicht um die halbe Welt, um dann eine halbe Orange zu essen", unterstützte der Mann Timm ungefragt.

Marie hatte sich vorgenommen, ihrem Körper einzureden, keinen Appetit zu haben, damit sie sich nicht aufs Buffet, sondern auf die angemessenen Sorgen wegen der letzten Nacht konzentrieren konnte. Gedanklich formulierte sie bereits den Brief an den Kummerkasten.

„Liebe Unbekannte. Ich hatte vielleicht Sex mit meinem besten Freund. Wird das unsere Freundschaft nun auf immer verändern? Was soll ich tun? Eine Fragende." Doch die korrekte Formulierung zu finden fiel ihr ausgesprochen schwer, weil Timm etwas überraschend aufsprang und in den Frühstückssaal ihres Hotel rief: „Männer!!! Ich wünsche euch guten Appetit. Lasst euch alles gut schmecken, wir sind schließlich auch ohne Obstinfusionen bis hierher gekommen."

Dann verneigte er sich unter dem Gejohle einiger Männer nach allen Seiten.

Was zur Hölle war denn bloß in diesen Verrückten gefahren! Während Marie einfach nur verblüfft war, vernahm sie um sich herum einige energische Zischlaute von Frauen, die offensichtlich gleich ihre Männer zurechtstutzten.

Vergnügt und extrem gut drauf ließ Timm es sich schmecken. „Na Marie, wie sehen deine Pläne für den heutigen Tag aus? Machst du die Fremdenführerin?"

„Wollen wir nach Kingston fahren? Ins Bob-Marley-Museum?", schlug Marie vor.

„Marie Tormeier. Wo sind wir hier?"

„Jamaika?"

„Richtig!", bestätigte Timm. „Mit anderen Worten, wir müssen Rum kaufen gehen. Oder irgendwelche anderen landestypischen verbotenen Sachen", grinste er.

„Timm!!! Was ist denn in dich gefahren?!", empörte sich Marie.

„Eine bessere Gelegenheit wird sich mir so schnell nicht mehr bieten. Ich bin im Paradies und egal, was ich an Verbotenem kaufe, sie verhaften nicht mich, sondern dich, weil du immer viel mehr Pech hast", lachte sich Timm scheckig.

„Okay, dann lass uns nach Montego Bay fahren. Während du dich dann sinnlos betrinkst, werde ich die Schönheit Jamaikas genießen. Du scheinst dich innerhalb kürzester Zeit zu einem Irren entwickelt zu haben. Aber ich habe schon Schlimmeres überstanden. Du bist eben ein Mann."

„Ach richtig, Marie. Da bin ich ja mal wirklich gespannt, ob du es schaffst, alle Schuhgeschäfte zu ignorieren, weil du so mit der Schönheit der Landschaft beschäftigt bist. Nicht zu vergessen, mit diesem süßen, schnuckeligen Trödel, den du niemals benötigen wirst und der den Koffer nur unnötig füllt. Ich dagegen gebe mein Geld hier nur für Dinge aus, die ich noch vor Ort konsumiere. Spart Platz im Koffer und ich kann noch meinen Enkelkindern davon erzählen. Das ist sicher interessanter, als wenn du dann erzählst: ... und als ich damals auf Jamaika war, da habe ich diese tolle kleine handgefertigte Vase gekauft. Die hat ein Vermögen gekostet, ist aber noch im Koffer zerbrochen. War das schön", zog Timm Marie auf.

„Okay, vielleicht bin ich zu langweilig. Aber einer von uns beiden muss ja vernünftig sein. Es ist dir vielleicht nicht aufgefallen, aber du bist heute etwas übermütig", gab sie grinsend nach.

„Okay, dann lass uns mal starten."

Ihre Shoppingtour war einfach traumhaft. Gemütlich schlenderten sie durch Montego Bay, erkundeten die verschiedensten Geschäfte und hatten viel Spaß. So weit weg von zu Hause sah Marie alles in einem anderen Licht. Was für ein Unsinn, sich rächen zu wollen. Und dafür auch noch Geld auszugeben. Am Ende fühlte sie sich nicht mal besser dadurch. Im Grunde genommen war es doch die größte Strafe für ihre Widersacher, wenn es Marie gut ging und sie Spaß hatte.

Mit Timm war es einfach himmlisch. Zu Hause war er für gewöhnlich anstrengend korrekt, aber er war einfach ein toller Freund. Und es war interessant zu beobachten, was so ein Tapetenwechsel mit einem Timm machte. Das, was letzte Nacht gelaufen war, war zwar irgendwie beunruhigend, aber vielleicht redete sich Marie auch mehr ein, als tatsächlich gewesen war. Es wäre nicht gut, Timms Freundschaft für eine Beziehung zu opfern. Sie kannten sich viel zu gut. Im Grunde genommen kannte Marie kaum jemanden so gut wie Timm. Vielleicht noch Eddie.

„How much?", hörte sie Timm gerade wieder neben sich verhandeln. Anscheinend war er Schirmherr der Anonymen Alkoholiker und kaufte einfach den gesamten Rum dieser Insel auf, damit dieser bei potenziellen Alkoholikern dann keinen Schaden mehr anrichten konnte. So betrachtet war Timm geradezu ein Held.

„Timm, denkst du nicht, dass du langsam genug Rum gekauft hast. Wann willst du den denn trinken?"

„Wie viele Reggae-CDs hast du denn schon gekauft? Fünf? Sechs? Und dein Plan ist es sicher, dass ich sie mir ständig anhören muss, als Erinnerung an diesen wunderbaren Urlaub. Außerdem wirst du mich sicher zwingen, etwas aus dieser hässlichen

Schale zu essen, mit deren Erwerb du das Bruttosozial-
produkt Jamaikas steigern willst. Echt, das kann ich nur ertragen,
wenn ich mich vorher gehörig mit Rum volldröhne", grinste
Timm.

Auf der Fahrt zurück ins Hotel spürte Marie eine wohlige Erschöpfung. Der Portier lächelte sie freundlich an, als sie um ihren
Schlüssel baten.

„Es würde uns freuen, Sie heute Abend bei unserer Karaoke-
Show begrüßen zu dürfen", lud er sie ein. „Möchten Sie, dass ich
Ihnen einen Tisch reserviere?"

Marie schüttelte den Kopf. Karaoke fand sie schon immer ät-
zend. Und sie würde sich heute Abend bestimmt nicht das Ge-
krächze von irgendwelchen Möchtegern-Talenten anhören.

„Das wäre großartig. Vielen Dank", vernahm sie fassungslos
Timm neben sich.

„Timm? Geht es dir nicht gut? Wir gehen doch nicht zu einer
Karaoke-Show."

„Marie, du bist mir einiges schuldig. Also musst du dich während meiner Stringularhusten-Therapie auch angemessen um mich
kümmern."

Das Gute an solchen Veranstaltungen war, dass man seine neu
erstandenen Klamotten vorführen konnte. Die Wahrscheinlichkeit,
dass man sie zu Hause trug, war doch eher gering. Also konnte
Marie heute Abend dieses superknappe rote Kleid anziehen, sich
auf einige Fotos drängeln und sich daran erfreuen, wenn sie die
Bilder dann zu Hause betrachtete. Undenkbar, mit einem so kurzen Kleid irgendwo in Hainhausen aufzutauchen. Womöglich
noch im Shoppingpoint. Kunden und Kollegen würden tot umkip-
pen.

Glücklicherweise wurde ihnen ein Tisch zugeteilt, der sich
ziemlich weit von der Bühne weg befand. Denn Marie hasste jede
Form von Animation. Egal, ob man sie zur Wassergymnastik, zu
seltsamen Touristenspielen oder zum Singen motivieren wollte.
Aber mit einer großen Piña Colada vor sich ließ sich erstaunlich

viel ertragen. Timm meinte der große Musikagent zu sein, denn er konnte jeden Sänger fachgerecht zerlegen, da es sich bei allen nur um Stümper handelte, die sowieso keine Ahnung hatten. Marie war das turbulente Geschehen ziemlich egal, bis sie hörte, dass man Timm Gruner auf die Bühne bat. Sie hoffte inständig darauf, dass sich ein großes Loch im Boden auftat, welches sie verschlucken möge. Als sie dann hörte, welche Musik einsetzte, musste Marie wirklich darüber nachdenken, ob in Timms Leben nicht etwas gehörig schieflief. In Bezug auf Männer und Frauen. Okay, vielleicht hatte er noch nicht die Richtige gefunden und vielleicht war er mit sich selbst auch immer sehr zufrieden, aber das war noch lange kein Grund, hier eine kleine Revolution anzuzetteln. Lautstark und unüberhörbar, mit eigenem kleinem Background-Fanclub-Chor, vernahm das gesamte Hotel Timms Stimme zu Herbert Grönemeyers „Männer". Und das Schlimmste war, dass alle Männer völlig ausflippten. Als wenn es sich bei Timm um ihren Erlöser handeln würde. Das würde Eddie niemals glauben, wenn Marie es ihm erzählte. Im Grunde genommen konnte sie es selbst nicht glauben.

Als Timms Gesang endete, wollte der johlende Beifall nicht aufhören. Timm schien der Held des Hotels geworden zu sein. Selbstverständlich gewann er die Karaoke-Show haushoch und damit Gratis-Cocktails, so viele er am heutigen Abend schaffte. Super, dachte sich Marie, sollte ich diesen Urlaub überleben, bin ich bis an mein Lebensende konserviert. Oder man kann dann mit meinem Blut medizinische Geräte desinfizieren. Jeder Alkoholiker würde sie grenzenlos beneiden. Aber sei es drum, einige Cocktails später und um viele Freunde reicher verließen Marie und Timm seinen Fanclub, um ins Bett zu torkeln.

Als Timm das Bad verließ, war Marie bereits im tiefsten Schlaf. Er fühlte sich so wunderbar enthusiastisch, aber liebsten hätte er die ganze Welt umarmt. Für den Moment gefiel ihm erst mal der Gedanke, Marie zu umarmen. Wie süß sie aussah, wenn sie so friedlich schlief. Und welch angenehmes Gefühl, ihre Haut ganz nah an sich zu spüren. Es ließ sich einfach nicht verhindern, dass auch andere Regionen von Timms Körper ein Eigenleben

entwickelten und irgendwie die   Regie über die Situation über-
nahmen. Ehe er das überhaupt realisierte, gefühlte zwei Sekunden
später, kam er mit einem gewaltigen Orgasmus in Maries Körper.
Diese schien nicht sonderlich angetan von seinen Liebeskünsten,
genau genommen waren sie ihr gleichgültig, denn sie schlief nach
wie vor tief und fest.

Timm sprang aus dem Bett. Er war mit einem Mal stocknüch-
tern und hellwach. Abgründe taten sich auf. Was zur Hölle habe
ich da gerade getan? Ich habe Marie praktisch vergewaltigt! Okay,
es war ihr vielleicht nicht so wirklich aufgefallen, sodass man
nicht davon sprechen konnte, dass es gegen ihren Willen passiert
war. Denn immerhin bestand ja theoretisch die Möglichkeit, dass
sie es auch gewollt hätte. Oh nein. Wie sollte er ihr jemals wieder
in die Augen sehen. Er würde es ihr einfach nicht sagen und hoffen, dass sie es auch niemals herausfand.

Fix und fertig kroch er wieder zu Marie ins Bett. Diese drehte
sich im Schlaf zu ihm um, was Timm völlig erschreckte. Mit einem Stöhnen hüpfte er aus dem Bett, stieß dabei mit dem Kopf
gegen das Regalbrett über ihm, was irrsinnigen Krach machte und
sofort eine Beule auf seiner Stirn verursachte, die dem Mount
Everest glich. Am besten schlief er diese Nacht einfach auf dem
Sofa, dann wäre die Gefahr einer weiteren Vergewaltigung gebannt und er konnte sich etwas beruhigen. Scheiß Alkohol.

Als Marie am nächsten Morgen die Augen öffnete, stellte sie
fest, dass der Platz neben ihr verwaist war. Was für ein verrückter
Urlaub, dachte sie sich. Nicht nur, dass sie unerwartet so eine
weite Reise angetreten hatte, sie hatte auch schon so viel erlebt.
Dass sie mit Timm Sex gehabt haben könnte, war schon schier
unglaublich. Auch heute Morgen war es alles seltsam, sie könnte
schwören, dass es zwischen ihren Beinen raustropfte, sobald sie
sich bewegte. Wahrscheinlich waren ihre Träume sexuell so auf-
geladen, dass sie dort die Orgasmen nachholte, die ihr das wahre
wache Leben irgendwie nicht bieten wollte. Abgesehen davon,
auch Timm war regelrecht zum Leben erwacht. Sie konnte sich
wirklich nicht daran erinnern, ihn jemals so gelöst und lustig erlebt
zu haben. Er war mit einem Mal extrovertiert und verrückt. Und

sie mochte das. Obwohl ihr der   alte Timm auch gut gefiel, der war einfach weniger anstrengend.

Sie hörte, wie sich die Tür zum Bad öffnete.

„Guten Morgen, Timm, na, du bist ja früh auf den Beinen", begrüßte sie ihn mit einem Lächeln, woraufhin Timm zusammenzuckte und versehentlich mit dem Zeh gegen das Bett stieß und dann heulend und fluchend durchs Zimmer hüpfte.

Als Marie aus dem Bett sprang, um ihm zu helfen, fuhr er sie an: „Meine Güte, Marie, musste du hier ewig halb nackt rumlaufen. Zieh dir in drei Gottes Namen mal was Vernünftiges an."

Marie runzelte die Stirn. „Ich mache mich fertig, ziehe mich vernünftig an und dann können wir ja frühstücken gehen. Vielleicht hat sich deine Laune bis dahin gebessert."

Doch Timm nickte nur desinteressiert und machte sich sofort daran, die Betten auseinander zu schieben. Okay, Timm, sagte er sich. Bleib einfach cool. Sei wie immer, sonst merkt sie ja gleich, dass etwas nicht stimmt. Und vor allem, kein Alkohol mehr.

„Was ist denn das für eine Beule an deinem Kopf? Sieht ja schlimm aus. Haben dir die Frauen aus dem Hotel hier alle aufgelauert und dich verhauen?", scherzte Marie fröhlich.

Doch statt einer Antwort bat Timm: „Lass uns heute bitte einfach faul sein. Nur am Strand liegen und lesen", als sie ihr Frühstück beendet hatten.

Marie war einverstanden. Das wäre mal eine gute Gelegenheit, über alles nachzudenken, was in ihrem Leben passiert war. Begeistert packte sie ihre Strandtasche, während Timm nachdenklich und wenig glücklich auf sie wartete. Gemächlich schlenderten sie zum Stand auf der Suche nach freien Liegen. Ein Strandverkäufer witterte sie als Neukunden und fing sofort an, seine Ware anzupreisen.

„Ihr beide noch Baby machen? Ich habe Jamaika-Baby", und hielt ihnen Strampler in den jamaikanischen Nationalfarben hin.

Obwohl sich ein merkwürdiges Gefühl in Maries Bauch breitmachte, konnte sie dennoch nicht umhin zuzugeben, dass die Strampler einfach nur süß waren. Timm jedoch schien unter einer angeborenen Baby-Strampler-Phobie zu leiden, denn er begann sofort, den Verkäufer wüst zu beschimpfen, sodass dieser schleunigst das Weite suchte.

„Timm, meinst du nicht, dass du etwas überreagierst?", fragte Marie erstaunt, woraufhin Timm stolperte und der Länge nach in den Sand fiel, sich wild fluchend hochrappelte und sich dann auf die nächste freie Liege schmiss. Kopfschüttelnd nahm Marie neben ihm Platz und griff sich ihr Buch, entschlossen, Timm zu ignorieren, so lange er von seiner schlechten Laune befallen war.

„Hey Timm", hörte Marie neben sich und sah, wie sich zwei Männer näherten, die auch Gäste in ihrem Hotel waren.

„Du glaubst gar nicht, wie gut du für unsere Frauen bist. Es läuft alles viel besser, seit du gestern Abend mal die ganze Wahrheit ausgesprochen hast", sagte der eine. „Auch im Bett", flüsterte der andere mit einem Augenzwinkern in Timms Richtung.

„Schön, schön", murmelte Timm, sprang auf und spurtete ins Wasser.

Marie sah die zwei Männer an, zuckte mit den Schultern und sah Timm nach. Da verstehe einer die Männer. Keine Ahnung, warum man bloß immer den Frauen vorwirft, launisch zu sein. Timm war ja offensichtlich bedeutend schlimmer. Gestern noch Animateur, heute Langweiler der Nation mit erhöhter Unfallgefahr.

Als sich Timm, aufgeweicht und hoffentlich erfrischt, wieder auf seiner Liege ausstreckte, lächelte ihn Marie an.

„He, du Miesepeter. Ich hoffe, du bist jetzt besser gelaunt. Ich habe dir eine Caipirinha bestellt. Damit du einen lustigeren Level erreichst."

„Ich trinke keinen Alkohol mehr. Ich denke, das war mehr als genug die letzten Tage."

„Okay Timm, was zur Hölle ist mit dir los? Sollte ich irgendetwas wissen? Habe ich was verpasst?"

Nun hätte man annehmen können, dass die Sonneneinstrahlung schuld an der Röte in Timms Gesicht war, aber das war doch eher unwahrscheinlich. Dass etwas nicht stimmte, war nun nicht mehr zu übersehen. Und irgendwie klingelten von Ferne Alarmglocken in Maries Kopf. Mussten Männer immer so offensichtlich agieren???

„Wie hast du denn heute Nacht geschlafen, Marie?"

Erstaunt sah sie Timm an. Wie sie geschlafen hatte? Warum fragte er das denn so seltsam? Oh, Mist, wahrscheinlich hatte sie geschnarcht.

Verlegen sah sie ihn an. „Ich habe geschnarcht, oder? Timm, das tut mir wirklich leid. Vielleicht durch den vielen Alkohol. Und bestimmt auch, weil man hier einfach viel entspannter ist. Oder weil mein Kleid gestern wirklich sehr eng war. Vielleicht hat sich mein Körper nachts die Luft zurückgeholt, die er am Abend nicht mehr ins Kleid bekam."

Erleichterung durchflutete Timm. Es war sicher nicht so toll, was passiert war, aber Marie konnte auch wirklich so zauberhaft süß sein. Sie sorgte sich immer über alles und jeden. Es machte ja auch keinen Sinn, jetzt den ganzen Urlaub zu muffeln. Hauptsache, sie kamen sich einfach nicht mehr zu nah. Abgesehen davon tat ihm auch noch sein Kopf höllisch weh. Von der Kollision mit dem Regal und vom Alkohol lädiert, verteilte sich der Schmerz gleichmäßig nach innen und nach außen.

„Nein, du hast nicht geschnarcht. Aber vielleicht sollten wir beide heute mal weniger trinken und nachher unsere Betten auseinander schieben. Einfach einen ganz normalen Urlaubstag erleben", schlug er vor.

„Entschuldige mal, Timm, ich bin ganz normal. Soll das heißen, heute gibt es keine Show, bei der du deine ungeahnten Talente vorführhrst? Da bin ich aber erleichtert. Und wenn du nichts da-

gegen hast, werde ich nun meinen Körper ins Meer glei-
ten lassen. Es wäre nett, wenn du keine Männerrevolution anzet-
teln würdest während meiner Abwesenheit", stichelte Marie und
zog in ihrem nagelneuen Bikini in die Richtung der unendlich
blauen Weite vor sich, nicht ohne sich vorher noch einen großen
Schluck ihrer Caipirinha zu genehmigen.

„Im Gegensatz zu dir vertrage ich wohl den Alkohol", grinste
sie, nachdem Timm aufgesprungen war und sie kreuz und quer
über den Strand gejagt hatte. Vorbei an diversen Liegen, wo die
Männer Timm anlächelten und grüßten.

Timm hatte sich erschöpft in den Sand fallen lassen. Lachend
und glücklich ließ sich Marie neben ihm nieder und genoss es, wie
das warme und seidenweiche Wasser der Karibik ihre Beine um-
spielte. Auch Timm wirkte neben ihr sichtlich entspannt. Einige
„seiner" Männer kamen und fragten, ob er nicht Lust hätte auf
eine Partie Beachvolleyball. Sicherlich würde man ihm sofort die
Kapitänsbinde umlegen, da war sich Marie sicher. Lächelnd ging
sie allein zurück zu ihren Liegen, um sich dann in ihrem wunderbaren Liebesschmöker zu verlieren.

Zwei Frauen traten auf sie zu. Ein mulmiges Gefühl machte
sich in Maries Magen breit. Wahrscheinlich wurde sie nun den
Haien zum Fraß vorgeworfen, weil Timm ihre Männer aufgebracht hatte. Mist, dachte sie sich und sah sich nach einer Flucht-
möglichkeit um.

„Hallo", begann die Größere. „Ich bin Rena. Das ist Tanja",
sagte sie und deutete mit dem Kopf auf ihre brünette Begleiterin.
Beide etwas vollschlank. Fasziniert schaute Marie die Frauen an.
Frauen konnten dick oder dünn sein, ihre Kleidung schlicht oder
extravagant, aber es schien ein ehernes Gesetz zu sein, dass man
als Frau lackierte Fußnägel haben musste. Und Nagellack schien
es ja auch in jeder Farbe dieser Welt zu geben. Spontan fiel ihr
dazu immer ein alter Werbespot ein. Eine gelangweilte Frau am
Küchentisch, die Kartoffeln schält. Unter dem Tisch verweilten
ihre Füße bereits am Sandstrand. Natürlich mit lackierten Fußnä-
geln. Wenn unsere Nachfahren uns mal irgendwo ausgraben und
sich dann über uns seltsame Homo sapiens kaputt lachen, werden

sie anhand der Füße auf jeden   Fall problemlos Männer und Frauen unterscheiden können.

Nur mit Mühe konnte Marie ihren Blick von den Füßen von Rena und Tanja lösen und dem Gespräch folgen.

„Wir wollten nur danke sagen. Also unsere Männer sind wie ausgewechselt, seit sie Timm kennen. Die sind jetzt richtig selbstbewusst und aktiv. Ist Timm immer so?"

Marie war äußerst überrascht. „Na ja, Timm ist da etwas wechselhaft", begann sie zögerlich. „Aber er ist auf jeden Fall ein Mann, der für Überraschungen gut ist." Denn niemand hatte sie in letzter Zeit mehr überrascht als Timm.

„Vielleicht können wir ja heute Abend zusammen etwas trinken", schlug Rena freundlich vor.

„Ja, gern. Das wäre super", war Marie einverstanden und sah den fußbemalten Damen zu, wie sie sich entfernten. Wer hätte gedacht, dass eine so gefährliche Krankheit wie Stringularhusten einem so viel Spaß bringen würde.

Nach gefühlten zwei Tagen waren drei Wochen um und es war Zeit zum Abschiednehmen. Mit gepackten Koffern standen Marie und Timm im Foyer des Hotels, zusammen mit einer Vielzahl von Menschen, mit denen sie die letzte Zeit viel Spaß gehabt hatten. Marie fühlte sich zwar etwas schlapp, aber auch glücklich und befreit. Ihr war klar geworden, dass Rachepläne zwar eine kurzfristige Befriedigung brachten, aber es einfacher angenehmer war, aus eigener Kraft heraus glücklich zu sein.

Nach zahlreichen Abschiedsumarmungen mit zahlreichen Menschen mit zahlreichen Duftnoten spürte Marie plötzlich, wie ihr Magen sich regte, um sich dann spontan in einen Blumenkübel des Hotels zu entleeren. Während die Männer darüber Witze machten und die Frauen sich sofort um sie kümmerten, sah Marie noch im Augenwinkel Timms erschrockenes Gesicht.

Auch während der Fahrt zum Flughafen war Marie ziemlich übel, was zwei weitere Entleerungen zur Folge hatte. Die Aussicht auf den bevorstehenden Flug verbesserte Maries Verfassung auch nicht wirklich. Timm, der mittlerweile kreidebleich war, fragte sie diverse Male, ob ihr schon länger schlecht sei, ob sie etwas Falsches gegessen habe. Doch Marie war es einfach nur schlecht und er sollte sie einfach nur in Ruhe lassen. So fauchte sie ihn an, woraufhin er beleidigt verstummte.

Einen Flug zu überleben während einem so schlecht war, war doppelt gemein. Wie sollte man sich dann im Falle eines Absturzes darauf konzentrieren können, das Leben noch mal an sich vorbeiziehen zu lassen!

Erschöpft vom Unwohlsein schlief Marie kurz nach dem überlebten Start ein und erwachte erst wieder, als sie sich bereits im Landeanflug befanden. Glücklicherweise ging es ihr bedeutend besser und sie war nun äußerst hungrig. Allerdings war die Zeit, wo das Bordessen serviert wurde, schon lange vorbei. Also kramte Marie in ihrer Tasche nach allem Essbaren, was sie fand, um Kekse, Schokoriegel und Bonbons sofort zu vertilgen.

Mit jedem Bissen schien der ohnehin bleiche Timm noch blasser zu werden. Still und energielos ging er Marie nach der Landung hinterher zur Gepäckausgabe. Da Marie bereits an seine Stimmungsschwankungen gewöhnt war, nahm sie an, dass er einfach nur das Ende des Urlaubs bedauerte.

Sie selbst machte sich da ganz andere Gedanken. Immerhin war sie nackt neben Timm erwacht. Und hatte es ihm auch nicht erzählt. Aber wahrscheinlich machte sie sich ganz unnötig Sorgen. Sie würde sich einfach in den nächsten Tagen einen Schwangerschaftstest kaufen und sich dann über ihre verrückten Sorgen kaputt lachen.

Timms Eltern warteten bereits hinter der Glasscheibe, um ihren genesenen Sohn in Empfang zu nehmen.

„Timmi, mein Junge. Wie geht es dir? Hast du alles gut überstanden? Ganz blass bist du."

Völlig genervt ließ Timm sich umarmen und herzen.

„Es ist alles gut, Mama. Könntest du mich jetzt bitte wieder loslassen."

„Ihr müsst mir aber alles erzählen. Ich will jede Einzelheit wissen", bohrte Frau Gruner.

In Anbetracht von Timms schlechter Laune und der Tatsache, dass sie noch an einer Apotheke vorbei wollte, verabschiedete sich Marie noch am Flughafen und entwischte hastig der Familienidylle.

Außerdem knurrte ihr Magen. Sie brauchte dringend Nahrung. Wirklich beunruhigend.

7. Kapitel Drei sind einer zu viel

Ich verstehe langsam den Zusammenhang zwischen Schuhen und Frauen, grübelte Doro, nach dem Kauf von mehreren Paaren Seelentröster-Schuhen auf dem Weg zurück in ihr Geschäft. Frauen lieben Schuhe, damit sie vor den blöden Typen weglaufen können. Leider hatte sie das erst jetzt begriffen, nachdem sie bereits allein im Park aufwachen musste. Doch wenigstens war ihr Leben nicht langweilig.

Sie hoffte, dass zumindest in ihrem Geschäft alles in Ordnung war. Vielleicht hatte sie ja Heather zu leichtfertig die Stellung gegeben. Schließlich war der Laden ihre Existenzgrundlage. Mal abgesehen von den 300.000, die ihr Heather schenken wollte. Wenn sie nicht so aufgeregt gewesen wäre, hätte sie sich sicher professioneller verhalten und wenigstens mal nach Heathers Qualifikationen gefragt. Ach Unsinn, an Heathers Qualifikation gab es wohl keinen Zweifel, dass wusste niemand besser als Doro, die jahrelang mit ihr zusammengearbeitet hatte. Und Heather hatte unendlich viel Geduld, wenn es sich nicht gerade um Bert und seine Midlife-Crisis handelte. Nun, also erst mal abwarten, vielleicht war es ja sogar eine gute Idee gewesen, auf Heathers Vorschlag einzugehen. Denn auf Heather war ja wirklich Verlass. Und wenn Doro wieder mal festgenommen werden sollte oder aus ähnlichen Gründen verhindert wäre, wäre es allemal gut, jemanden zu haben, der zur Stelle war.

Beschwingt betrat Doro ihren Laden und sofort schlug ihr der Geruch von frischgebackenen Keksen entgegen. Abgesehen davon war alles unglaublich sauber. Blieb nur zu hoffen, dass es ihr nicht wieder so erging wie in ihrer Wohnung und sie den Tee und den Kaffee auch wiederfand.

„Heather, was hast du denn   hier veranstaltet?" Verdutzt sah sie mehrere Blumensträuße auf dem Tresen stehen. „Gute Idee mit den Blumen, ehrlich."

„Doro, der Job hier bei dir ist wirklich genau das Richtige für mich. Ich bin gerade dabei, alles auf Vordermann zu bringen. Bei der Gelegenheit habe ich mir auch deine Buchführung angesehen. Da fehlen aber noch diverse Belege. Die hast du sicherlich zu Hause irgendwo in einer Schublade. Es wäre von Vorteil, wenn du sie mal mitbringen würdest. Deine ganzen unbezahlten Rechnungen haben sich auch schon gestapelt."

„Heather!"

„Ich habe mir die Freiheit genommen, sie schon mal für dich zu bezahlen. Ich gehe davon aus, dass du damit kein Problem haben wirst, richtig? Ach ja, die Blumen sind von mir, als Willkommensgruß. Übrigens habe ich schon fast alle meine Kekse verkauft. Der Geruch scheint die Leute förmlich in den Laden zu ziehen. Vielleicht sollten wir uns einen Backofen anschaffen, dann könnte ich immer sofort nachbacken. Was denkst du?"

„Wow. Du hast alle meine Rechnungen bezahlt? Und zum Dank bekomme ich noch drei Blumensträuße?"

„Nein, von mir ist nur der wunderschöne Frühlingsstrauß dort auf der Theke. Die anderen beiden sind nicht von mir. Der eine wurde geliefert und der andere wurde hier von einem Mann, übrigens einem Feuerwehrmann, abgegeben."

Doro sah sich die Sträuße an. Der Strauß vom Feuerwehrmann musste ja wohl mit Eddie zusammenhängen. Es war wohl der hässlichste Strauß, den sie je gesehen hatte. Wie ein Tankstellenstrauß, den selbst die Tankstelle ausgesetzt hatte. Es gab dazu auch keine Karte, also schlussfolgerte sie, dass der Feigling einen Kollegen mit diesem Ausbund an Geschmacklosigkeit vorgeschickt hatte. Der andere Strauß war wunderschön. Mit weißen Lilien und rosafarbenen Rosen in einem traumhaften Arrangement. Von wem könnte der denn sein, grübelte Doro. Ach so, klar, der war auch von Eddie. Er wollte sie ärgern mit dem Unkraut und sandte ihr zum Ausgleich einen   Traumstrauß. Sie zog die Karte aus den Blumen und las verblüfft den Text: Das Schicksal wollte, dass sich unsere Wege kreuzen. Es war mir eine Ehre, Sie auffangen zu dürfen. Bitte beehren Sie mich bald wieder. Ihr ergebener Leon Matisse.

Leon Matisse? Richtig, der Typ war ihr doch gleich so bekannt vorgekommen. Das war ja mal wieder klar, sie musste ausgerechnet so einem Schnösel in die Arme fallen.

„Heather, ich sage dir, mein Leben ist irgendwie schrecklich kompliziert. Da bekomme ich doch Blumen ...", wollte sie sich gerade aufregen, als die Tür aufging und ein studentenähnlicher Schlaumeier mit Brille fragte, wo er den Computer anschließen sollte.

„Das muss ein Irrtum sein", erklärte Doro genervt. „Ich habe keinen Computer bestellt. Tut mir leid."

„Weißt du, Dorothea", hörte sie hinter sich Heather und es war kein gutes Zeichen, dass Heather ihre Freundin mit ihrem offiziellen Namen ansprach. Das war schon bei Doros Eltern immer ein gefährliches Signal. Wenn ihrer Mutter in diesem seltsamen Tonfall ein „Dorothea" entsprang, kam für gewöhnlich immer die Hochzeits- und Kinderfrage. Und warum auch immer hatte Heather dieses spezielle Dorothea übernommen, wenn es brenzlig wurde.

„Ich habe mir gedacht, dass es doch toll wäre, einen Computer im Geschäft zu haben. Dann können wir alle Geschäftsvorfälle viel besser verwalten. Denkst du nicht auch?", fragte Heather erwartungsvoll.

„Heather, du bist doch erst seit einem halben Tag in meinem Geschäft. Wie konntest du in der kurzen Zeit Kekse backen und verkaufen, sauber machen, Rechnungen bezahlen und einen Computer kaufen?"

„Was ist denn nun?", fragte der Vielleicht-Student.

„Immer mit der Ruhe, eins nach dem anderen", fauchte ihn Doro an.

„Kekse hatte ich sowieso am Abend gebacken, als ich dich aus dem Gefängnis holen musste", erklärte Heather, zum Erstaunen des jungen Mannes, der erst mal einen Schritt zurücktrat und sich schlagartig ruhig verhielt. Die Tür immer im Auge, versteht sich. „Die Rechnungen habe ich einfach bei meiner Bank abgegeben. Da bin ich natürlich die beste Kundin, wegen meiner Millionen."

Der studentische Mann den sein Namensschild als Lindemann auswies, fing an zu husten, er schien sich verschluckt zu haben an den vielen Informationen. Als Doro automatisch auf ihn zuging, um ihn auf den Rücken zu klopfen, sprang er panisch hinter den Tisch und verweigerte alle Hilfsangebote.

„Na ja, egal, aber wie konntest du so schnell einen Computer kaufen und anliefern lassen?"

„Geld lacht. Und es ist einfach toll, mal zur Abwechslung etwas zu kaufen, was man auch behalten kann. Wir schließen ihn doch hier an, Doro? Ein Computer ist doch so was Praktisches. Ich könnte Kurse belegen. Was meinst du?"

„Ach Heather, du bist einfach zu gut für diese Welt", lächelte Doro ihre Freundin an und umarmte sie.

Nach einem Blick auf sein Namensschild befahl Doro: „Lindemann! Sie können den Computer nebenan im Büro installieren. Sie müssen sich dort nur ein wenig Platz schaffen. Irgendwie haben sich da einige leere Kartons angesammelt. Es haben sich dort doch Kartons angesammelt, oder, Heather?"

Diese errötete.

„Okay, keine Kartons. Heather, würdest du dem jungen Mann freundlicherweise zur Hand gehen? Anscheinend kenne ich mich in meinem eigenen Geschäft nicht mehr aus und außerdem brauche ich erst mal einen extra starken Kaffee."

Was für eine verrückte Zeit, dachte Doro. Ihr Leben war noch nie langweilig gewesen, aber die letzten Wochen waren schon ziemlich ungewöhnlich.

„Wo ist denn deine Telefondose? Wir wollten den PC gleich ans Internet anschließen", unterbrach Heather Doros Gedanken, als die Tür sich öffnete und Eddie eintrat.

„Doro. Es tut mir so leid wegen gestern Abend. Bist du verärgert?", fragte er und ging auf sie zu. Sofort machte Doros Herz einen Satz. Sie würde sich stark zusammennehmen müssen, um glaubhaft sauer zu wirken, als die Tür sich ein weiteres Mal öffnete. Verblüfft verfolgten sie, dass Leon Matisse mit übertrieben wichtiger Miene auf Doro zustürzte, ihre Hand nahm und leidenschaftlich an sein Herz drückte.

„Bitte lass uns da weitermachen, wo wir heute Morgen aufgehört haben. Seit du in meinen Armen gelegen hast, kann ich nicht mehr klar denken. Du bist meine Göttin."

„Heute Morgen??", fragte Eddie erstaunt. „Na, da will ich eure junge Liebe mal nicht stören. Alles Gute für dich, Doro." Er nickte in Heathers Richtung. „Wohltäterin. Alles Gute." Und stürzte wütend aus dem Laden.

„Eddie! Warte!", schrie Doro und schubste Leon Matisse von sich weg. „Was zur Hölle erlauben Sie sich. Ich bin nicht Ihre Göttin und wenn Sie mich nicht loslassen, werde ich Ihr persönlicher Racheengel. Sie Schmierenkomödiant."

Doch nachdem es Doro zur Tür geschafft hatte, sah sie nur noch die Wutwolke, die Eddie hinterlassen hatte.

„Ist hier immer so viel los?", fragte Lindemann vorsichtig. Heather schien selbst überrascht, konnte sich aber ein Grinsen nicht verkneifen. Aufgebracht stieß Doro ihre Ladentür auf und schickte einen Fluch hinterher. In diesem Moment hatte sie tatsächlich viel Ähnlichkeit mit einem Racheengel. Eigentlich fand Heather sie in dieser Rolle sehr hübsch.

„Sieh mich nicht so an, Heather. Ich will nicht darüber sprechen."

Die Angesprochene hatte sich mittlerweile mit Lindemann und einer Tasse Kaffee an der Theke postiert, um zu verfolgen, wie die unerwartete Kinovorstellung, die ihnen da geboten wurde, enden mochte.

„Ich liebe Sie von ganzem Herzen, mit der mir gegebenen Aufrichtigkeit", quiekte Leon Matisse, von Doro völlig vergessen, aus der Ecke. Heather und Herr Lindemann sahen sich erwartungsfroh an.

„Nehmen Sie Ihre Blumen und verlassen Sie auf der Stelle meinen Laden", schrie Doro mit sich überschlagender Stimme, griff nach den Blumen und schmiss sie nach Leon Matisse, als sie feststellen musste, dass er bereits ansetzte, wieder etwas zu sagen. „Raus!", zischte sie noch einmal, bevor Leon Matisse wie ein geprügelter Hund das Geschäft verließ.

„Ich brauche Kaffee. Sofort. Mit Cognac. Viel Cognac. Ich kann ja nicht schon wieder Schuhe kaufen gehen. Schließlich habe ich noch nicht mal die von heute Morgen ausgepackt."

„Dieser Job ist echt super", erklärte Heather Herrn Lindemann, „ich bin den ersten Tag hier und habe das Gefühl, hier passiert an einem Tag mehr als bei mir zu Hause in einer ganzen Woche."

„Wissen Sie, das geht mir nicht anders. Ich mache diesen Job schon seit etwa einem Jahr und habe das Gefühl, in den letzten zwei Stunden habe ich mehr gehört und gesehen als während der ganzen letzten Monate. Ich komme dann morgen wieder und zeige Ihnen die wichtigsten Einstellungen bei Ihrem PC. Ich könnte Ihnen auch noch eine elektronische Werbetafel anbringen. Die könnten Sie dann über den Computer steuern."

„Wir bieten Ihnen aber nicht jedes Mal so ein Showprogramm, Herr Lindemann. Für die Aufregung in Ihrem Leben müssen Sie schon selbst sorgen", erklärte Heather ihm, bevor er ging.

„Habe ich es jetzt total versaut, Heather?", fragte Doro zwei Cognac mit etwas Kaffee später. „Wir könnten vielleicht der Feuerwehr noch mal was spenden?", fragte sie hoffnungsvoll.

„Doro, du hast doch Eddies Nummer. Lass einfach etwas Zeit vergehen, dann rufst du ihn an."

„Aber was soll ich ihm denn sagen? Entschuldige, es ist ganz anders, als es aussieht??? So einen Quatsch würde ich ihm ja auch nicht abnehmen."

„Sieh es doch positiv. Du hast jede Menge Männer, die an dir Interesse haben. Übrigens, für diesen Leon Matisse bist du mir noch eine Erklärung schuldig. Ich fand es schon so merkwürdig, ihn im Urlaub zu treffen. Bert flippt aus, wenn ich ihm erzähle, was heute hier los war."

„Hallo Heather-Schatz, hallo Doro", erklang ein vergnügter Bert, der anscheinend sofort auftauchte, sobald man seinen Namen aussprach. Wie bei einem Flaschengeist.

„Ich dachte, du hast eine Halbtagsstelle. Ich warte schon mit dem Essen auf dich."

„Bestimmt Gürkchen", lachte Doro. „Bert, setzt du dich zu mir und trinkst mit mir einen Cognac? Ich könnte einen männlichen Ratschlag gebrauchen. Deine Frau macht hier übrigens einen Superjob. Die Kunden haben uns die Heather-Kekse förmlich aus der Hand gerissen und sauber ist hier auch alles."

„Ja, meine Heather ist schon was Besonderes", lobte Bert, während Heather die Augen verdrehte und sich Notizen für den nächsten Tag machte. „Frau Haberland ist mir vorhin entgegen gekommen und hat auch von deinen Keksen geschwärmt. Da habe ich als praktisch denkender Geschäftsmann ..."

„Bert, du bist kein Geschäftsmann, du arbeitest im Fundbüro. Das ist ein Unterschied."

„Heather-Schatz, du hast überhaupt keine Ahnung. Als Mann ist mir der Geschäftssinn doch förmlich in die Wiege gelegt. Ich habe Frau Haberland gleich vorgeschlagen, dass ich ihr gern auch den passenden Tee in der Schule vorbeibringe. Liegt ja praktisch auf meinem Heimweg."

„Schule?", fragte Doro. „Von welcher Schule reden wir?"

„Du kennst sie doch, Doro. Sie ist doch deine Kundin. Frau Haberland, die Schulleiterin an der Grundschule Oststadt."

„OOOhhhhh, das ist ja wunderbar, Bert. Was für gute Nachrichten. Bert, du musst uns helfen. Wir müssen in der Grundschule Oststadt mal eine schlechte Stimmung erzeugen. Eine Intrige spinnen, sozusagen. Und wenn das gut geht, dann bringe ich bei der nächsten Einladung von euch mal einen eigenen Mann mit. Was denkst du? Hilfst du uns?", freute sich Doro.

„Ich hasse es, dass ich mich immer von Doro für ihren Schwachsinn einspannen lasse", schimpfte Heather, während sie die Schulgänge entlanggingen.

„Weißt du, Heather-Schatz. Ich finde es total aufregend. Es ist wie in einem Krimi. Außerdem möchte ich so gern mal einen Mann an Doros Seite sehen. Wir beide sind doch wie Bonnie und Clyde", freute sich Bert sichtlich.

„Sie sind doch Frau Weidenthal, stimmt's?"

Vor Heather stand eine Kundin, die sie sehr mochte. Sie war die erste Kundin in Doros Laden gewesen, die Heather bedient hatte, und vor lauter Freude wegen ihres neuen Jobs hatte Heather ihr auf die gekauften Artikel 50 % Rabatt gegeben. Logischerweise hatte die Kundin Heather dadurch in Erinnerung behalten.

„Ich gehe schon mal vor, Heather. Komm einfach nach", sagte Bert und schritt voran.

„Guten Tag, ja, was für ein Zufall. Unterrichten Sie hier an dieser Schule?" „Gott bewahre. Nein, ich eigne mich nicht als Lehrerin. Mein Sohn geht hier zur Schule."

„Mein Mann und ich bringen Frau Haberland Tee vorbei. Außerdem wollten wir sie informieren, dass es hier an der Schule eine so genannte Gottesanbeterin gibt."

„Eine Gottesanbeterin?"

„Ja, es gibt eine Mutter, die anderen Frauen ständig die Männer ausspannt. Meiner Bekannten ist es auch so ergangen. Der hat prompt seine Frau vor die Tür gesetzt. Stellen Sie sich das mal vor. Ich finde, wir Frauen können uns doch nicht immer alles gefallen lassen. Kaum kommt eine des Weges und macht unseren Männern schöne Augen, schon haben wir das Nachsehen."

„Wer soll das denn sein? Kenne ich die Frau?"

Heather sprach leise und geheimnisvoll „Sie müssen es aber für sich behalten. Svenja Balat heißt die Dame. Hat meinen Bert auch schon angelächelt."

„Nein, sagen Sie nicht so was. Ich kenne diese Frau. Die kam mir schon immer so seltsam vor mit ihrem Getue. Gut, dass ich das jetzt von Ihnen weiß. Ich habe nächste Woche zu einer Frauenrunde eingeladen, Frau Balat auch, immerhin ist ihr Sohn Timo in derselben Klasse wie mein Justus. Die muss ich sofort wieder ausladen."

„Passen Sie gut auf Ihren Mann auf. Wäre doch schade, wenn er Ihnen abhandenkäme, wo Sie doch so eine nette Frau sind. Und wenn Sie mal wieder Tee brauchen, würde ich mich sehr freuen, wenn Sie vorbeikämen. So, jetzt muss ich aber los", sagte Heather und versuchte Bert einzuholen.

Na ja, was ich eben erzählt habe, ist hochgradig übertrieben, ging Heather durch den Kopf, hoffentlich treffe ich Svenja Balat nie, denn die wird sicher nicht so toll finden, was ich über sie verbreitet habe.

Als Heather die Tür zu Frau Haberlands Büro öffnete, musste sie leider feststellen, dass auch Bert gerade seine gesamten schauspielerischen Qualitäten ausbreitete.

„Und Sie glauben es nicht, Frau Haberland. Sie baggert hier sogar einige Ihrer Kollegen an, damit ihr Sohn bessere Noten bekommt, sagt man. Wobei ich mir nicht vorstellen kann, dass so etwas nicht auffliegt, bei so einer guten Schulleiterin wie Ihnen. Da hat die Schule ja wirklich Glück, dass Sie hier ein Auge auf Recht und Ordnung haben."

„So, Bert", unterbrach Heather den Monolog ihres Mannes, „wir müssen jetzt wirklich los. Guten Tag, Frau Haberland. Entschuldigen Sie, dass wir so wenig Zeit haben. Aber Sie sind jederzeit gern auf einen Tee bei uns eingeladen."

Frau Haberland lächelte. „Kein Problem, sind ja interessante Dinge, die Ihr Mann mir hier berichtet. Es ist immer gut, wenn man über alles informiert ist. Da kann man viel Schlimmes schon im Vorfeld verhindern. Da muss ich wohl mal meinen männlichen Kollegen ein wenig auf die Finger klopfen, damit die ihre Schulbewertungen für einzelne Schüler noch einmal überdenken. Schönen Tag noch."

Heather und Bert verließen zügig das Schulgebäude, als wenn jeden Moment jemand hinter einer Ecke hervorspringen könnte.

„Denkst du, wir haben es übertrieben?", fragte Heather besorgt.

„Ach was, das verebbt bestimmt. Du wirst sehen. Hauptsache, ich sehe mal einen Mann an Doros Seite."

Einen Mann an Doros Seite. Heather stöhnte. Ausgerechnet einen Feuerwehrmann von der Feuerwehr Hainhausen. Hauptsache, er erzählte Bert nichts von den Spenden. Kompliziert, so ein Leben.

Kaum dass Bert und Heather in die Nähe des Geschäftes kamen, hörten sie Doro schon wettern.

„Oje, da ist bestimmt wieder einer ihrer Männer aufgetaucht. Vielleicht sollte ich es übernehmen, morgens den Laden zu öffnen. Möglicherweise ist Doro entspannter, wenn sie erst ab Mittag arbeiten muss."

Als sie den Laden betraten, sah Heather einen eingeschüchterten Mann, der nach Doros Anfall ganz kleinlaut reagierte. Und an diesen Mann konnte sich Heather leider nur zu gut erinnern. Eigentlich ein ganz armer Wicht. Und nun wurde er auch noch von Doro fertiggemacht.

„Heather Weidenthal, gut, dass du da bist. Hast du diesem Wucherer gestern zugesagt, ihm 5 % mehr zu zahlen?", schimpfte Doro.

„Na ja, es war im Grunde genommen so, dass wir doch alle immer so unglaublich mit der Inflation zu kämpfen haben ..."

„Heather!!! Komm zum Punkt."

„Und da seine Geschäfte momentan nicht so gut laufen und wir ja alle aufeinander Rücksicht nehmen müssen ..."

Doro schien kurz vor einer Explosion zu stehen. Und der Feigling Bert verzog sich zügig, nachdem er die Situation erfasst hatte. „Mach's gut, Heather-Schatz, wir sehen uns dann am Abend" hatte er verlauten lassen, küsste seine Frau und entschwand.

„Es gibt hier keine Preiserhöhungen, dass das mal klar ist, und wenn Sie in Zukunft auch nur einen Krümel Tee verkaufen wollen, dann wagen Sie es nie wieder, mich über den Tisch zu ziehen. Es gibt genug gleichwertige Konkurrenten. Ist das klar?", knurrte Doro den Vertreter an. Dieser entschuldigte sich für das „Missverständnis" und machte sich eilig davon.

„Heather, wenn wir nicht schon nach ein paar Tagen Ärger miteinander haben wollen, dann mach so was bitte nie wieder. Wie soll man es denn zu etwas bringen, wenn man so einfach sein Geld zum Fenster rausschmeißt. Glaube mir, dieser Typ wird nicht am Hungertuch nagen. Er ist ein Verkäufer und das ist seine Masche. Gutmütigkeit allein bringt einen wirklich nicht weiter. Verstehst du das?"

Heather sah sie trotzig an. „Wenn du meinst."

„Heather, schon im alten Ägypten haben die Menschen gehandelt. Man kann nicht immer allem und jedem nachgeben. Versuch doch mal, dein Herz auszuschalten und deinen Kopf zu benutzen. Du bist einfach zu gut für diese Welt."

Seufzend begann Heather Ordnung im Geschäft zu machen. Sie war einfach keine so gute Geschäftsfrau wie Doro. Da konnte man nichts machen, aber dafür war bei ihr alles ordentlich. Das war ja auch was.

„Doro, wenn du willst, kannst du deine Erledigungen machen. Ich übernehme die Stellung."

„Weißt du, ich hatte mir überlegt, ich fahre ein paar Tage zu meiner Schwester. Seit ich das Geschäft habe, komme ich praktisch zu nichts mehr. Würdest du so lange hier die Stellung halten? Das wäre für mich eine gute Gelegenheit, mal wieder mit Charlotta um die Häuser zu ziehen. Eltern besuchen, erklären, warum ich weder Mann noch Kind habe, du weißt schon. Würdest du das für mich tun? Außerdem kann sich dann die Lage hier etwas beruhigen."

Heather sah man ihre Freude an. „Das würde ich natürlich gern für dich tun. Das wäre großartig. Außerdem mag ich deine Schwester. Sie könnte uns ja mal wieder besuchen kommen. Bert war auch immer ganz begeistert von Lotta. Ich verändere hier auch keine Preise. Ehrenwort. Ich mache nur Ordnung. Das ist ja wohl kein Problem."

Die beiden Frauen umarmten sich herzlich. Kaum wollte Doro das Geschäft verlassen, trat Lindemann ein.

„Hallo Herr Lindemann, ich habe da ein paar tolle Ideen. Haben Sie in den nächsten Tagen etwas Zeit für mich?", hörte Doro Heather noch sagen, bevor die Tür sich hinter ihr schloss.

Als Doro einige Tage später vom Besuch bei ihrer Schwester zurück war, die im Übrigen ganz belustigt gewesen war von der Kombination Eddie-Leon Matisse, erkannte sie ihren Laden kaum wieder. Zum einen besaß sie nun eine Schaufensterdekoration, die ihr wirklich gefiel, zum anderen eine elektronische Werbetafel, auf der das Angebot des Tages Marathon lief. Ihr Geschäft sah wirklich völlig verändert aus.

„Das sieht richtig toll aus, Heather. Du tust ja meinem Laden richtig gut. Es ist, als hättest du mein Geschäft aus dem Dornröschenschlaf geweckt."

Heather freute sich sichtlich über das Lob.

„Warst du denn zwischendurch auch mal zu Hause bei Bert, oder hast du dich nur mit meinem Laden beschäftigt?"

„Ach, mir macht das ja Spaß und Bert ist in letzter Zeit ohnehin etwas launisch. Er spricht kaum, isst kaum. Außerdem ist er nach Feierabend immer unterwegs und ich habe auch keine Ahnung, wo er ist. Es scheint ihm völlig egal zu sein, ob ich da bin oder nicht."

„Ach Heather, er muss sich auch erst mal daran gewöhnen, wieder eine berufstätige Frau zu haben. Schließlich hast du ihm sonst immer zur Verfügung gestanden. Das ist für ihn eine ganz schöne Umstellung. Lass ihm einfach etwas Zeit und sei nett zu ihm. Du wirst sehen, er gewöhnt sich daran und ist dann stolz auf dich."

Heather seufzte. „Ja, wahrscheinlich hast du recht."

„Und? Hat jemand nach mir gefragt?", fragte Doro hoffnungsvoll.

„Leon Matisse war schon wieder hier. Er ging aber gleich wieder, nachdem klar war, dass du nicht da bist. Um es gleich vorwegzunehmen, dein Feuerwehrmann war nicht hier. Aber Jens Kramer hat zweimal nach dir gefragt."

„Das ist mal wieder typisch. Die, auf die man wartet, melden sich nicht, und stattdessen hat man Matisse und den Kramer am Hacken. Das ist doch wirklich ungerecht."

„Na ja, wenn du Eddie beeindrucken möchtest, könntest du ihm auf jeden Fall von unserer kleinen Rufmordkampagne erzählen. Die Mütter der Grundschule Oststadt haben eine regelrechte Hetzjagd auf Svenja Balat angefangen. Die haben Sticker drucken lassen, auf denen steht: ‚Hände weg von unseren Männern – Familien sind heilig'. Abgesehen davon scheinen sie der Dame wohl auch auf andere Weise mächtig   zuzusetzen. Also, wenn das Eddies Bekannter keine Freude macht, dann weiß ich auch nicht", erzählte Heather vergnügt.

Blass und erschöpft wirkte Jens Kramer, als er das Geschäft betrat. Doro und Heather sahen ihn erstaunt an. Für gewöhnlich erlebte man ihn ja immer großspurig und vor allem sehr vorlaut. Obwohl Doro kein großer Fan von Jens war, so tat ihr sein Anblick leid.

„Na, Jens, was ist denn dir passiert, du siehst ja grausam aus."

„Keine Ahnung. Irgendwie hatte ich schon bessere Zeiten. Lief alles schon mal besser."

„Hast du Ärger mit deiner Frau oder hast du Ärger im Geschäft?"

Mit hängenden Schultern saß er auf einem Stuhl und nickte. Es war richtig erholsam, ihm mal zu begegnen, ohne dass er einem das Gefühl gab, er wolle baggern oder wittere Geschäfte. Er war einfach nur ein Häufchen Elend.

„Na was denn nun? Geschäft oder Frau?"

„Ich würde mal sagen, es läuft auf beiden Gebieten nicht so toll. Mit einem Mal kommen keine Aufträge mehr rein, als hätte jemand den Hahn zugedreht. Und was das Private betrifft, da kann ich nur sagen, dass ich Frauen wohl nie verstehen werde. Erst ist alles schön und mit einem Mal flippt sie wegen allem und jedem aus. Hat wohl Probleme mit ein paar anderen Frauen. Und wer kriegt es wieder ab? Ich! Als wenn ich nicht schon genug Probleme hätte", jammerte Jens.

Heather setzte ihren mütterlichen Blick auf und sah Doro an. Lautlos formte Doro ein Nein in Heathers Richtung. Doch Heathers Blick ließ keinen Rückzug zu.

„Na dann komm, Jens, wir gehen eine Kleinigkeit essen. Ich lade dich ein", gab sich Doro einen Ruck.

Heather lächelte. Energielos erhob sich Jens Kramer und ging Doro hinterher, als wenn er immer noch nicht glauben konnte, dass so ein Leben auch gelegentlich ein paar Rückschläge zur Hand hatte. Da Doro kein Interesse daran hatte, mehr Zeit als nötig mit ihm zu verbringen, gingen sie einfach ins Lokal eine Ecke weiter. Ein Italiener, der vielleicht einfach war, aber passables Essen zubereitete.

Wie meistens war das Lokal sehr voll und Doro ging zielstrebig zum einzigen für sie erkennbaren freien Platz und ließ sich nieder.

„Würde es dich stören, mit mir den Platz zu tauschen?", fragte Jens. „Ich habe gern den Raum im Blick."

Auch gut, dachte sich Doro, so würde sie wenigstens niemand in Begleitung von Jens Kramer sehen. Nicht dass da jemand gewesen wäre, dem sie Rechenschaft ablegen musste, aber sie hatte ja einen Ruf zu verlieren. Nachdem Doro sich im Zuge eines langwierigen Entscheidungsprozesses endgültig für ein Pastagericht entschieden hatte und Jens sie schon ganz schwindelig gejammert hatte, kam dann endlich das Essen. Doch Jens hatte die Gabe, sowohl das Essen zu sich zu nehmen als auch unentwegt weiterzujammern. Wie schwierig seine Beziehung geworden sei und warum Frauen nur immer so unzufrieden seien. Und das so plötzlich und unerwartet.

Mitleidig lächelnd und total genervt entschuldigte sich Doro, um sich einen kurzen Augenblick auf der Toilette zu erholen. Was war dieser Mann ein Albtraum. Er war anstrengend, egal ob er gut oder schlecht drauf war. Auf ihrem Weg zwischen den Tischen hindurch sah sie plötzlich Eddie im Café gegenüber sitzen. Mit einer anderen Frau. Stocksteif blieb sie stehen, unfähig, einen weiteren Schritt zu tun. Eddie hatte über den Tisch nach den Händen der anderen Frau gegriffen und sah sie derart zärtlich und liebevoll an, dass es schon ekelhaft war. Er schien zu spüren, dass er angestarrt wurde, und drehte den Kopf in Doros Richtung. Diese verließ zügigen Schrittes ihr Lokal, um das Café, in dem Eddie sich befand, zu stürmen. Man hätte meinen sollen, Eddie hätte genug Zeit zur Flucht gehabt, aber er gehörte anscheinend zu den

Männern, die vor Verblüffung einfach erstarrten. Wie dumm für ihn.

„Schön, dass du noch ein Lokal gefunden hast, das du besuchen kannst. Ach richtig, im Wetterbericht hatten sie ja auch Regen angesagt, da wäre ein Picknick nicht das Richtige gewesen. Im Übrigen, meine Liebe, oder sollte ich Sie lieber Date des Tages nennen, passen Sie gut auf ihn auf, denn zuweilen lässt er seine Dates auch allein im stockdunklen Park zurück. Danke noch mal dafür, Eddie! War eine interessante Erfahrung. Eine ganz neue Interpretation von Leben retten."

Eddie bekam seinen Mund nicht mehr zu vor Erstaunen, und als die Lokaltür hinter Doro längst ins Schloss gefallen war, war er noch immer starr vor Überraschung.

„Lass mich raten", sagte Marie, „das war dein Parkdate, die nun denkt, du baggerst mich an." Marie lachte herzlich. „Und ich dachte, ich hätte das Vorrecht auf Probleme. Was wirst du nun tun?"

Eddie grinste. „Ich habe keine Ahnung. Aber sag mal, ist Doro nicht ein scharfer Feger?" Fasziniert und gebannt starrte er auf die Ausgangstür, als wenn er die Tür dazu bringen könnte, Doro wieder zurückzukatapultieren.

„Eddie!!!", schimpfte Marie und trat ihn gegen sein Bein.

„Entschuldige bitte, Marie, was wolltest du gerade Geheimnisvolles von dir und Timm erzählen."

Marie errötete. „Also, mir scheinen deine Geschichten interessanter zu sein als meine. War nicht so wichtig. Du weißt doch, wie Timm ist. Da gibt es eigentlich gar nicht so viel zu erzählen."

Eddie nickte. „Ja, ich denke auch, dass Timm nicht gerade extrovertiert genug für verrückte Geschichten ist. Ich denke, ich sollte jetzt mal zu Doro ins Geschäft fahren, um die Dame etwas zu beruhigen. Selbst wenn du mein Date gewesen wärst, ginge sie das nichts an. Schmeißt sich gleich so einem Softschleimer an den

Hals. Glaubt wohl auch, sie kann jeden um den Finger wickeln", ereiferte sich Eddie.

Marie lächelte ihn an. „Scheint dir ja ernst zu sein mit Doro aus dem Park. Du bist ja imstande, Emotionen zu zeigen. Ich bin begeistert. Sie hat sozusagen ein Feuer in dir entfacht. Und das bei einem Feuermann."

Eddie verdrehte die Augen. Weiber. „Im Übrigen, Mary, du weißt ja noch gar nicht, wem sie sich an den Hals geworfen hat. So viel zu deinen Problemen. Es ist nämlich Leon Matisse. Anstatt sich um Chantal zu kümmern, hat er sich Doro geschnappt. Und was sagst du nun?"

„Du machst Witze. So ein Idiot. Lass uns gehen, ich muss jemandem kündigen. Fristlos", schnaubte Marie.

„Aber Marie, denk daran, dass es nicht ratsam wäre, jemanden zu engagieren, der sich dann an Leon Matisse rächt. Sonst kommst du irgendwann durcheinander."

Während Marie ins Shoppingcenter fuhr, in der Hoffnung, dort Matisse in der Nähe von Chantal zu finden, machte sich Eddie auf den Weg zum Teegeschäft. Als er eintrat, sah er nur Heather, die ihn wenig erstaunt anlächelte.

„Wissen Sie, ich bin fast 25 Jahre verheiratet und wir hatten auch unsere Probleme, aber das, was Sie an Komplikationen mit Doro zustande bringen, obwohl sie beide nicht mal ein Paar sind, ist schon bemerkenswert."

„Sie mögen ein netter Mensch sein, Wohltäterin. Ganz sicher sogar sind Sie das. Aber Doro kann mich nun wirklich nicht behandeln wie einen ihrer kleinen Jungs."

Heather stellte Eddie eine Tasse Kaffee auf den Tisch. „Na, dann erzählen Sie mal in Ruhe. Denn Doro hat etwas schnell und durcheinander gesprochen, als sie vorhin hereinstürmte." Heather seufzte. „Sie kauft jetzt schon wieder Schuhe", erklärte sie Eddie, als wenn damit alles entschuldigt wäre.

Marie war fast ein bisschen   erleichtert, denn nun hatte sie einen guten Grund, Leon Matisse loszuwerden. Ihr war ja schon auf Jamaika klar geworden, dass sie ihre Rachefeldzüge beenden sollte. Sie war einfach nicht der Typ, der anderen gerne Ärger bereitete. Für gewöhnlich brachte sie sich selbst dabei in Schwierigkeiten. Außerdem hatte sie mittlerweile Gefallen daran gefunden, Geld zu haben, und es war nicht abzusehen, wie ihre Zukunft aussehen würde. Der Schwangerschaftstest lag noch unberührt in seiner Packung. Marie hatte einfach zu viel Angst vor dem Ergebnis, zumal sie ihre Übelkeit nach wie vor in den unpassendsten Momenten überfiel. Sie hätte heute sehr gern Eddie von dem kleinen Zwischenfall mit Timm erzählt, aber dazu war es ja nicht gekommen, weil Eddies Eroberung mit viel Temperament das Gespräch unterbrochen hatte. Manches Mal kam es Marie vor, als wenn irgendjemand ein unterhaltsames Spiel mit ihr spielte. Eddie war eigentlich immer derjenige gewesen, der die Regeln bei seinen Dates bestimmte, und da kam dann diese Powerfrau und drehte den Spieß einfach um. Marie musste nach wie vor grinsen, wenn sie an Eddies erstauntes Gesicht dachte. Das würde sie ja nur zu gern Timm erzählen, aber dem ging sie lieber aus dem Weg, seit sie aus dem Urlaub zurück waren. Allerdings hatte sie auch nicht den Eindruck, als wenn Timm ihre Nähe suchte. Er hatte sich nicht ein einziges Mal bei ihr gemeldet. Nicht auszudenken, wenn sie Nachwuchs von ihm bekäme. Zum Glück hatte sie ja das Geld gewonnen und würde erst mal klarkommen, sofern Leon Matisse nicht schon ihr ganzes Geld mit Chantal auf den Kopf gehauen hatte. Marie musste ihn unbedingt stoppen.

Auf der gegenüberliegenden Seite sah Marie Doro mit diversen Tüten beladen ein Geschäft verlassen. Ohne groß nachzudenken, rannte Marie ihr nach.

„Doro, warte bitte mal. Doro!", rief sie. Doro blieb stehen und sah sie verblüfft und leicht feindselig an.

„Wir hatten uns vorhin kurz gesehen, als ich mit Eddie essen war", begann Marie. Die Feindseligkeit in Doros Gesicht erleichterte Maries Aufgabe nicht.

„Ich habe keine Amnesie und kann mich folglich durchaus daran erinnern, was ich vorhin sah", fauchte Doro wenig charmant.

Marie lächelte Doro an. „Meine Güte, Doro, ich darf doch Doro sagen. Eddie hat wirklich nicht übertrieben, du hast echt viel Temperament. Ich bin nicht Eddies Date oder so etwas in der Art. Wir sind tatsächlich einfach nur befreundet. Ich bin Marie. Es freut mich, dich kennenzulernen."

„Hat Eddie dich vorgeschickt?", fauchte Doro sie aufgebracht an.

„Beruhig dich doch bitte mal. Ich arbeite hier im Shoppingcenter. Warum sollte Eddie mich vorschicken. Er ist ja nun wirklich kein Feigling. Oder hat er diesen Eindruck auf dich gemacht? Ich habe dich hier lang laufen sehen und habe dich angesprochen, weil ich glaube, dass du gut für Eddie bist."

Doro zog ihre Augenbrauen hoch. „Ich bin gut für Eddie?"

„Ja, er sagt immer, du bist eine Powerfrau. Und genauso sehe ich das auch. Wahrscheinlich kannst du sogar nett sein, wenn du nicht gerade wütend bist."

Doro begann zu lächeln. „Entschuldige bitte. Du hast ja recht. Ich bin wirklich gerade nicht sehr nett. Es war kein schöner Anblick für mich zu sehen, wie Eddie so verliebt deine Hände hielt. Da ist wohl mein Temperament mit mir durchgegangen. Wenn du möchtest, können wir zusammen einen Kaffee trinken gehen. Sofern du so lange von deiner Arbeit wegbleiben darfst."

„Gern. Genau genommen habe ich heute auch frei. Ich habe nur jemanden gesucht. Jemanden, den du auch kennst. Leon Matisse", seufzte Marie, während sie sich in einem der Cafés im Shoppingcenter einen Platz suchten.

„Ach, jetzt weiß ich. Du bist die gute Freundin von Eddie, richtig?"

Marie lachte. „Na, das hört sich aus deinem Mund irgendwie merkwürdig an. Außerdem sagte ich doch gerade, dass ich mit Eddie befreundet bin."

„Ja, das stimmt schon. Aber Eddie hat mir von dir erzählt. Du bist die Freundin, die von ihrem Mann so übel betrogen wurde."

„Na, das ist ja wohl der Gipfel. Eddie erzählt schon bei seinem ersten Date von meinen Eheproblemen. Hattet ihr euch denn nichts anderes zu erzählen?"

Doro lachte die betrübt blickende Marie an. „Mach dir keine Sorgen. Eddie ist wirklich unterhaltsam. Und er hat nichts Schlechtes über dich erzählt. Ehrlich nicht. Eigentlich nur Gutes und dass du manchmal Pech hast. Unter anderem mit deinem Mann. Oder Exmann. Ich habe ihm angeboten, dass ich deinem Mann und seiner Gespielin mal ein wenig Schaden zufüge. Das war alles. Ehrlich."

Verblüfft sah Marie ihr Gegenüber an. Da versucht man verzweifelt, irgendwo Geld zu gewinnen, und währenddessen schickt Eddie seine Dates los, um Maries Rachepläne umzusetzen.

„Das war alles? Ich finde, dass das schon eine ganze Menge ist."

„Willst du mir nicht was von Eddie erzählen?", bat Doro.

„Entschuldige, Doro, aber willst du mir nicht erst mal erzählen, was ihr da nun genau veranstaltet habt. Ich meine in Bezug auf meinen Mann."

„Wir haben in der Schule des Sohnes von deiner Konkurrentin herumerzählt, dass sie eine Gottesanbeterin sei, die allen Frauen die Männer ausspannt. Wenn du mich fragst, ich hätte den Typen einfach abgeknallt oder hätte ihn so lange genervt, bis alles zu meiner Zufriedenheit geregelt wäre. Hast du denn eigentlich mittlerweile alles zurückbekommen, was dir gehört?"

Marie schüttelte den Kopf. „Ich wollte mich ja rächen. Aber mittlerweile sehe ich nicht mehr so einen großen Sinn darin. Zumal in meinem Leben immer so komplizierte Sachen passieren, die dann erst mal wichtiger sind. Was hast du denn eigentlich mit Leon Matisse zu tun? Den habe ich auch gerade unter Vertrag, für einen meiner Rachepläne. Echt verkorkst alles bei mir."

Doro schüttelte den Kopf. „Warum wehrst du dich denn nicht mal persönlich? Dann müsstest du nicht immer fremde Leute bezahlen. Außerdem würde es dir dann bestimmt viel besser gehen."

„Ich weiß, aber immer wenn ich eine schwierige Sache in Ordnung bringen will, passiert schon die nächste. Ich habe an ganz vielen Gewinnspielen mitgemacht, um genug Geld für einen Racheplan zu haben, dann habe ich tatsächlich viel Geld gewonnen, das bekamen aber alle möglichen Leute mit und fragten mich dann nach dem Verbleib des Geldes. Also habe ich behauptet, ich würde jemandem mit meinem Geld helfen, eine schlimme Krankheit therapieren zu lassen. Diese Person ist ein guter Freund von mir. Timm. Leider bekamen Timms Eltern mit, dass ihr Sohn schwer krank sein soll, obwohl er natürlich gesund ist und deshalb mussten wir für die Zeit der angeblichen Behandlung verschwinden. Also sind wir nach Jamaika geflogen. Und im Urlaub wurde unser Verhältnis dann irgendwie seltsam, na ja, und jetzt kann es gut sein, dass ich von Timm schwanger bin. Das meine ich mit Problemen. Ich mache immer alles schlimmer, wenn ich ein Problem persönlich lösen möchte. Ein Alptraum."

Doro sah Marie erstaunt an. „Du meine Güte, das scheint ja wirklich kompliziert zu sein. Und bist du nun schwanger? Und was sagt Timm dazu?"

Marie zuckte mit den Schultern. „Also, ich weiß nicht, ob ich schwanger bin, ich traue mich einfach nicht, einen Schwangerschaftstest zu machen. Es wäre richtig übel, wenn ich schwanger wäre. Und Timm gehe ich seit unserer Rückkehr aus Jamaika aus dem Weg. Er weiß ja auch gar nicht, dass wir Sex hatten. Ich war mir ja selbst nicht sicher."

Doro sah Marie an, als wenn diese geistesgestört wäre.

„Doro, echt, das ist irgendwie kompliziert zu erklären. Ich muss jetzt erst mal Leon Matisse finden, den hatte ich engagiert, damit er meine Exfreundin umwirbt, aber anscheinend hat er ja jetzt mehr Interesse an dir."

„Es ist wohl besser, ich frage dich gar nicht erst, warum du dich an deiner Exfreundin rächen willst, bei dir scheint ja alles kompliziert zu sein. Willst du mir jetzt von Eddie erzählen? Und wenn du möchtest, komme ich dann mit dir mit und wir knöpfen uns dann mal deinen Schwangerschaftstest vor."

„Ich bin mir gar nicht sicher, ob es ratsam ist, dir so viel von Eddie zu erzählen. Er ist der beste Freund, den man sich wünschen kann, aber ob er als Partner so toll ist? Ich weiß es echt nicht. Bis jetzt waren seine Beziehungen eher ... hmm ... wie soll man sagen, flüchtig. Denn am Ende war er immer auf der Flucht vor den jeweiligen Damen. Wirklich kennengelernt habe ich nicht eine. Die kamen und gingen immer so schnell, dass es einfach Zeitverschwendung gewesen wäre, sich näher mit ihnen zu beschäftigen. Für mich ist das ohnehin alles nebensächlich. Ich kenne ihn schon so lange. Er ist für mich da, wenn ich jemanden brauche. Genau genommen sind Eddie und Timm für mich da. Bei Timm wird sich noch herausstellen, wie es zukünftig sein wird. Eddie ist zudem eine echte Frohnatur. Und sehr zuverlässig. Aber er ist nicht sehr emotional. Er ist nicht gleichgültig, das nicht, vielmehr ist er entspannt. Er nimmt alles locker, lässt sich nicht festnageln. Und ich habe von Eddie noch nie gehört, dass er sich vorstellen kann, sich irgendwann zu binden, und diesen ganzen Kram. Er lässt sich lieber bewundern. Aber ich liebe ihn abgöttisch. Er ist toll", schloss Marie und sah Doro an. „Reicht dir das an Information?"

„Ich bin mir nicht mal sicher, ob diese Informationen gut oder schlecht sind. Im Grunde genommen weiß ich ja nicht mal, was ich von Eddie möchte. Aber es kann ja nicht enden, bevor es begonnen hat. So, jetzt machen wir uns auf den Weg zu dir, um dein Leben mal ein wenig auf Vordermann zu bringen. Als Gegenleistung legst du ein gutes Wort für mich bei Eddie ein. Ist das ein Deal?"

Als sie Maries Hausflur betraten, lag dort ein ganzer Stapel Papier, den Marie gleich an sich nahm, ohne ihn näher zu betrachten. Doro nahm das verwundert zur Kenntnis, sagte aber nichts. Als Marie dann aber ihre Wohnungstür öffnete, war Doro doch ziemlich verblüfft. Sie war Unordnung als solches ja gewohnt und würde ein paar herumliegende Gegenstände sicher nicht verurteilen, aber in Maries Wohnung handelte es sich nicht um die allgemeine, wie durch ein Wunder entstehende Unordnung, vielmehr sah es so aus, als würde Marie in einer Reklame-Sammelstelle wohnen. Es gab keine Stelle, die nicht mit Papierbergen übersät war.

Marie sah Doros ungläubiges Gesicht und sagte nur: „Frag nicht."

„Bist du ein Reklame-Messie? Oder hast du vor, in ganz großem Stil irgendwo Feuer zu legen? Oder bereitest du dich bereits darauf vor, irgendwann unter einer Brücke zu schlafen und legst schon mal einen Papiervorrat an, damit du täglich eine frische Zeitung hast, auf die du dich betten kannst?"

„Ehrlich, Doro, es ist viel zu kompliziert, um es zu erklären. Ich sollte mich mal darum kümmern, alles zu entsorgen. Wahrscheinlich werde ich mich ohne die vielen Papierberge richtig einsam fühlen."

„Okay, okay, genug der Zeitverzögerungen. Du gehst jetzt auf deinen Schwangerschaftstest pinkeln. Und während wir auf das Ergebnis warten, telefonierst du mit diesem Matisse und gehst ihm an den Kragen."

Nachdem Marie im Bad verschwunden war, sah sich Doro ein wenig um. Die Wohnung war nicht gerade spektakulär und wenn man von den Papierbergen absah, war die Wohnung eher leer. Oh mein Gott, hier stand ja wirklich kaum ein Möbelstück. Ein hässliches altes Sofa und ein Tisch, der überhaupt nicht dazu passte. Allerdings sah man von diesem nicht besonders viel, da er, wie überraschend, zugestapelt war mit Reklame und Kleinkram. Mit Windelpackungen zum Beispiel, wie Doro verwundert feststellte. Außerdem lagen Unmengen von Schlüsselbändern herum, die man jetzt überall aufgedrückt bekam. Marie hatte sie zusammengebunden und an die Wand gehängt. An den Verschlüssen der Bänder

hatte sie Bilder befestigt. Sie   nutzte also Schlüsselbänder als
Fotoleinwand? Meine Güte, das war ja nun wirklich geschmacklos.

„Es sieht hier wohl etwas ungewöhnlich aus. Aber glaub mir,
das ist eigentlich anders, nur ist es irgendwie schwer zu erklären",
versuchte sich Marie zu rechtfertigen, die hinter Doro getreten
war.

„Ich möchte wetten, dass du dafür eine Spitzenerklärung hast.
So, anderes Thema, nun wird diesem Matisse gekündigt. Der Typ
hat mir einen riesigen Blumenstrauß geschenkt. Ich könnte schwören, dass du diesen indirekt bezahlt hast."

Marie wählte die Nummer und wurde schon ärgerlich, als sie
die arrogante Stimme von Matisse hörte. Dieser Kerl hatte vielleicht ein riesiges Ego!

„Herr Matisse, ich wollte Ihnen mitteilen, dass unser Arbeits-
Arrangement mit sofortiger Wirkung beendet ist. Ich möchte Sie
bitten, nicht mehr für mich in Aktion zu treten, und ab sofort stelle
ich Ihnen auch kein Geld mehr für Aktivitäten zur Verfügung",
beendete Marie ihren Monolog.

„Was für ein dummes, unbeholfenes Mädchen Sie doch sind",
schallte es Marie aus dem Telefon entgegen, „lesen Sie denn keine
Zeitung? Mein Leben hat sich grundlegend verändert, aus diesem
Grund ist es mir ohnehin nicht mehr möglich, Ihnen bei der Lösung Ihrer Probleme behilflich zu sein. Ich habe wenig Hoffnung,
dass Sie je in der Lage sein werden, Ihr Leben in eine bessere
Richtung zu wenden, aber das soll ja nicht mein Problem sein. Ab
sofort betrachten Sie unsere Geschäftsbeziehung als beendet."
Sprach er, bevor er auflegte.

Was für eine einfältige Person, dachte Matisse, nachdem dieses
klärende Gespräch beendet war. Wäre er derjenige gewesen, der
jemandem hätte kündigen wollen, dann hätte er sich viel besser in
Szene gesetzt. Zum Glück kamen ihm da sein berufliches Talent
und seine Menschenkenntnis zu Gute. Das hier war wohl die pri-

mitivste Kündigung gewesen, die je ausgesprochen wurde. Was für dummes, dummes Volk um ihn herum.

„Alles in Ordnung mit dir?", fragte Doro besorgt die leichenblasse Marie. „Willst du dich setzen?" Doro lenkte Marie auf das nach wie vor schäbige Sofa. „Du hast es jetzt geschafft, das ist doch super. Eine Sorge bist du los. War es denn so schlimm? Hat er dich beleidigt?"

Marie nickte. „Eigentlich macht er das immer. Er ist so überheblich und gibt mir immer das Gefühl, ein Nichts zu sein."

„Marie, ich bitte dich. Er kann dir nur dieses Gefühl vermitteln, weil du es zulässt, dass er dir dieses Gefühl vermittelt. Nun sei doch froh, dass du diesen Schwachkopf los bist. So, nun zu Problem Nummer zwei. Soll ich für dich nachsehen, ob sich in deinem Bauch Aliens tummeln, oder willst du selbst nachsehen."

„Ich glaube, ich sollte selbst nachsehen", sagte Marie und stand auf.

„Marie? Was wäre dir denn lieber? Schwangerschaft oder nicht."

„So lange ich denken kann, wollte ich ein Kind. Aber ich wollte es nicht unbedingt von Timm. Abgesehen davon, dass Timm nicht mal weiß, dass wir Sex hatten. Ich würde es mal so sagen, die Grundvoraussetzungen für ein Kind sind nicht optimal."

Als Marie einen Moment später wieder im Türrahmen erschien, liefen ihr Tränen übers Gesicht und es ließ sich nicht wirklich deuten, ob sie Ausdruck der Freude oder des Entsetzens waren. Marie sah aus, als hätten die vielen Reklameblätter doch mehr Schaden bei ihr angerichtet, als ursprünglich zu vermuten war. Denn ihre Gesichtszüge waren wirklich nicht zu definieren.

„Nun sag schon, Marie, wirst du demnächst Windeln wechseln?"

Die wirren Gesichtszüge wichen einem Strahlen. „Ja, ich werde Windeln wechseln."

„Meine Güte, Marie, du bist   ja   eine   wandelnde Problem-
suchmaschine. Denk daran, du schuldest mir ein gutes Wort bei
Eddie. Abgesehen davon hast du hier ein massives Inneneinrich-
tungsproblem. Da solltest du echt mal was machen. Wann willst
du es Timm denn sagen?"

„Ich soll es Timm sagen??? Warum denn? Wie soll ich ihm
das denn erklären. Ich gehe ihm einfach aus Weg. Vielleicht merkt
er ja gar nicht, dass ich schwanger bin. Du weißt doch, wie un-
aufmerksam Männer immer sind."

8. Kapitel Vaterschaft

E s war durchaus ungewohnt für Bert, zu Hause niemanden vorzufinden. Wenn er früher die Tür aufgeschlossen hatte, erwartete ihn seine Frau bereits, um zuzuhören, was er erlebt hatte, und um für ihn da zu sein. Selbstverständlich gönnte er seiner Frau ihren neuen Job. Schließlich hatte Heather auch früher schon gern mit Dorothea zusammengearbeitet. Und nun blühte sie förmlich auf, wie eine verdorrende Pflanze, die endlich gegossen wurde. Ihre ganze Kreativität und Energie vervielfältigte sich geradezu. Bert liebte seine Frau von ganzem Herzen. Er würde sie auf der Stelle ein zweites Mal heiraten, nur um sicher zu sein, dass er morgens weiterhin neben ihr aufwachen durfte.

Er war kein großer Romantiker. Das wusste er, und er war es noch nie gewesen. Er war einfach nur Bert. Es war ihm immer ein Rätsel, womit er seine Frau verdiente. Aber er war ihr treu. Immer. Selbst als endgültig klar war, dass Heathers Körper keinen Nachwuchs produzieren konnte. Er war stets an ihrer Seite. Mit seiner ganzen Liebe.

Doch nun war alles ganz anders. Heather arbeitete wieder und hatte nicht mehr so viel Zeit für ihn. Außerdem war sie so glücklich wie schon lange nicht mehr. Hatte er da das Recht, ihr Glück zu trüben?

Ein Brief hatte sein Leben verändert. Und er konnte noch nicht einschätzen, was dieser Brief mit ihm machen würde. Oder mit seiner Ehe. Oder mit seinem ganzen Leben. Wie unbedeutend und klein ihm sein Leben plötzlich vorkam.

„Lieber Bert,

ich schreibe dir, weil es der Wunsch meines Kindes ist, dich kennenzulernen. Als sich vor 25 Jahren unsere Wege trennten, stellte ich fest, dass ich Nachwuchs erwartete. Deine Tochter. Doch meine Wut auf dein neues Glück mit Heather war so groß, dass ich entschied, dir dieses Kind vorzuenthalten. Noch während meiner Schwangerschaft lernte ich meinen Mann kennen, den ich heiratete und mit dem ich viele glückliche Jahre verbrachte. Vor vier Jahren starb er an Herzversagen und machte mich zur Witwe.

Meine Tochter bzw. unserer Tochter stand mir zur Seite und gab mir meinen Lebensmut zurück. Sie ist eine ganz wundervolle Person. Damals erzählte ich ihr, dass der Mann, den sie für ihren Vater hielt, nicht ihr biologischer Vater sei. Ich tat dies, damit sie im Falle meines Ablebens eine Anlaufstelle hat.

Ihr Name ist Rieke.

Vor zwei Jahren heiratete Rieke ihre große Liebe Oliver. Trotz ihres übermächtigen Wunsches, von ihrem Vater zum Altar geführt zu werden, gab ich deinen Namen nicht preis.

Doch nun hat sich die Situation verändert. Vor einer Woche hatten Rieke und Oliver einen schweren Autounfall. Ein übermüdeter Fahrer fuhr auf ein Stauende und quetschte das Auto der beiden wie eine Zierharmonika zusammen. Oliver verstarb noch am Unfallort. Rieke liegt im Sterben. Ihre schweren inneren Verletzungen werden ihrem Leben ein Ende setzen. In einem ihrer noch wenigen wachen Momente war da wieder ihr Wunsch, ihren leiblichen Vater kennenzulernen. Ich möchte dich deshalb bitten, Rieke im Krankenhaus zu besuchen. Ich schreibe dir dazu, wo genau sie liegt.

Christa"

Völlig schockiert ließ Bert   den Brief auf sich wirken. Christa. Das war ein ganz anderes Leben. Eine ganz andere Zeit. Er erinnerte sich gut an sie. Sie war keine langweilige Frau. Ganz im Gegenteil. Christas Freundeskreis war riesig, sie selbst voller Energie. Am liebsten zwei Partys am Tag. Anfangs war das spannend, doch mit der Zeit wurde Bert seine Powerfreundin zu anstrengend. Immer öfter ließ er sich entschuldigen, um mal seine Ruhe zu haben. Und dann lernte er Heather kennen. Sie half als Bedienung in einer Kneipe aus, in der wiederum Freunde von Christa – und vielleicht auch von ihm – feierten. Bert hatte sich an die Theke gesetzt, da er einfach keine Lust auf weitere sinnlose Smalltalk-Gespräche hatte.

Ein kleines Namensschild wies sie als Heather aus. Sie bediente souverän und machte von vornherein klar, dass sämtliche Anmach-Gespräche bei ihr vergeblich waren. Bert schaute ihr einfach zu, sie hatte für ihn etwas unaussprechlich Magisches.

„Darf ich Ihnen noch etwas bringen?", fragt sie ihn geschäftstüchtig.

„Bitte sagen Sie mir, sind Sie Engländerin?"

„Sie meinen wegen meines Namens? Nein, nein. Meine Mutter hatte ein Faible für amerikanische Filme", lächelte sie. Und mit diesem Lächeln war es um Bert geschehen. Sie lächelte sich direkt in sein Herz.

Christa war voller Energie, aber Heather war voller Wärme. Er hatte das Gefühl, zu Hause angekommen zu sein. Problematisch war nur der Umstand, dass Heather keinerlei Näherkommen zuließ und möglicherweise hatte Heather nicht wie Bert das Gefühl, nach Haus gekommen zu sein, sondern als stünde sie noch im Türrahmen, unschlüssig, ob sie hinein oder hinaus wollte. Außerdem war Bert kein professioneller Casanova. Bei Christa war das irgendwie einfacher gewesen. Sie hatte entschieden, dass sie Bert wollte, und zugegriffen. Bert selbst wusste nicht mal, dass er Interesse an Christa hatte, als alles schon eine gewisse Eigendynamik bekommen hatte. Er dachte auch nicht sonderlich viel an Christa, als sein Herz sich für Heather entschied. Es öffnete sich völlig unerwartet und dieses Gefühl, das ihn durchströmte, war einfach wunderschön. Es war leicht und belebend. Er wusste, dass er an diesem Abend nicht gehen konnte, ohne Heather ein Stück nähergekommen zu sein.

Nur war ihm nicht klar, was er tun sollte. Also bestellte er einen Kaffee bei ihr und erzählte ihr davon, dass es bei ihm zu Hause, als er ein Kind war, immer Kuchen gegeben hatte. Eine Vielzahl von Kuchen. Und dass die heutigen emanzipierten Frauen nicht mehr gern backten. So, wie er es halt von früher kannte. Er wolle es ja nicht verurteilen, dass die Frauen selbstständiger wurden. Warum nicht, wenn es halt ihr Wunsch war. Aber waren die Frauen denn früher alle unglücklich gewesen, fragte er Heather, die etwas überrascht war vom Gesprächsverlauf.

„Wissen Sie, die Welt wandelt sich eben. Das war eigentlich nie anders. Und wenn Sie in einer Woche wieder in der Nähe sein sollten, dann schauen Sie doch mal wieder rein. Ich backe nämlich leidenschaftlich gern. Wenn Sie möchten, dann bringe ich Ihnen von meinem Kuchen mit", bot Heather ihm lächelnd an. Bert saß dort und sah sie mit strahlenden Augen an. Wortlos.

Heather lachte. „Ich deute das mal als ein Ja. Dann sehen wir uns in einer Woche."

„In einer Woche? Das geht nicht", brachte Bert vehement in einem Anflug von Mut vor. „So lange kann ich nicht warten. Eine Woche, das sind sieben Tage. Was ist denn mit morgen? Ist morgen nicht ein guter Tag zum Kuchenessen?"

Heather sah Bert nachdenklich an. „Ja, ich glaube, morgen ist ein hervorragender Tag zum Kuchenessen."

So kam das eine zum anderen. Sie aßen Kuchen, gingen spazieren, führten lebhafte Gespräche und waren glücklich. Nach jedem Treffen mit Heather wurde für Bert der Umgang mit Christa schwieriger. Christa war laut und fordernd. Mit Heather konnte er die Stille genießen. Als es dann zum ersten Kuss kam, war für Bert klar, dass es nun kein Zurück mehr gab. Er hatte seine andere Hälfte gefunden. Heather.

Da Bert genauso wenig Erfahrung im Beenden von Beziehungen hatte wie im Beginnen von Beziehungen, wurde die Trennung von Christa zu einem Spießrutenlauf, denn Christa sah es überhaupt nicht ein, Bert gehen zu lassen, und schon gar nicht für so eine primitive Kellnerin. Vielleicht verband sie mit Bert nicht die große Liebe. Aber es war eben, wie es war. Eine Trennung kam für sie nicht in Frage.

„Christa, nun sei doch vernünftig. Du findest doch in Windeseile einen neuen Partner. Du bist doch eine attraktive Frau. Ich bin doch ohnehin viel zu langweilig für dich. Wir passen doch wirklich nicht zusammen", versuchte Bert die trotzige Christa zu überzeugen.

„Willst du mir ernsthaft klarmachen, dass du mich für eine andere Frau verlassen willst? Das ist doch Unsinn. Du wirst dich mit ihr zu Tode langweilen. Aber dann brauchst du nicht mehr wiederzukommen, denn dann will ich dich auch nicht mehr."

Fast war Bert ein wenig beeindruckt. Christa kämpfte um ihn. Sie schien tatsächlich etwas zu leiden. Natürlich wollte er ihr nicht wehtun. Er war nur einfach verblüfft, dass sie ihn wirklich mochte.

Als er sich daran machte, seine Sachen zu packen, fiel ihm auf, wie wenig sie ihm bedeuteten. Zwar hatten sie die meisten Dinge gemeinsam angeschafft, aber die Vorstellung, sie mit in sein neues Leben zu nehmen, war äußerst unangenehm und irgendwie falsch.

So stand er mit wenig Gepäck vor Heathers Tür und zog mehr oder minder zur Probe ein. Immer darauf vorbereitet, sie wieder verlassen zu müssen, weil sie es sich vielleicht anders überlegte mit ihm, dem Bert. Oder vielmehr mit ihnen beiden als Paar.

Doch glücklicherweise klappte es gut mit ihnen als Paar. Sie waren irgendwie stinklangweilig und sehr zurückgezogen. Aber mit Heather machte sogar Langeweile Spaß. Ihre verrückteste Seite war sicher Doro. Sie war so gegensätzlich zu ihnen, dass man sie lieben musste, ob man wollte oder nicht. Wobei Bert nach wie vor der Meinung war, dass ihr einfach der richtige Mann fehlte.

Aber nun hatte ihn die Vergangenheit eingeholt. Nicht dass er ihr bewusst aus dem Weg gegangen wäre, aber er vermisste sie auch nicht. Eigentlich dachte er nicht mal an sie. Jetzt kam alles mit solcher Wucht zurück, dass es Bert regelrecht betäubte. Wieso hatte er eine Tochter? Wie war es möglich, dass er Christas Schwangerschaft nicht bemerkt hatte? Und was war das für eine seltsame Rache, dem rechtmäßigen Vater aus der Wut heraus sein Kind zu verschweigen? Normalerweise versuchen Frauen doch, einem ein Kind unterzumogeln und nicht, damit durchzubrennen. Nun sollte er also Vater sein.

Eine Tochter. Und das, wo Heather keine Kinder bekommen konnte. Und zu allem Durcheinander lag seine unbekannte Tochter im Sterben. Wie unwirklich.

Rieke.

Am besten wäre es wohl, erst mal mit Christa zu sprechen, bevor er einfach ins Krankenhaus fuhr. Zumal er so auch Zeit gewinnen würde, sich an die neue Situation zu gewöhnen. Andererseits blieb ihm möglicherweise nicht viel Zeit zum Rückzug, da Rieke im Sterben lag. Rieke, wie seltsam, diesen Namen im Kopf zu haben.

Das Telefon klingelte und Bert zuckte erschrocken zusammen. Möglicherweise war es jetzt bereits zu spät und Christa wollte ihn über den Tod seines Kindes informieren. Hastig stürzte er an den Apparat.

„Hallo", japste er in den Hörer.

„Bert? Liebling, alles in Ordnung? Warum bist du denn so außer Atem?", hörte er seine Frau.

„Heather, meine Güte. Was ist denn? Ich bin auf dem Sprung", herrschte er sie an.

„Hast du schlechte Laune? Na, dann wird es dich ja sicher freuen zu hören, dass ich heute länger im Laden bleibe. Doro hat noch einen Termin", blaffte Heather zurück.

Bert, dem selbst aufgefallen war, dass sein Verhalten ungewöhnlich war, versuchte nun mit besonders viel Freundlichkeit die Situation zu retten, aber seine Frau dachte wahrscheinlich nur, dass er nun komplett verrückt geworden war.

Er entschied sich, erst mal zum Krankenhaus zu fahren, um sich dort umzusehen. Sozusagen um ganz vorsichtig eine Bindung entstehen zu lassen. Vielleicht wusste er ja vor Ort, was zu tun war. Hier zu Hause würde er sicherlich zu keinem brauchbaren Ergebnis kommen. Er griff beherzt seinen Autoschlüssel und machte sich auf den Weg. Automatisch dachte er an Christa. Niemals hätte es mit ihnen beiden funktioniert. Sie waren einfach zu verschieden, aber ihm sein Kind vorzuenthalten war auch nicht entschuldbar. Er spürte etwas Wut in sich aufsteigen. Egoismus war etwas, was ihn nervte. Und es war egoistisch gewesen, ihn derart zu bestrafen.

Als er das Foyer des Krankenhauses betrat, fühlte er, wie eine Welle von Emotionen durch seinen Körper zog. Er war nun in einem Gebäude mit seiner Tochter.

Zögerlich ging er den Weg zu Riekes Station. Ganz langsam, als wenn er sich den Weg genau einprägen wollte, setzte er einen Fuß vor den anderen. Angst erfüllte seinen Körper. Was, wenn sie ihn nicht mochte oder wenn es bereits zu spät war. Als er vor ihrer Tür stand, hatte er nicht den Mut, diese zu öffnen. Er stand einfach nur davor und war unschlüssig. Keine Schwester sprach ihn an und verjagte ihn und es kam auch sonst niemand, der ihm die Entscheidung hätte abnehmen können. Er berührte vorsichtig die Türklinke, holte tief Luft und drückte sie dann Zentimeter für Zentimeter herunter.

Es stand nur ein Bett im Krankenzimmer. Fast wirkte es verlassen. Die Geräte, die um das Bett herum standen, wirkten eher bedrohlich, auch wenn es sicherlich ihnen zu verdanken war, dass

Rieke überhaupt noch so lange leben durfte. Dennoch sah alles in diesem Zimmer traurig und einsam aus.

Vorsichtig trat er an das Bett. Am Fußende war ein Schild befestigt, auf dem „Rieke Enniger" zu lesen war. Im Bett schlief eine junge blasse Frau, die förmlich vom Bett verschluckt worden war. Zart und zerbrechlich lag sie dort und nahm seine Anwesenheit nicht zur Kenntnis. Bert zog sich einen Stuhl heran, da seine Beine nicht mehr in der Lage waren, ihn zu tragen. Dort saß er nun und sah sie an. Diese junge Frau war also seine Tochter. Er konnte sich durchaus in ihrem Gesicht wiederfinden. Es war so unfassbar, dass er sich fortgepflanzt hatte und das Ergebnis so sichtbar vor ihm lag. Eine Woge von Wärme erfasste ihn. Welch ein Glück, dass er noch rechtzeitig gekommen war.

Er griff nach Riekes Hand, weil er das starke Bedürfnis hatte, sie zu berühren. Ganz sanft strich er über die schmale Hand. „Ich bin so froh, dass ich dich kennenlernen darf. Du bist so ein Wunder. Und so schön", flüsterte er ganz leise, als die Tür sich öffnete und eine Krankenschwester eintrat, die ihn erstaunt ansah.

„Darf ich fragen, was Sie hier zu suchen haben? Wer sind Sie überhaupt?", fuhr sie Bert sehr barsch an. Bert sah sie regungslos und erschrocken an. Kein Wort kam ihm über die Lippen.

„Keine Sorge", hörte er eine schwache, leise Stimme neben sich. „Er ist mein Vater."

Bert fühlte, wie ihm Tränen in die Augen stiegen, während er lächelnd Riekes Hand drückte. „Hallo, Rieke", sagte er. Doch in diesen Worten steckte so viel Neues, dass sein Herz aufgeregt hüpfte. Er hatte soeben zum ersten Mal seine Tochter begrüßt.

Die Schwester brummelte irgendetwas vor sich hin, während sie die Geräte kontrollierte, an die Rieke angeschlossen war.

„Rieke ist ein sehr schöner Name", sagte Bert, als die Schwester das Zimmer verlassen hatte.

Rieke lächelte. „Danke, dass du gekommen bist."

„Wie geht es dir denn?", fragte Bert sie ernsthaft besorgt. „ Hast du Schmerzen?"

„Meine Lunge tut mir weh und lässt mich nicht richtig atmen. Auch der Rest meines Körpers ist sehr schmerzbehaftet. Aber die Medikamente, die ich hier bekomme, lindern alles." Sie sah ihn intensiv an. „Du siehst mir ähnlich."

Fast erstaunt wirkte sie. Doch Bert konnte nicht sprechen. Er wollte sie einfach nur ansehen und bei ihr sein. Als er zwei Stunden später das Krankenhaus verließ, war er noch nicht fähig, in sein Auto zu steigen. Stattdessen schlug er den Kragen seiner Jacke hoch und ging spazieren. Die klare kalte Luft strömte durch seine Lungen. Es kam ihm ungerecht vor, dass er leben durfte und sie sterben musste. Ziellos lief er hin und her, doch die Fragen in seinem Kopf waren auch noch da, als er sich eine Stunde später in sein Auto setzte und nach Hause fuhr.

Heather erwartete ihn bereits. „Wo warst du denn?", fragte sie.

„Unterwegs", antwortete er knapp. „Ich habe keinen Hunger. Iss ruhig ohne mich. Ich sehe lieber noch mal nach den Heizungen. Hat sich mächtig abgekühlt draußen."

Es war nicht besonders schwierig, Heather ihren Unmut anzusehen. Wahrscheinlich glaubte sie, er sei eifersüchtig auf ihren Job bei Doro, mutmaßte Bert. Aber er hatte nicht die Kraft, ihr zu erklären, was passiert war, zumal er selbst sich erst mal an die neue Situation gewöhnen wollte. Er ignorierte Heathers Ärger und begann sämtliche Heizungen zu testen und zu entlüften. Körperliche Arbeit hatte ihm schon immer einen klaren Kopf beschert. Ihm wurde klar, dass es wohl notwendig sein würde, mit Christa zu sprechen. Auch wenn ihm der Gedanke nicht besonders behagte, doch er wollte mehr über seine Tochter wissen. Und er wollte auch wissen, wie viel Zeit ihm noch mit Rieke blieb.

Als Heather schlafen ging, setzte er sich noch einen Moment in seinen Lieblingssessel und tat nichts. Er saß dort einfach nur reglos und überließ es seinem Kopf zu entscheiden, woran er denken wollte. Fast so, als würde er die Kontrolle seiner Gedanken abgeben. Es gab ohnehin zu viele ungeklärte W Fragen. Warum, wann, wie lange und so weiter. Zeit seines Lebens hatte er diese W Fragen gehasst. Denn auf viele Fragen erhielt man keine Antworten und blieb mit Fragezeichen im Kopf zurück.

Als er sich einige Zeit später aus seinem Sessel erhob, bemerkte er, dass er Heathers Nähe brauchte. Er wollte ihre Wärme spüren und ihren Geruch einatmen. Sie war sein Fels.

Mit einem Mal konnte er es nicht mehr erwarten, sie zu berühren. Hastig entkleidete er sich bereits auf dem Weg ins Bad, um keine Zeit zu verlieren. Er beließ es bei einer Schlafanzugshose. Für mehr Bettkleidung hatte er plötzlich keine Zeit mehr. Alles, was er jetzt brauchte, war Heather. Er schlüpfte hastig unter die Bettdecke und zog seine schlafende Ehefrau zu sich, diese drehte sich zu ihm und kuschelte sich in seinen Arm. Ihm stiegen Tränen in die Augen, aus Dankbarkeit für Heather, diese für ihn perfekte Frau. Das Leben belohnte ihn und bestrafte ihn gleichzeitig. Er war so schwer zu verstehen.

Als er am nächsten Morgen erwachte, sah er eine komplett bekleidete Heather neben sich sitzen, die ihn besorgt ansah.

„Ist es mein Job bei Doro, der dich so unglücklich macht?", fragte sie ihn und sah ihn mit diesem typisch weiblichen Röntgenblick an. Noch nicht ganz Herr der Lage schloss Bert instinktiv wieder die Augen.

„Bert Weidenthal, ich weiß, dass du wach bist", schimpfte seine Gattin, während sie eins seiner Augenlider anhob.

„Heather, hör auf damit", lachte Bert. „Nein, ich komme mit deiner neuen Arbeit gut klar. Wobei eine etwas kürzere Arbeitszeit schön wäre. Das war wohl etwas viel für mich in letzter Zeit. Entschuldige."

„Wenn du möchtest, sage ich Doro heute ab und wir machen einen auf altes, glückliches Ehepaar", schlug sie ihm grinsend vor. Bert war es eigentlich ganz recht, dass Heather zur Arbeit musste, denn er wollte natürlich zu seiner Tochter, von der Heather nicht mal wusste.

„Natürlich gehst du zu Doro. Wer soll denn sonst Licht in ihr Chaos bringen, wenn nicht du."

Heather strahlte. „Ich hatte gehofft, dass du das antwortest. Heute habe ich dort nämlich wirklich viel zu tun. Komm doch auf einen Kaffee vorbei. Darüber würde ich mich wirklich freuen."

Bert zog seine Frau an sich und küsste sie. Dann nahm er einen tiefen Atemzug ihres Geruchs, um ihn in sich zu speichern.

„So Heather, nun aber raus hier, sonst kommst du noch zu spät."

„Bist du denn jetzt wieder nett zu mir?", fragte seine Frau.

Bert lachte. „Ja, Heather-Schatz, ich bin wieder nett und du musst los, sonst ist Doro nicht mehr nett zu dir."

„Ich liebe dich, Bert", sagte sie mit diesem zauberhaften Heather-Blick, mit dem sie ihn immer bekam. Schon allein wegen dieses Blickes würde er sie immer wieder heiraten.

Heather stieß ihn unsanft in die Seite. „Bert! Du musst jetzt sagen, ich dich auch!"

„Heather, du Prachtweib. Natürlich liebe ich dich auch. Und nun raus mit dir."

Nachdem Heather hurtig die Wohnung verlassen hatte, hätte Bert sich am liebsten wieder in die Kissen sinken lassen, doch er hatte begriffen, dass er dann nur unnötig grübeln würde. Also machte er sich fertig, um zu Rieke zu fahren. Er wollte nichts verpassen von dem bisschen Leben, welches ihr noch gewährt wurde. Auf der Arbeit hatte er sich freigenommen. Das war kein Problem, da er Überstunden für mehrere Jahre angehäuft hatte.

Im Krankenhaus gab es heute kein Zögern. Er wusste, dass er zu Rieke wollte, und diesmal hätte ihn auch nichts davon abbringen können. Schwungvoll öffnete er die Tür und betrat das Krankenzimmer, in dem seine Tochter auf ihren Tod wartete.

Zu seiner Überraschung war Rieke wach und sah ihn an.

„Rieke, mein Mädchen. Das ist ja großartig, dass du wach bist. Es ist so schön, dich zu sehen", begrüßte er sie überschwänglich.

Rieke lächelte. „Halte bitte meine Hand", bat sie ihn. „Möchtest du mir etwas von dir erzählen? Vielleicht haben wir ja Gemeinsamkeiten."

Bert zog sich einen Stuhl heran, griff Riekes Hand und begann zu erzählen, als wäre es das Normalste der Welt. Nach gefühlten drei Stunden brauchte er einen Schluck Wasser, denn sein Mund war trocken wie nach einer Wüstensafari. Er öffnete vorsichtig die Tür, um Rieke nicht zu wecken, die längst eingeschlafen war, während er weiter und weiter erzählt hatte. Vielleicht war er ja auch einfach ein langweiliger Typ, bei dem junge Frauen ermüdeten. Aber wenn er als Langweiler seine Tochter damit in den Schlaf wiegen konnte, so war es die beste Sache auf der Welt, ein Langweiler zu sein.

Er war glücklich, eine Tochter, eine Rieke zu haben. Obwohl es ihm unangemessen vorkam, so etwas wie Glück zu fühlen. Er würde Rieke einfach nachher fragen, ob sie damit klarkam, dass er glücklich war. Während er sich Wasser aus einer der Kisten nahm, die für die Besucher im Aufenthaltsraum bereit standen, hörte er hinter sich seinen Namen.

„Hallo Bert. Es ist schön, dass du dich überwinden konntest, Rieke zu besuchen."

Mit einem Mal sah er sich Christa gegenüber. Obwohl er eine gehörige Portion Wut in sich spürte, war es ihm nicht möglich, diese zu äußern. Die lebensfrohe, selbstbewusste Christa, die er kannte, gab es nicht mehr. Vor ihm stand eine gebrochene Frau. Die Haare ergraut, passend zu ihrer unauffälligen, mausgrauen Kleidung. Da selbst ihm aufging, dass es nicht angebracht wäre, sie zu fragen, wie es ihr ging, nahm er sie einfach in den Arm.

Eine Tränenflut ergoss sich daraufhin aus der schluchzenden Frau, die mal zu ihm gehört hatte und nun seinen Pullover ertränkte.

„Ich war gestern schon hier und finde, dass Rieke eine ganz wunderbare junge Dame ist. Schade, dass ich sie nicht schon früher kennenlernen durfte."

„Das war nicht nötig, sie hatte ja einen Vater. Es hätte nur unser aller Leben verkompliziert. Mit den Jahren habe ich nicht mal mehr daran gedacht, dass der Mann, den sie all die Jahre für ihren Vater hielt, nicht ihr biologischer Vater war. Der Mensch vergisst und das Leben geht weiter."

Christa, die sich mittlerweile wieder etwas beruhigt hatte, saß nun neben Bert auf dem Gang vor Riekes Zimmer.

„Warum lässt du mich jetzt ihren Tod mitansehen, wenn du nicht wolltest, dass ich sie im Leben sehe?", fragte Bert mit einem Anflug von Ärger.

„Das war nicht meine Entscheidung. Rieke ist einfach wunderbar und ich konnte ihr diesen Wunsch nicht verwehren. Für Rieke würde ich mein Leben geben. Sie soll entscheiden, was in ihren letzten Lebensstunden das Richtige für sie ist."

„Wie soll es denn weitergehen? Wollen wir da jetzt zusammen reinmarschieren und so tun, als wenn alles schön wäre?"

„Ich kann dir auch nicht genau sagen, wie alles weitergehen soll, aber was spricht denn dagegen, wenn wir gemeinsam bei Rieke sind. Wenn es ihr eine Freude macht, ist es für mich in Ordnung."

Bert nickte nachdenklich. „Wie geht es dir, Christa? Kommst du zurecht?"

Christa sah ihn an. „Meine Aufgabe ist noch nicht erledigt. Ich würde mir vieles anders wünschen, aber ich habe nicht das Gefühl, dass es irgendwen interessiert, was ich möchte oder nicht. Wenn du mir hilfst, Riekes Wünsche umzusetzen, wäre das schon mal ein Anfang."

Bert erhob sich und reichte Christa seine Hand. „Dann wollen wir mal unsere Tochter besuchen."

Gemeinsam betraten sie das Krankenzimmer. Obwohl Bert dieses als ein großes Ereignis empfand, Vater und Mutter treten das erste Mal gemeinsam ihrer Tochter gegenüber, verschlief Rieke diesen historischen Moment geradezu desinteressiert.

„Sie schläft", stellte Christa überflüssigerweise mit dem wissenden Blick einer Mutter fest.

„Du hast in diesem Alter nie geschlafen", stellte Bert wiederum genauso überflüssig fest.

Christas Augen verengten sich. „Was soll das denn heißen. Es ist dir vielleicht nicht aufgefallen, aber ich lag auch nicht im Sterben", keifte sie, so leise es eben ging.

„Du bist von einer Party zur nächsten gesprungen. Ein bisschen mehr Ruhe hätte dir sicher gut getan."

„Ach ja? Wenn es nach dir gegangen wäre, hätten wir nur händchenhaltend auf dem Sofa gesessen."

„Meine Güte, kann man hier nicht mal in Ruhe sterben?", vernahmen sie Rieke, die grinsend von ihrem Bett herübersah.

Verschämt verstummten Bert und Christa.

„Jetzt verstehe ich, was meine Mutter damit meinte, dass ihr nicht so gut zusammengepasst hättet."

Christa küsste ihre Tochter und setzte sich auf ihre Bettkante. „Schön, dass du wach bist, Rieke. Ich freue mich immer, mit dir reden zu können."

Bert war erstaunt über Christas Stimme. Nie zuvor hatte er sie mit so viel Wärme sprechen hören. Ihre Augen waren erfüllt von Liebe, sodass sich Bert wie ein Eindringling in einer privaten Situation fühlte. Rieke sah zu ihm.

„Setz dich doch zu uns, Bert. Entschuldige, ich kann leider noch nicht Papa zu dir sagen. Ich muss mich erst mal daran gewöhnen, meinen richtigen Vater um mich zu haben."

„Rieke, das ist doch selbstverständlich. Für mich ist es ja ganz ungewohnt, Vater zu sein", pflichtete ihr Bert sofort bei.

„Erzählt doch bitte mal von früher. Habt ihr denn immer nur gestritten?"

Christa und Bert sahen sich an.

„Wir hatten auch viel Spaß", begann Bert. „Deine Mutter und ich haben mal bei einem Tanzmarathon mitgemacht. Damit meine ich aber richtiges Tanzen. Standardtänze. Obwohl ich schon keine Kraft mehr hatte, hat deine Mutter mich mit ihrer grenzenlosen Energie motiviert, nicht aufzugeben. Als nur noch zwei andere Paare mit uns auf der Tanzfläche waren, brach deiner Mutter an einem ihrer Pumps der Absatz ab und sie knickte um. Anstatt aufzugeben, zog sie einfach ihre Schuhe aus und tanzte barfuß weiter, bis auch das letzte Paar aufgab und wir tatsächlich Sieger wurden. Allerdings fuhren wir im Anschluss sofort ins Krankenhaus, um den verstauchten Fuß deiner Mutter behandeln zu lassen. Alle bewunderten deine Mutter derart, dass es wohl kaum einen glücklicheren Menschen mit einem verstauchten Knöchel gab", erinnerte sich Bert lächelnd.

„Na ja, und Bert hat deine Oma Inga sehr verblüfft. Denn als ich ihn deiner Oma vorstellen wollte, hatte Bert sich überlegt, dass er nicht mit Blumen beeindrucken wollte, sondern er hatte stattdessen ein Gedicht vorbereitet. Dieses Gedicht war derart langweilig, dass Oma bereits nach der Hälfte tief und fest in ihrem Sessel eingeschlafen war."

„Ach, dann verdanke ich es wohl dir, dass ich Weihnachten nie Gedichte aufsagen musste wie die anderen Kinder."

Bert sah Christa fragend an, doch diese lachte nur schulterzuckend. Bevor Christa und Bert ihre nächste Geschichte beenden konnten, war Rieke bereits wieder eingeschlafen.

Mit einem Lächeln im Gesicht.

9. Kapitel   Es war einmal ...

W ährend Jens über seinem Kaffee saß und nach wie vor mit seinem Schicksal haderte, sah er, wie Chantal vor der Krawattensonne mit einer anderen Frau diskutierte.

Warum traf es eigentlich immer sie, haderte auch Chantal mit ihrem Schicksal. Es lief alles wie gewünscht und sie spürte ganz tief in sich, dass Leon Matisse der Richtige für sie war. Momentan stand war er es, der bei den Medien im Vordergrund stand, aber das würde sich ändern, wenn die Leute sich erst einmal an Chantal als Frau an seiner Seite gewöhnt hatten. Auch jetzt kam es bereits vor, dass sie auf der Straße erkannt wurde. In der Krawattensonne war viel mehr los, seit ihre Liaison mit Leon bekannt geworden war. Sie hatte ihrer Chefin bereits angekündigt, dass sie nunmehr am Umsatz beteiligt werden wollte, schließlich kamen die Leute ja, um sie, Chantal Herbstlich, zu sehen. Momentan war ihre Chefin für dieses Thema nicht sonderlich zugänglich, aber früher oder später würde sie nachgeben müssen, wenn sie Chantal nicht als Mitarbeiterin verlieren wollte. Und auf ihr typisches Unternehmerargument, die Krawattensonne habe im Moment mehr Unruhe als Umsatz, würde Chantal natürlich nicht reinfallen.

Im Grunde genommen hoffte Chantal sowieso, dass ihr sehr bald irgendein Rollenangebot gemacht wurde.

Chantal war sich sicher, dass sie für die Schauspielerei eine natürliche Begabung mitbrachte, doch niemand hatte ihr bislang die Chance gegeben, das unter Beweis zu stellen.

Auch Leon Matisse, der Profi, hatte ja sofort ihre natürliche Ausstrahlung erkannt.

Doch im Moment schien es irgendwelche Probleme zu geben, die sie noch nicht so genau definieren konnte. Leon meldete sich kaum noch und sie hatte da dieses ungute Gefühl im Magen, das sie noch nie getäuscht hatte. Leon Matisse hatte sie zwar nie auf Händen getragen, man könnte sogar sagen, er hatte sie recht oberflächlich behandelt. Aber du meine Güte, er war Leon Matisse. Er war berühmt. Er hatte es geschafft.

An seiner Seite gesehen zu werden und von ihm lernen zu dürfen, war mehr, als sie sich jemals erträumt hatte. Er würde ihr Sprungbrett in die Welt der Reichen und Mächtigen sein. Sie durfte es jetzt nur nicht versauen. Vielleicht sollte sie einfach mal ein eigenes Interview geben, in dem sie erklären würde, wie wunderbar Leon Matisse auch als Mensch, sozusagen als Lebenspartner war. Dass sie keinen Sex hatten, war Chantal egal. Sie konnte Leons Bedenken gut verstehen. In seiner Position konnte er es sich einfach nicht erlauben, blind durch die Gegend zu poppen. Sonst würden ja alle Frauen gleich versuchen, ihm ein Kind anzudrehen. Chantal konnte nicht umhin, so viel Weitsicht zu bewundern.

Als sie die Krawattensonne verließ, sah sie, wie Jens Kramer im Café gegenüber Kaffee trank. Er sah nicht besonders glücklich aus. Das geschah ihm recht, denn er hatte ihr immer das Gefühl vermittelt, er sei etwas Besseres. Und nun hatte sich das Blatt zu ihren Gunsten gewendet. Spektakulär war damals die Trennung von seiner Frau gewesen. Schade, dass Chantal das Ganze nur so halb mitbekommen hatte, weil der Kontakt zwischen Marie und ihr zu dieser Zeit etwas abgekühlt war. Aber was da genau passiert war, würde sie auch heute noch brennend interessieren. Interessant zu sehen, dass das Schicksal anscheinend genau weiß, wer mal eine Breitseite vertragen kann. Die beiden hatten echt genervt mit ihrem Heile-Welt-Getue. Und Maries übertriebene Hilfsbereitschaft war noch schlimmer. Die kam gar nicht auf die Idee, dass sie andere damit herabsetzte. Aber was will man auch von solchen Einfaltspinseln erwarten.

„Na Jens, hast du nichts zu tun, dass du am helllichten Tag Kaffee trinken gehen kannst", stichelte Chantal, als sie an seinen Tisch trat. Jens sah auf und grinste sie völlig unbeeindruckt an.

„Na Chantal, was gibt es bei dir denn Neues? Hast du mal wieder deine Männer getauscht?"

Sie strahlte übers ganze Gesicht. Er machte es ihr aber wirklich einfach, direkt zu fragen, wo sie doch so darauf brannte, über Leon zu reden.

„Ja, es ist ganz wunderbar. Ich kann sagen, dass ich noch nie in meinem Leben glücklicher gewesen bin."

Jens nickte. „Ich habe ohnehin nicht begriffen, was du von diesem Schnösel willst. Ein Schauspieler, ich bitte dich. Das war doch von Anfang an zum Scheitern verurteilt."

Verwirrt schaute Chantal Jens an. Wovon zur Hölle sprach dieser Typ.

„Ich meine, geh doch mal in so einen Zeitschriftenladen, die leben doch förmlich davon, dass Leute wie der Matisse ständig die Frauen wechseln oder andere verrückte Dinge tun."

Jens stutzte. Er hatte zwar bei seiner Geburt nicht gerade eine Extraportion Feingefühl mitbekommen, doch auch ihm fiel auf, dass Chantals Verhalten seltsam war.

„Du hast noch keine Zeitung gelesen, oder?"

Äußerst misstrauisch schüttelte Chantal den Kopf.

„Komm, setz dich erst mal. Ich bestelle dir einen Kaffee und einen Schnaps und dann sieht die Welt schon wieder besser aus."

„Meine Welt sieht auch ohne Kaffee und Schnaps gut aus. Was soll denn das", fauchte sie Jens an, nahm aber dennoch gehorsam Platz, während Jens ihr eine Illustrierte rüberschob.

Auf der Titelseite war ein strahlender Leon Matisse zu sehen, der der Welt verkündete „Ich glaube wieder an die Liebe!".

Chantal war gerührt. Das war ja besser, als sie gedacht hatte. Darunter waren verschiedene kleinere Bilder, natürlich auch welche, die sie und Leon gemeinsam zeigten.

Erwartungsvoll verschlang Chantal das Interview.

Matisse: Obwohl ich den Glauben an die echte, wahre Liebe bereits aufgeben hatte, habe ich sie nun völlig unerwartet gefunden.

Yellow Press: Sprechen Sie von der Dame, mit der Sie sich in der letzten Zeit oft gezeigt haben?

M: Ich bitte Sie. Wer mich kennt, weiß genau, dass ich mit der Dame andere Absichten verfolgt habe.

Y.P.: Das hört sich ja interessant an. Von wem sprechen Sie denn dann, wenn Sie von Liebe reden.

M: Ja, was soll ich sagen. Diese Frau ist mir förmlich in die Arme gefallen und hat Gefühle in mir ausgelöst, von denen ich nicht mal wusste, dass ich sie in mir habe. Als Schauspieler bin ich es gewohnt, in mir Emotionen zu wecken, die für meine Rollen notwendig sind. Aber eine solche Intensität der Gefühle ist mir noch nie begegnet.

Y.P.: Aber von welcher Dame sprechen wir denn nun?

M: Alles zu seiner Zeit. Erst einmal wollen wir ungestört unser junges Glück genießen. Das verstehen Sie doch sicher. Aber ich denke, dass es nicht lange dauern wird, bis wir zu Größerem bereit sind, und dann sind Sie natürlich herzlich eingeladen.

Y.P.: Na, Ihr Strahlen ist ja überzeugend. Darf ich auf Ihre Andeutungen zurückkommen, dass Sie mit Chantal Herbstlich andere Absichten verfolgt hätten. Welche Absichten waren das denn?

M: Wie Sie wissen, haben die Copestone-Studios eine große Realityreihe geplant. Da ich mich für das Casting anzumelden gedenke, wollte ich vorher Erfahrungen sammeln mit den einfachen Leuten aus dem Volk. Was bewegt sie, was treibt sie an, welche Sorgen belasten sie. Frau Herbstlich hat dahingehend viele Bereiche abgedeckt. Außerdem hat mich interessiert zu beobachten, was passiert, wenn ich so eine einfache Person mal die Luft oben etwas schnuppern lasse. Würde sie es schaffen, die Chancen zu nutzen, die sie durch mich bekommen hat, würde sie sich etwas Zukunftsweisendes erarbeiten. Das war eher unwahrscheinlich, denn Frau Herbstlich hat in ihrem Leben noch nie durch besondere Leistungen geglänzt und sie ist auch frei von jeglichem Ehrgeiz. Aber mir hat sie Einblicke in die menschliche Psyche verschafft, die extrem wertvoll für mich sind. Insofern bin ich ihr dankbar.

Y.P.: Finden Sie nicht, dass ihr Verhalten etwas abwertend ist?

M: Ich bitte Sie. Was ist denn daran abwertend, einen anderen Menschen für eine Weile zu verwöhnen. Urlaub, teure Restaurantbesuche, Aufmerksamkeit der Medien. Mal ganz ehrlich. Träumt nicht jede Frau davon, mal für ein paar Tage vom Aschenputtel zur Prinzessin zu werden? Jeder Mensch möchte Anerkennung und Aufmerksamkeit. Die Frage ist ja nur, was man daraus macht. Manche siegen, andere verlieren. Niemand sagt, dass das Leben gerecht ist.

Y.P.: Das war ja ein sehr ehrliches Interview.

M: Die Liebe gibt dem Menschen Kraft und lässt ihn alles etwas gnädiger sehen. Ich bin dankbar für mein bisheriges Leben, und freue mich nun auf eine wunderbare Zukunft.

Y.P.: Danke für das Interview und alles Gute für Sie.

Leichenblass ließ Chantal die Zeitung sinken.

„Na, alles in Ordnung?", fragte Jens ernsthaft besorgt. Er war vielleicht nicht Chantals bester Freund, aber angesichts des Entsetzens in ihrem Gesicht tat sie ihm aufrichtig leid. So, wie es aussah, hatte sie keine Ahnung, dass Leon kein Interesse mehr an ihr hatte.

„Du hast es nicht gewusst, oder?"

Betrübt schüttelte Chantal den Kopf.

„Weißt du, es liegt ja an dir,　was du daraus machst. Zeig den Leuten doch einfach, dass er sich irrt, dass du sehr wohl deine Chancen ergreifst."

Ungläubig sah Chantal ihn an. „Was denn für Chancen? Und von welcher Frau ist denn hier die Rede? Da war keine andere Frau, ich bin doch nicht blind."

„Die Frau ist Doro", antwortete Jens wie selbstverständlich.

„Doro? Wer zur Hölle soll das sein?"

„Genau genommen ist sie nur eine Urlaubsbekanntschaft von Svenja und mir. Aber wie es der Zufall so will, war ich dabei, als sie in die Arme von dem Matisse fiel. Wenn du in irgendwelchen Interviews meinen Namen fallen lässt und meine Firma, dann sage ich dir, wo du sie findest."

„Das ist Erpressung."

„Nein, das ist Geschäft, Baby. Nehmen und geben. Steht schon in der Bibel."

Irgendwie war Doros Leben im Moment besonders spannend. Es war viel los. Heather half ihr im Laden, was sowohl dem Laden als auch ihr selbst gut tat. Der Teeladen war aus einem Dornröschenschlaf erwacht und zog nun jede Menge Publikum an. Ihr Umsatz hatte sich fast verdoppelt. Was natürlich absolut lächerlich war in Anbetracht der Summe von 300.000 €, die ihr Heather geschenkt hatte. Alle ihre Rückstände hatte Heather auch beglichen. Doro kam kaum dazu, ihr Geld auszugeben, weil es schneller floss, als sie es an den Mann zu bringen vermochte. Wenn sie richtig darüber nachdachte, gab es in ihrem Umfeld nun drei vermögende Frauen. Heather, die steinreich war, sie selbst, die nun dank Heather auch vermögend war, und Marie, die, wenn sie nicht neue Katastrophen heraufbeschwor, finanziell auf jeden Fall recht entspannt dastand. Doro wünschte sich, dass sich Marie und Heather endlich einmal kennenlernten, aber im momentanen Durcheinander hatten erst mal andere Dinge Vorrang. Zum Beispiel Eddie! Obwohl Doro bereit war, auf ihn zuzugehen, passte diese ganze Auf-ihn-zu-Geherei im Moment einfach nicht in ihren Terminplan. Eddies Verhalten war auch wieder typisch Mann. Nicht nur dass Eddie sich nicht um Marie kümmerte, die immerhin schwanger war und umziehen wollte, nein, nun musste sie selbst, Doro Barleben, auch noch den Betreuungsjob bei Marie übernehmen. Obwohl man doch erwarten sollte bei einer so langen Freundschaft wie der von Marie und Eddie, dass er sich ihrer annehmen würde. Immerhin hatte sich Eddie als Feuerwehrmann dem Wohl der Menschen verschrieben. Aber Fehlanzeige. Möglicherweise sollte man Eddie zugutehalten, dass er nichts von Maries Schwangerschaft wusste. Und von ihren Umzugsplänen.

Eddie machte auch keinerlei Anstalten, den Kontakt zu ihr, Doro, wiederherzustellen. Obwohl sie sich darüber wirklich gefreut hätte. Möglicherweise war er noch etwas verärgert über dieses kleine Missverständnis im Restaurant, als sie Marie für seine neue Freundin hielt, grübelte Doro. Oder diese Sache mit Leon Matisse. Wobei es ja da gar keine Sache gab. Sie konnte sich bis heute nicht erklären, auf welchem Trip dieser überdrehte Schauspieler war.

Diese Promis haben alle einen weg, da kann man doch sagen, was man will. Kompliziert so ein Leben, stöhnte Doro auf dem Weg in ihr Geschäft. Auf einmal stand sie unter einem Schild, das die Straße, auf der sie stand, als Paulsweg auswies. Das mochte ja im ersten Moment wenig spektakulär sein, doch wenn man wusste, dass der Paulsweg hinter ihrem Geschäft lag, ließ es nichts Gutes vermuten. War sie jetzt schon so konfus, dass sie an ihrem eigenen Geschäft vorbeimarschiert war? Wenn sie jedoch genauer darüber nachdachte, war da auch irgendetwas gefühlt anders auf ihrem Weg zum Geschäft gewesen. Nicht näher definierbar anders, aber anders.

Nachdem sie umgekehrt war und in Sichtweite ihres Geschäftes kam, traf sie fast der Schlag. Ihr Geschäft war weg. Unfassbar. Sie mussten es eliminiert haben. Ohne ihr Bescheid zu sagen? Heather! Bestimmt steckte Heather dahinter. Bei näherer Betrachtung sah sie ein Geschäft, welches ihrem durchaus ähnelte. Seit wann hatte sie denn eine Markise? Wobei die Markise eigentlich nebensächlich war in Anbe-   tracht der Tische und Stühle, die vor ihrem Geschäft Stellung bezogen hatten.

Aber die Krönung ließ sich inmitten der Stühle und Tische erkennen. Und da sich Doro nicht in der Wüste befand, waren alle Hoffnungen auf eine Fata Morgana vergebens. Auch der Hinweis ihres Augenarztes, dass sie nun ihren Körper mit einer Sehschwäche teilen musste, ließ wenig Raum für die Hoffnung auf einen Irrtum. Dort stand in all seinem Kitsch und seiner Pracht: Ein Springbrunnen.

Heather war praktisch schon tot.

„Also Dorothea, bevor du dich sicher aufregen möchtest, was absolut berechtigt ist, würde ich gern eine Erklärung abgeben", begann Heather, kaum dass Doro ihr Geschäft betreten hatte. Doro zog ihre Augenbrauen hoch und wartete mit großer Spannung auf eine gute Erklärung.

„Zuerst einmal möchte ich dir sagen, dass dieses Geschäft ganz wunderbar ist und es natürlich dein Geschäft ist. Du bist hier die Chefin und sonst niemand. Dann wollte ich dir noch sagen, dass die ganzen Sachen sofort wegkommen, wenn du es sagst. Ein Wort von dir und alles geht zurück", begann Heather jämmerlich kleinlaut.

„Okay! Zurück damit!", fauchte Doro mit funkelnden Augen.

„Siehst du, Doro, ich wusste, dass du das sagen würdest, deshalb möchte ich dich einfach bitten, dich draußen hinzusetzen und die beruhigende Wirkung eines Springbrunnens auf dich wirken zu lassen."

„Du machst dich lächerlich, Heather, wir sind nicht auf der Piazza Navona, wir sind in Hainhausen. Was soll der Mist? Bist du nicht ausgelastet?"

„Warum musst du immer alles Innovative gleich ablehnen? Probier doch mal was Neues."

„Heather, deine Selbstverwirklichung kann nicht in meinem Laden stattfinden. Such dir ein Hobby oder mach eine Gurkenfirma auf. Was weiß ich. Aber   das ganze Zeug verschwindet, und zwar sofort", donnerte Doro wütend.

Die Technik, die Heather über Jahre entwickelt und verfeinert hatte, nämlich auf dramatische Art Tränen in ihre Augen steigen zu lassen, war so gut, dass Doro fast losgelacht hätte. Heather versuchte doch tatsächlich, auch bei Doro mit dieser Masche durchzukommen.

„Heather, lass die Tränennummer. Ich bin doch nicht Bert."

Doch da war nichts zu machen. In unglaublicher Menge verließen Wassermassen Heathers Körper, sodass sich Doro vorübergehend sorgte, ob es nicht an der Zeit wäre, ihrer Freundin Elektrolyte zuzuführen.

„Nie, nie, nie darf ich was behalten. Wen stört denn der Brunnen? Die Kunden finden ihn alle super."

Doro stöhnte. „Was zur Hölle ist mit euch Frauen los? Warum seid ihr alle so schwierig? Warum nimmst du nicht dein Geld und setzt es für karitative Zwecke ein. Es gibt doch genügend Menschen, die Hilfe brauchen."

Unbeeindruckt von diesem Einwand fragte Heather: „Darf der Brunnen bleiben? Bitte. Wenigstens zur Probe."

Bevor Doro antworten konnte, wurde die Ladentür schwungvoll aufgestoßen.

„Bist du Doro, diese hinterlistige Schlange?", fauchte es ihr wutentbrannt entgegen. Irgendwie kam Doro das Gesicht dieses Fegefeuers bekannt vor, doch es fiel ihr einfach nicht ein, wohin sie diese Verrückte stecken sollte. Ein Blick auf Heather machte auf jeden Fall klar, dass diese wusste, wer da vor ihnen stand. Doro dämmerte es, natürlich, das musste Svenja Balat sein, die rausgefunden hatte, wer die üblen Gerüchte gestreut hatte.

Aber wieso kam sie ihr dann bekannt vor, sie hatte Svenja Balat doch noch nie gesehen.

„Ich rate dir nur eines, Finger weg von Leon Matisse. Der gehört mir. Und glaub nicht, dass du mit deinem Ich-bin-ja-ganz-toll-Getue irgendwen beeindruckst. Schmeißt du dich noch mal an seinen Hals, mach ich aus deinem Laden Kleinholz."

Nicht dass sich Doro von einer Verrückten Angst einjagen ließ. Aber das Ganze war so bizarr, dass sie für den Moment wie betäubt war.

„Betrachte das als kleinen Denkzettel", wetterte Chantal, bevor sie den Teeständer umstieß. Teepackungen von Apfeltee über Hibiskustee zu Zimttee verteilten sich im Geschäft. Bevor Doro oder Heather reagieren konnten, war Chantal verschwunden.

„Wow", sagte Doro und ließ sich auf einen Stuhl sinken.

„Du musst sie doch schon mal in der Zeitung gesehen haben. Die war doch in letzter Zeit immer mit dem Matisse zu sehen."

„Kann schon sein, aber ich bin nicht darauf gekommen, diesen Wonneproppen mit dem Matisse in Verbindung zu bringen."

Heather grinste sie an. „Deiner Überraschung entnehme ich, dass du noch nicht die neuste Yellow Press gelesen hast, oder?"

Doro schüttelte noch immer völlig perplex den Kopf.

„Heather, wenn du das schon so merkwürdig betonst, kommt jetzt sicherlich nichts Gutes."

Als sich Doro das Klatschblatt aus dem Zeitungsständer zog, lächelte ihr gleich Leon Matisse und die Schlagzeile entgegen „Ich glaube wieder an die Liebe". Und irgendwie wuchs in ihr das ungute Gefühl, dass er von ihr sprach. Doro stöhnte „Oh mein Gott. Was soll das denn? Wie soll ich das bloß Eddie erklären? Der muss ja denken, dass dieser Matisse und ich schon unsere Hochzeit planen."

Die beiden Frauen standen im Laden und sahen sich das Chaos auf dem Boden an.

„Ich wusste gar nicht, dass ich so viel Tee in den Regalen habe", bemerkte Doro trocken.

„Und ich kann leider nicht   bleiben, um dir beim Aufräumen zu helfen", sagte Heather. „Ich habe Bert versprochen, heute zeitig nach Haus zu kommen. Er ist in letzter Zeit so seltsam, das macht mir richtig Sorgen. Ob das wirklich die Midlife-Crisis ist? Wenn du möchtest, können wir uns morgen mal ausführlich unterhalten. Dann kannst du mir von deinem Feuerwehrmann erzählen."

„Ach Heather, morgen passt es echt schlecht. Ich wollte dich sowieso fragen, ob du für mich hier im Laden einspringen kannst. Morgen muss ich unbedingt Marie helfen. Außerdem müsst ihr euch nun endlich mal kennenlernen. Und denk mal darüber nach, dein Geld karitativ einzusetzen, wenn du es sonst schon nicht loswirst."

„Oh, ich habe gerade karitativ einen Brunnen für die Bürger von Hainhausen gespendet, aber es gibt gewisse Personen, die das irgendwie nicht zu würdigen wissen und stattdessen nur an meiner Arbeitskraft interessiert sind. Aber da ich ja eine fleißige Person bin, werde ich selbstverständlich gern für dich einspringen", wandte Heather ein, bevor sie augenzwinkernd aus dem Laden verschwand.

Da Doro schlicht und ergreifend zu faul war, in ihrem Ärger Schuhe kaufen zu gehen, und der Tee auch wieder eingesammelt werden musste, genehmigte sie sich ein großes Glas Likör und räumte lächelnd das Chaos auf. Echt abenteuerlich, so ein Leben.

Sie wünschte sich so sehr, Eddie bei sich zu haben, und nahm sich deshalb vor, Eddie zum vorrangigen Projekt zu erklären. Es musste doch möglich sein, mal ein anständiges Date zuwege zu bringen. Wie verhielt es sich denn nun mit den vielgepriesenen Wünschen ans Universum?

Doro setzte sich auf den Boden und lehnte sich an ihren Verkaufstresen, hob ihr Glas und sprach laut und deutlich: „So, Universum, wer auch immer du sein magst, was auch immer du darstellst. Ich wünsche mir, Eddie zu sehen."

Sie war gerade dabei, sich   noch einen großen Schluck zu genehmigen, als sich die Ladentür öffnete und Eddie in seiner ganzen Pracht, in vollständiger Feuerwehrmontur vor ihr stand. Er sah sie dort unten sitzen, das Glas noch erhoben, und grinste. „Na, Schönheit, schon wieder dem Alkohol zugetan? Wir sollten unbedingt telefonieren. Ich muss jetzt aber los. Jungfrauen retten."

Und weg war er. „Geh nicht", rief ihm Doro hinterher und spurtete zur Tür. Doch sie konnte nur noch sehen, wie Eddie zügig zu seinen Jungs ging. Sein bloßer Anblick ließ Doros Knie weich werden. Was für ein Mann.

Und er hatte sie nicht vergessen.

Nachdem sich Doros finanzielle Probleme erledigt hatten, hatte Zeitmangel den freigewordenen Problemplatz eingenommen. Entweder war sie mit dem Laden, mit Heather, Marie oder dem Spinnen von Intrigen zugange. Sollte sich Heathers Gewinn etwa auch auf ihr Leben kompliziert auswirken? Aber nein, wischte sie den Gedanken schnell beiseite. Sie war einfach nur schlecht organisiert. Sie beschloss, sich familiäre Unterstützung in Form ihrer Schwester einzuholen. So konnte sie sich der ganzen Probleme annehmen   und   danach   Eddie   erobern.

10. Kapitel   *Einbruch*

I rgendwie fand Doro das Chaos von Marie interessant. Zwar wurde ihr selbst auch immer unterstellt, ein chaotischer Mensch zu sein, doch eigentlich war sie selbst lediglich lebendig, während Marie einfach kein Fettnäpfchen ausließ. Doro hatte auch schon daran gedacht, Heather einzuschalten, doch diese war ja bereits komplett in ihrem Laden eingespannt und hatte einen Mann in der Midlife-Crisis, der ihre Nerven arg strapazierte. Außerdem war Marie auch irgendwie eine Herausforderung. Doro musste ihr unbedingt beibringen, mutiger zu werden.

„Sag mal, Marie, willst du in dieser Papierfabrik ein Kind großziehen?"

Marie zuckte mit den Schultern. „Davon bekommt es doch gar nichts mit. Es ist ja schließlich ein Baby."

„Marie! Wir sollten wirklich etwas unternehmen, um deinen Papierbestand zu verringern."

„Wozu denn? Sobald eine Ladung weg ist, habe ich ja bereits den nächsten Stapel zusammen."

Doro grübelte. Es konnte doch nicht sein, sich einfach in sein Schicksal zu ergeben. „Vielleicht sollten wir erst mal anfangen, das Papier zu entsorgen, dann fällt uns schon was ein."

Sie fingen an, die Papiermassen ins Auto zu transportieren. Doch schon nach den ersten Stapeln kamen sie nicht mehr so recht weiter. Die Papierberge in der Wohnung wurden nicht wirklich kleiner, dafür ihre Beine immer schwerer. Außerdem sollte Marie nicht mehr so schwer tragen.

Also telefonierten sie mit der Minijobvermittlung und engagierten für den nächsten Tag einfach ein paar Schüler, die ihnen gegen ein kleines Trinkgeld das Papier runtertrugen.

Während Marie oben in der Wohnung die Jungs anwies, ließ Doro unten den Lieferwagen, den sie sich geliehen hatten, mit den Papierbergen tieferlegen.

Nachdem das letzte Blatt im Transporter Platz gefunden hatte, spurtete sie hoch zu Marie, um ihr einen super Vorschlag zur Papierentsorgung zu machen.

„Habe ich jetzt nicht eine schöne geräumige Wohnung", hörte sie Marie schon an der Wohnungstür jubeln. „Keine Hindernisse mehr, wenn ich schnell zur Toilette muss, um mich zu entleeren."

Doro sah sich um und erstarrte. „Mein Gott, das ist ja wohl die hässlichste Wohnung, die ich je gesehen habe. Hast du denn wirklich keine Möbel? Bis auf diesen kaputten Schrank und den klapprigen Tisch nebst Sofa, meine ich."

Vorher war die Wohnung hoffnungslos vollgestopft gewesen, weil in jedem freien Winkel Papierhaufen lagen, doch jetzt war die Wohnung nur noch kahl und traurig.

„Meine Möbel konnte ich doch nicht mitnehmen, als ich zu Hause auszog. Ich hatte gerade meine Kleidung und einige Küchenartikel in diese Wohnung gebracht, da hatte mein Mann auch schon die Schlösser an unserem Haus ausgetauscht."

„Und was hast du dann gemacht?"

„Weißt du doch. Ich habe an Gewinnspielen teilgenommen, um mich rächen zu können."

Doro stöhnte. „Das ist alles? Mehr hast du nicht unternommen?"

„Du weißt doch, das ist alles manchmal nicht so einfach. Vielleicht sollte ich umziehen. Am besten ohne Nachsendeantrag, dann wäre ich die viele Post endlich los."

„Okay. Erst sehen wir jetzt mal zu, dass wir das Papier loswerden, und dann geht es weiter. Ich habe da übrigens eine ganz tolle Idee. Was hältst du davon, wenn wir das Papier einfach anzünden und dann auf die Feuerwehr warten? Vielleicht hat ja Eddie Dienst."

Marie verdrehte ihre Augen. „Doro, ich verspreche dir, dass ich mit Eddie spreche. Das ist ja wohl das Mindeste, was ich für dich tun kann. Aber lass uns bitte das Papier einfach in irgendeinen Papiercontainer werfen und danach können wir ja in deinem Geschäft einen Kaffee zusammen trinken. Also irgendwie ist das echt kompliziert mit dir und Eddie. Warum trefft ihr euch nicht einfach irgendwo und startet noch mal von vorn?"

Doro schwärmte. „So etwas habe ich auch noch nie erlebt. Für gewöhnlich bin ich es, die bei meinen Dates den Ton angibt, und die Männer sind damit beschäftigt, mir ergeben zu sein. Aber Eddie weigert sich einfach, mir ergeben zu sein. Und er ist ein echter Mann. Keine Ahnung, wie wir weiter vorgehen. Aber öffentliche Parks meiden wir besser."

Als sie unten ankamen, traf Marie bald der Schlag beim Anblick des Autos. Es war so überladen, dass es aussah wie ein tiefergelegtes Auto, von einem Messie befüllt. Auch einige Fußgänger sahen sich interessiert das Fahrzeug an. Bevor sie losfuhren, verscheuchte Doro erst mal einen Mann, der mit seinem Handy Aufnahmen von der Überfüllung machte.

„Oje, ich habe ja ein richtig schlechtes Gewissen, mich da auch noch reinzuquetschen, wo es doch schon so viel zu transportieren hat", jammerte Marie.

Die erste Papiertonne, die sie ansteuerten, war bereits hoffnungslos vollgestopft, sodass sie lieber eine andere anfuhren. Doch in der ganzen Stadt bot sich kein besseres Bild. Für einen Moment dachten sie darüber nach, das Papier doch anzuzünden.

Aber instinktiv ging Marie davon aus, dass Eddie nicht besonders begeistert davon wäre.

„Vielleicht sollten wir das Papier in Kindergärten abgeben. Die könnten damit dann Unmengen Pappmaché-Figuren basteln", schlug Doro vor.

„Ich habe da so eine Idee", sagte Marie.

Kurz darauf entluden sie das Papier an dem Flüsschen, der ihre Stadt durchquerte und ihr dadurch ein romantisches Flair bescherte.

„Was denkst du, wie viel Papier braucht wohl eine Person, um einigermaßen komfortabel zu überwintern?"

Sie gingen schnurstracks auf die Brücke zu, von der bekannt war, dass dort zahlreiche Obdachlose vor der Kälte und Nässe Schutz suchten. Natürlich wäre diese Gegend unter normalen Umständen ein absolutes No-go gewesen. Aber was war heutzutage schon normal?

Selten hatten sie verblüfftere Gesichter gesehen. Zwei kichernde und redselige Frauen, die Unmengen von Papier brachten, waren hier sonst nicht an der Tagesordnung. Doch das Papier wurde dankbar angenommen und Marie konnte Tipps geben zur Qualität und Nutzung des Papiers. Denn darin war sie ja eindeutig Profi, so lange wie das Papier und sie zusammengelebt hatten. Das Angebot, doch mit ihnen gemeinsam einen Schluck zu trinken, schlugen Doro und Marie allerdings dankend aus.

Als sie vor Doros Teegeschäft vorfuhren, entschuldigte sich Marie. Sie musste sich noch kurz etwas Essbares besorgen. Sie konnte zwar von Glück reden, wenn das, was sie sich zuführte, sie nicht wieder vorzeitig verließ, aber dennoch verlangte ihr Körper danach.

„Ich bin in fünf Minuten da. Du kannst mir gern schon einen Kaffee einschenken."

Beschwingt betrat Doro das Geschäft. Heather würde sich wegschmeißen, wenn sie ihr erzählen würde, was Marie und sie gerade veranstaltet hatten. Außerdem sollte Heather nun endlich Marie kennenlernen.

„Heather, du glaubst nicht, was für einen aufregenden Tag ich heute hatte."

„Doro! Gott sei Dank, dass du da bist. Wollen wir uns vielleicht morgen darüber unterhalten? Ich bin total in Eile. Ich muss mich dringend um Bert kümmern. Irgendwas ist da merkwürdig, das fühle ich."

„Heather, denkst du, er liegt gerade mit einer anderen im Bett?"

„Das will ich doch nicht hoffen. Aber ich muss trotzdem nachsehen, sonst habe ich keine ruhige Minute. Morgen ist doch okay oder, Doro? Und dann reden wir über deinen Feuerwehrmann."

Bevor Doro antworten konnte, war Heather auch schon verschwunden. Das war ja eine ganz neue Masche, dass Bert plötzlich im Mittelpunkt stand. Und über ihren Feuerwehrmann gab es sowieso nichts zu reden. Aus welchen Gründen auch immer, es war ja wohl nicht möglich, mal ein ordentliches Date mit ihm zu haben.

Als Marie kauend den Laden betrat, hatte Doro bereits Kaffee eingeschenkt.

„Wow, das ist ja ein wirklich toller Laden. Und der Springbrunnen draußen, ich liebe Springbrunnen. Tolle Idee. Überhaupt ist dieses Geschäft total einladend. Und mit Geschäften kenne ich mich aus."

Doro freute sich sichtlich über das Kompliment. Sie hätte sich sicherlich auch irgendwann einen Springbrunnen angeschafft, wenn Heather nicht schneller gewesen wäre.

„Wenn du möchtest, rufe ich heute Abend Eddie an und sage ihm, dass er endlich in die Hufe kommen soll. Er ist es einfach nicht gewöhnt, mal etwas Einsatz zu zeigen. Normalerweise rennen ihm die Frauen die Bude ein."

„Und dann sollten wir eine vernünftige Wohnung für dich suchen, Marie. Wobei es mir ein Rätsel ist, was du dort reinstellen willst. Sind denn noch Sachen von dir in eurem Haus, die du gern hättest?"

Marie seufzte. „Das kann man wohl sagen. Möbel, Bilder, Küchenkram, CDs, Kleidung. Einfach alles. Aber ich kann ja wohl schlecht klingeln und sagen, heraus damit. Das würde meinen Mann nur amüsieren. Zumal ja seine Neue bereits dort residiert."

„Meine Güte, Marie. Wie kannst du das nur zulassen?"

Die Sache ließ Doro keine Ruhe, sie begann wieder zu grübeln.

„Weißt du, was wir machen? Wir brechen dort ein", sagte sie wenig später.

Entsetzt sah Marie sie an. „Geht es dir nicht gut? Ich habe auch so schon genug Probleme. Und es wird dort mit Sicherheit kein Feuer gelegt, damit Eddie anrückt, Doro!"

„Nein, ich meine es ernst. Du und dein Ex haben doch den gleichen Nachnamen. Wir rufen einfach den Schlüsseldienst an. Und der öffnet uns die Tür", grinste Doro.

„Wow. Ein Einbruch ist wirklich eine gute Idee. Allerdings gibt es da ein paar Haken. Zum einen habe ich mir geschworen, nie wieder den Namen meines Mannes zu benutzen. Ich hatte ohnehin immer einen Doppelnamen und benutze nur meinen Mädchennamen Tormeier. Sein Nachname hat mir irgendwie kein Glück gebracht. Zum anderen kann es ja sein, dass die beiden zu Hause sind oder gerade nach Hause kommen. Und was machen wir dann?"

„Also, dafür zu sorgen, dass die beiden nicht da sind, ist eigentlich ganz einfach. Wir lassen sie einfach bei einem Gewinnspiel einen Wellness-Tag oder so was Ähnliches gewinnen."

Doro grinste. „Ich wollte   immer schon mal durch fremde Häuser stöbern."

Der Einbruch barg zwei Probleme. Wie sollten sie größere Gegenstände aus dem Haus bekommen, wo sie nur zu zweit waren und eine von ihnen schwanger. Das zweite Problem war Marie. Einfach weil es immer Probleme gab, wenn Marie in der Nähe war.

Ungeduldig wartete Doro in dem gemieteten Lieferwagen, den sie seitlich am Haus abgestellt hatten, sodass sie praktisch nur noch die Wagentür öffnen mussten, um alles reinzuschmeißen, was sie mitgehen lassen wollten. Blieb nur zu hoffen, dass Marie das mit dem Schlüsseldienst nicht versaute.

Doro hatte das Gefühl, als wenn das Eintreffen des Schlüsseldienstes Stunden gedauert hätte. Aber der Mann hatte es anscheinend eilig weiterzukommen, er kontrollierte Maries Personalausweis nur notdürftig, öffnete die Tür und war wieder verschwunden. Das ging so schnell, dass Marie nicht einmal ihre Erklärungen hatte loswerden können, die sie sich zurechtgelegt hatte.

Während Doro richtig aufgeregt war, ein fremdes Haus auszurauben, war Marie im Flur stehen geblieben und sah plötzlich ungesund bleich aus.

„Mir ist schlecht", konnte sie gerade noch verlautbaren, bevor sie sich im glücklicherweise angrenzenden Gästebad entleerte.

„Doro, ich schaffe das nicht."

Doro musste zugeben, dass Maries Anblick beängstigend war. Nicht auszudenken, wenn sie vor lauter Panik das Kind verlor.

„Wir müssen das ja nicht tun, Marie. Ich finde aber, du solltest wenigstens alle deine privaten Dinge zusammenpacken, damit du dein Leben wieder in Ordnung bringen kannst. Denkst du nicht?", sprach Doro behutsam auf Marie ein.

„Das ist es nicht. Ich habe Probleme, mich in diesem Haus zu bewegen. Ich fühle regelrecht, wie sie mich hier betrogen haben."

„Marie. So geht das nicht. Wir müssen jetzt schon etwas professioneller sein, wenn wir hier auch nur eine Gabel rausholen wollen. Ich schlage vor, wir arbeiten uns von oben nach unten durch. Und wenn du nicht mehr kannst, hören wir eben auf. Aber erst mal versuchen wir Beute zu machen."

Marie schleppte sich mit enormen Schwierigkeiten nach oben. Es wirkte, als wenn sie gegen ein unsichtbares Band kämpfte, das sie immer wieder zurückziehen wollte. Ihr ganzer Körper schien sich tatsächlich dagegen aufzulehnen, sich in diesem Haus zu bewegen. Eigentlich ein lustiger Anblick. Vielleicht hatten die Physiker da bei der Untersuchung der Schwerkraft etwas übersehen. Doro könnte Marie ja mal zu Forschungszwecken bei der NASA oder einem Physik-Institut vorbeibringen. Die könnten Marie dann immerzu Treppen steigen lassen, auf deren Absatz ein Bild ihres Ex postiert war. Die neuen Erkenntnisse einer solchen Versuchsanordnung würden vielleicht ganz neue Perspektiven für antriebslose Menschen eröffnen. Vielleicht waren die gar nicht faul oder zu schlapp. Vielleicht war es die Schwerkraft.

Die oberste Etage beherbergte das Büro. Marie fegte durch sämtliche Schränke und Schubladen, während Doro die Beute verstaute.

„Doro, es ist unglaublich, aber Jens hat ja nicht das Geringste hier verändert. Als wäre ich nie weg gewesen."

„Dein Mann heißt Jens? Du hast mir nie gesagt, wie er heißt", stellte Doro fest. Irgendetwas begann in ihr Alarm zu schlagen, aber durch das Packen und Schleppen verlief der Gedanke im Nichts.

Nachdem sie zwei Kartons mit Ordnern und Bürokram gefüllt hatten, entschied sich Marie, auch ihren PC samt Drucker mitzunehmen, genau wie einen kleinen Tisch und ihren Bürostuhl. Während Doro alles hinunter trug und im Lieferwagen verstaute, sammelte Marie ein Stockwerk tiefer ihr Hab und Gut zusammen.

„So, nur noch Küche und Wohnzimmer, und dann war es das", freute sich Marie. Zum Ausräumen der schweren Küchenutensilien hatte Marie sich vom Infopoint kleine Rollcontainer ausgeliehen. Diese füllten sie zügig mit Geschirr, Töpfen und Küchengeräten. Während Doro wieder die Ladung im Auto verstaute, nahm Marie sich das Wohnzimmer vor. Eigentlich war die ganze Aktion erstaunlich schnell über die Bühne gegangen.

Als Doro wieder das Haus betrat, hörte sie Marie lauthals schluchzen.

„Marie? Was ist passiert?", rief Doro schon vom Eingang und rannte ins Wohnzimmer.

„Sie waren sogar beim Fotografen, als wenn sie mich verspotten wollten. Sieh dir das an. Das ist doch echt das Letzte", regte sich Marie auf und zeigte auf ein größeres Bild an der Wand, das Maries Mann mit seiner neuen Liebe zeigte.

Doro schrie so laut, dass Marie auf der Stelle aufhörte zu heulen und zu jammern.

„Oh mein Gott, oh mein Gott, oh mein Gott!", schrie Doro aufgebracht, „Marie, du bringst einem echt Unglück!"

Verwundert sah Marie sie an.

„Wieso bist du denn mit Jens Kramer verheiratet? Das kann doch gar nicht sein! Der hat doch schon Frau und Kind!"

„Das Kind hat seine Neue mitgebracht. Wir haben keine Kinder. Ich bekomme jetzt mein erstes Kind."

„Marie, jetzt sag mir bitte nicht, dass dein Ehemann Kramer heißt", schimpfte Doro.

Marie musste lachen, weil Doro so lustig aussah in ihrer Verzweiflung. „Was zur Hölle ist mit dir los? Jetzt sag nicht, du hattest auch was mit Jens. Wieso kennst du ihn denn?"

„Ich sage es dir nur ungern,   aber dein Mann ist eine Nervensäge. Ach du meine Güte, dann ist ja Svenja gar nicht seine Frau, sondern sie ist Svenja Balat, die Männerdiebin", fiel es Doro wie Schuppen von den Augen. „Oh Gott, und ich habe gegen diese Svenja eine Hetzkampagne gestartet. Ich kann es immer noch nicht glauben, dein Mann ist Jens Kramer."

Marie runzelte die Stirn, überrascht von Doros leidenschaftlichem Ausbruch. „Weißt du, es ist nett, dass du mir das alles sagst. Aber ich verstehe nicht, woher du weißt, dass Jens mit Svenja zusammen ist. Ich weiß es ja leider. Und der Umstand, dass Svenja nicht seine Frau ist, ist der Grund, warum ich mich von ihm scheiden lasse. Aber ich verstehe immer noch nicht, was du mit Jens zu tun hast."

„Ich habe die beiden im Urlaub kennengelernt. Ein grausiges Paar. Und ich hatte auch nicht den Eindruck, dass es sich um die große Liebe handelt. Ich meine, vielleicht ist es schwierig, mit dir zusammenzuleben. Du weißt schon, weil du immer so merkwürdige Sachen erlebst, aber ob Svenja für Jens eine Verbesserung ist, das wage ich zu bezweifeln."

Das Klappen von Autotüren ließ sie innehalten. Sofort ließ eine ganze Adrenalin-Ladung beide Frauen hellwach werden.

„Mist. Was machen die denn schon hier?", fluchte Doro.

„Nach oben! Geh nach oben!", scheuchte Marie Doro die Treppen hoch. „Wir müssen ins Bad", kommandierte Marie und schubste Doro förmlich hinein, ehe sie die Badezimmertür hinter ihnen zuschmiss.

„Was soll das?", fuhr Doro sie an, „musst du schon wieder kotzen oder willst du ein Bad nehmen?"

„Das Badezimmerfenster grenzt an die Garage und neben der Garage steht der Transporter, wie du weißt. Wir müssen dafür aber aus dem Fenster klettern. Aber das ist zu schaffen. Außerdem haben wir ja sowieso keine andere Wahl."

Marie hörte, wie unten Svenja Schreiattacken bekam, wahrscheinlich weil sich ihre Schränke wie durch Geisterhand geleert hatten. Hatte was von Simplify your Life für Anfänger.

Während Doro an dem geöffneten Fenster stand und sich den Fluchtweg ansah, konnte Marie einfach nicht widerstehen und kippte Svenjas Parfüms in den Ausguss. Als sie dann auch noch anfing, die Lippenstifte zu misshandeln, ließ ein finsterer Blick von Doro sie stoppen.

Mit viel Akrobatik, Gestöhne und Angstattacken hangelten sich die beiden Eindringlinge aufs Garagendach, auf dem sich Marie vor lauter Aufregung erst mal übergeben musste.

„Marie, das ist wirklich kein guter Zeitpunkt für einen bulimischen Anfall. Hopp, Hopp, wir müssen jetzt hier runterkommen und dann nichts wie weg."

Das Gezeter, welches aus dem Haus zu hören war, ließ auf einen abwechslungsreichen, unvorhersehbaren Tag der Bewohner schließen. Vielleicht war es aber auch nur ihre unbändige Freude über die Möglichkeit, einige Bereiche neu einzurichten.

„Du meine Güte, war diese Garage immer schon so hoch?", stöhnte Marie. „Ich kann da nicht runterspringen. Ich habe Angst."

„Ich habe auch Angst. Aber zusammen kriegen wir das schon hin. Gib mir deine Hand", beruhigte Doro Marie.

„Nein, ich kann nicht. Das ist einfach zu hoch. Dann sollen die beiden uns doch erwischen. Ich bin jetzt bereit, ihnen zu begegnen. Auge um Auge, Zahn um Zahn."

Doro verdrehte nur die Augen und nahm Maries Hand. „Okay Marie, wir springen auf drei." Doro zählte und bei drei sprangen die Frauen mutig auf den Boden.

„Jaaa, ich bin gesprungen. Vielleicht sollte ich Stuntfrau werden", jubelte Marie. Sie sprangen ins Auto, um dann wie von Sinnen loszujagen. Erst einige Straßen weiter hielten sie an.

„Du meine Güte, habe ich   Herzklopfen. Das war echt super", begeisterte sich Doro. „Ich kann es immer noch nicht fassen. Wie konntest du nur Jens Kramer heiraten? Bist du völlig durchgeknallt. Diese wandelnde Nervensäge. Ihr passt doch gar nicht zusammen."

Marie sah sie mit traurigem Blick an. Sofort tat Doro leid, was sie da gerade gesagt hatte.

„Ach Marie, sei nicht traurig. Das kann schon mal passieren, dass man den Falschen heiratet. Hmmm, denke ich jedenfalls."

„Das ist es nicht. Kannst du kurz anhalten? Ich habe solchen Hunger."

Doro fuhr an den Rand und stieg mit Marie aus, allerdings nicht ohne weiter zu meckern.

„Und es ist unfassbar, Svenja hat immer von ihrem Mann gesprochen. Sie tat mir sogar leid. Kannst du das glauben, Marie? Sie tat mir leid. Ich habe ihr sogar einen Cocktail spendiert, so leid hat sie mir getan."

Unangenehmer Geruch holte Doro ins Jetzt zurück. Zu ihrem Entsetzen standen sie vor einem Imbiss, welcher derart gesundheitsgefährdend aussah, dass man sich wahrscheinlich schon was wegholte, wenn man nur davor stand.

„Marie, untersteh dich, hier etwas zu essen. Sofort zurück ins Auto mit dir. Aber sofort!", stauchte Doro Marie in einer Tonlage zusammen, die keinen Widerspruch duldete.

„Und Ihnen will ich eines sagen, guter Mann", fauchte sie gegen den erstaunten Imbissbetreiber mit erhobenem Finger, „sollten Sie jemals auch nur den Gedanken haben, meiner Bekannten etwas zu verkaufen, dann hetze ich das Gesundheitsamt auf Sie und lasse Ihren Schuppen hier schließen. Ich hoffe, ich habe mich klar ausgedrückt."

Sie drehte sich abrupt um und ging kopfschüttelnd zum Wagen. „Ich habe langsam genug von diesen dämlichen Kerlen."

An einem Reformhaus hielt   sie an und scheuchte Marie ins Geschäft. „Denk an dein Baby. Es wird es dir danken."

Obwohl Marie das Geschäft mit einer prall gefüllten Tüte verließ, sah sie nicht glücklich aus.

„Was ist passiert?", lachte Doro bei dem traurigen Anblick. Marie hielt ihr die Einkäufe entgegen. „Tofuwürstchen und Grünkernfrikadellen. Das ist nicht unbedingt das, wonach mir der Sinn steht. Was ist denn das für eine Schwangerschaft? Ohne Vater und ohne anständiges Essen?"

Doro nickte voller Anteilnahme. „Das stimmt schon, abgesehen davon hast du ja heute auch schon einen super Einbruch hingelegt. Da hast du dir auch ungesundes Essen verdient. Ich parke das Fluchtauto vorne vor dem Supermarkt und warte mit laufendem Motor", schlug Doro augenzwinkernd vor. „Nein, im Ernst. Ich warte hier draußen, patrouilliere auf und ab und passe auf, dass uns niemand unser Raubgut klaut."

Doro sah Marie hinterher, wie sie im Supermarkt verschwand. Während sie ihren Kopf wieder in Richtung Wagen bewegte und dabei mit ihrem Blick den Bürgersteig entlangschweifen ließ, setzte ihr Herz bald aus. Eddie kam in seiner ganzen Pracht den Bürgersteig entlang, genau auf sie zu.

Ihr Herz fing wie verrückt an zu schlagen. Auch Eddie war seine Freude anzusehen.

„Hallo Eddie."

„Doro!"

Die beiden starrten sich erfreut an, als sich eine Person neben Eddie hüstelnd bemerkbar machte.

„Ach, entschuldige bitte. Doro, das ist mein Freund Timm", stellte er den Mann an seiner Seite vor, der sie grinsend musterte.

„Hallo Timm", grüßte Doro äußerlich freundlich. Doch innerlich verfluchte sie Eddie. Ausgerechnet Timm musste er mitschleppen. Wenn Marie hier   Timm in die Arme rannte, hätte sie sicher vor Schreck gleich eine Fehlgeburt. Das würde zwar einige ihrer Probleme lösen, wäre aber irgendwie eine übertriebene Reaktion. Vielleicht war es Doros Schicksal, Eddie immer nur in ungünstigen Situationen zu begegnen.

So gut es ging versuchte sie die beiden Männer vom Transporter wegzulocken.

„Alles in Ordnung mir dir, Doro?", fragte Eddie. „Du bist so nervös. Wie wäre es, wenn du einfach mal ruhig stehen bleiben würdest."

„Weißt du, Eddie, genau genommen habe ich momentan nicht viel Zeit. Wie wäre es, wenn wir telefonieren?"

Eddie zog seine Stirn kraus.

Sicherlich hielt er Doro für eine Psychopatin. Was auch nachvollziehbar war, so wie sie sich verhielt, aber sie wusste auch nicht, was sie tun konnte, um ihre verzwickte Situation zu verbessern. Sie könnte in den Lieferwagen steigen, durchstarten und Timm überfahren. Mit etwas Glück wäre er dann bereits mit dem Krankenwagen abtransportiert, bis Marie zurückkam. Dann würde sich Marie nicht so erschrecken, Timm unerwartet gegenüber zu stehen. Allerdings würde es für Doro sicher eine Menge Schreibkram nach sich ziehen, wenn sie Timm verletzte oder umbrachte.

Im Grunde genommen passte Timm ja super zu Marie. Er brachte auch nur Probleme und momentan stand er ihr und Eddie massiv im Weg.

Im Augenwinkel konnte Doro sehen, wie Marie aus dem Supermarkt schlenderte und beim Blick in ihre Richtung mit schreckgeweitetem Blick abrupt stehen blieb. Doro hörte noch, wie Timm ein erstauntes „Marie?" ausrief, bevor er auf sie zuspurtete. Zeitgleich spurtete auch Marie los, um sich dann augenblicklich in Luft aufzulösen.

„Wo ist sie hin?", fragte der erstaunte Timm.

„Ich muss jetzt auch mal   los. War nett, euch getroffen zu haben", sagte Doro und setzte sich schnell in Bewegung.

„Moment mal, Doro", rief Eddie, doch Doro ließ sich nicht stoppen, jagte im Eiltempo zum Lieferwagen und brauste damit wie eine Wahnsinnige davon.

Als sie mit dem Transporter um die Ecke bog, hörte sie hinter ihrem Sitz ein Handyklingeln, das nur noch von dem Geräusch knisternden Stanniolpapiers übertönt wurde. Ein Blick in den Rückspiegel zeigte ihr eine zufriedene Marie, die glücklich an ihrer Schokoladentafel nagte.

„Willst du das Gespräch nicht annehmen?", fragte Doro, als Maries Handy erneut klingelte.

„Aber es ist bestimmt Timm. Ich habe keine Ahnung, was ich ihm sagen soll. Außerdem soll zu viel Aufregung während einer Schwangerschaft nicht gut sein."

„Du kannst davon ausgehen, dass Eddie und Timm jetzt auf dem Weg zu dir sind, um zu fragen, warum du abgehauen bist. Du warst aber auch blitzschnell verschwunden. Ein sportlicher Typ, dein Timm. Ich würde vorschlagen, wir fahren jetzt erst mal zu mir", bestimmte Doro.

„Nur, was machen wir dann mit dem ganzen Zeug dahinten?", fragte Marie mit einem Blick in den Laderaum.

„Oh, Mist", entfuhr es Doro. „Habe ich ja ganz vergessen. Wir waren ja heute einbrechen. Meine Güte, was für ein Tag. Okay, lass mich nachdenken. Im Prinzip gibt es ja wohl nur eine Lösung. Wir bringen das ganze Zeug zu mir. Ist ja vielleicht sowieso kein schlechter Gedanke für den Fall, dass die Polizei bei dir kontrolliert, ob du deinen Mann ausgeraubt hast. Und wenn du erst eine neue Wohnung hast, können wir das ganze Zeug gleich dort hinbringen."

„Hast du denn so viel Platz?", fragte Marie erstaunt.

„Eigentlich nicht. Ich weiß auch nicht, warum ich immer so doofe Ideen habe. Wir schreiben so schnell es geht deine Kündigung und dann machst du dich auf die Suche nach einer Wohnung. Hörst du, Marie!"

„Das verspreche ich dir, Doro. Ich finde den Gedanken richtig toll, eine schöne neue Wohnung zu haben."

Als sie bei Doro vor der Tür ankamen, sahen sie sich nach kräftigen Jugendlichen um, die sich ein bisschen was dazuverdienen wollten, denn den ganzen Kram allein zu schleppen, war keine erquickende Vorstellung. Es dauerte keine fünf Minuten, bis eine Gruppe von vier vorlauten Jungs um die Ecke bog, die aber sofort nett wurden, als sie das Stichwort Geld hörten. Doro musste an Heather denken. Sie konnte gar nicht verstehen, welches Problem Heather bloß immer mit ihrem Geld hatte, sie selbst fand es wunderbar, sich ihr Leben zu vereinfachen. Erschien ihr etwas zu mühsam, schon kaufte sie sich jemanden, der die Arbeit für sie übernahm. Das war einfach paradiesisch. Während Marie auf der Ladefläche saß und zusah, wie die Jungs sich mit ihren Sachen abkämpften, war Doro oben in der Wohnung in Stellung gegangen, um die Jungs zu dirigieren. Die ganze Sache dauerte vielleicht eine Stunde und schon sah Doros Wohnung vollgestellt und chaotisch aus.

„Oh mein Gott. Warum tue ich mir das an", jammerte Doro, während sie sich auf den Weg nach unten machte, um Marie und den Lieferwagen zu entsorgen.

„Ich bringe dich jetzt nach Haus, Marie. Am besten ruhst du dich erst mal aus, immerhin bist du ja schwanger. Außerdem ist es wichtig, dass du morgen fit bist, sonst kriegen wir das ja nie hin."

Als sie vor Maries Haus vorfuhren, schauten sie sich vorsichtig um, ob Eddie oder Timm irgendwo zu entdecken waren, aber wahrscheinlich machten sie sich nur selbst verrückt. Kein Wunder angesichts dieser turbulenten Tage.

„Marie, du musst dir wirklich langsam was einfallen lassen, um dein Leben zu ordnen. Vielleicht solltest du mit Timm sprechen."

„Doro, erst mal ziehe ich um. Danach kann ich immer noch darüber nachdenken. Dieses Kind werde ich ja voraussichtlich viele Jahre haben. Du siehst also, ich habe jede Menge Zeit."

„Aber willst du denn keinen Kindsvater haben, der dir während der Schwangerschaft zur Seite steht? Oder denk mal an die Geburt! Soll dich da nicht jemand begleiten?", fragte Doro erstaunt.

Doch Marie grinste sie nur an.

„Vergiss es, Marie, ich begleite dich auf keinen Fall zur Geburt. Ich bin Single. Ich eigne mich überhaupt nicht für Geburten. Braucht man zur Geburtsbegleitung nicht irgendeine Qualifikation? Eigene Kinder, Neffen, Nichten oder irgendetwas, was mal klein war und in die Hosen gemacht hat? Ich habe das alles nicht. Ich habe nicht mal einen Hamster. Also denk nicht mal daran. Abgesehen davon muss ich ohnehin mal darüber nachdenken, ob ich den Kontakt zu dir überhaupt aufrechterhalte, bei dem Chaos, das du immer anrichtest."

Doch Marie blieb völlig unbeeindruckt. „Du kannst mir nicht entkommen, Doro. Ich bin Eddies Freundin", lachte sie und sprang aus dem Wagen. „Bis morgen, Doro."

Gut gelaunt, aber auch sehr vorsichtig überquerte Marie den Bürgersteig in Richtung Hauseingang. Doch es war niemand zu sehen. Als die Haustür in Reichweite kam, stürzte sie förmlich darauf zu und war mehr als erleichtert, als sie im Hausflur stand und die Tür hinter ihr ins Schloss fiel. Sie lehnte sich an die Wand, atmete tief durch und schwor sich, dass sie ab jetzt mehr auf Ruhe und Entspannung achten würde. Vielleicht würde sie sogar einen Yoga-Kurs für Schwangere belegen. So was gab es doch bestimmt.

„Hallo Mary", sagte die Stimme auf dem Treppenabsatz neben ihrer Haustür. „Ich denke, du bist mir ein paar Erklärungen schuldig."

Marie schaute sich erschrocken um.

„Na, schaust du, ob Timm   auch hier ist? Vielleicht kannst du mir mal erklären, warum du ihm aus dem Weg gehst und warum er mich anknurrt, wenn ich deinen Namen ausspreche. Ach, und bevor ich es vergesse, woher kennst du eigentlich Doro?"

Resigniert schloss Marie ihre Haustür auf.

„Hilfe!", schrie Eddie. „Du wurdest ausgeraubt. Das ganze Papier ist weg."

Marie wurde feuerrot.

„Ach, wie interessant", begann Eddie und Marie schwante nichts Gutes. „An Stelle des Papiers gibt es hier plötzlich Berge von Schokolade und Rollmöpsen. Es ist ja wohl nicht das, wonach es aussieht, Marie Tormeier, oder?"

„Wonach sieht es denn aus?", fragte Marie vorsichtig.

„Ganz klar. Fleischallergie."

„Stimmt", nickte Marie.

„Zufällig seit Jamaika? Ach ja, wolltest du mir nicht ohnehin noch was über den langweiligen, bodenständigen Timm erzählen?"

Marie wagte es nicht, Eddie anzusehen. „Da ist eigentlich nichts, wie du dir schon gedacht haben wirst. Außerdem habe ich ihn wirklich schon eine ganze Zeit lang nicht gesehen. Es war einfach so viel zu tun."

Eddie saß grinsend auf dem Sessel und es war nicht zu übersehen, dass er wusste, dass er die Oberhand hatte.

„Ach Mary, habe ich dir eigentlich schon mal erzählt, dass wir auf der Feuerwache Polizeifunk hören? Und stell dir vor, heute hat doch glatt jemand bei deinem Ex eingebrochen. Komisch, oder? Du hast ja sicher nichts damit zu tun, oder?"

Maries Kopf wurde rot. Halloween wäre sie sicher als Kürbis durchgegangen. „Ich habe nicht mitbekommen, ob bei deinem Verbrecher Ex nur Gegenstände geklaut wurden oder ob da ein Samenraub stattgefunden hat. In Anbetracht der vielen Schokolade hier kommt man da schon auf komische Gedanken. Aber wenn du schwanger wärst, würdest du mir das ja sicher sagen, oder, Marie?"

Marie kämpfte nun schon seit einigen Minuten gegen die aufsteigende Übelkeit, aber da war nichts zu machen.

„Wenn du mich bitte kurz entschuldigen würdest, Eddie. Ich bin gleich wieder da." In Windeseile stürmte sie zur Toilette und versuchte sich so leise wie möglich zu übergeben. Als ihr Magen sich beruhigt hatte, ging es ihr sofort wieder besser. Sie richtete sich auf und sah zu ihrem Entsetzen Eddie im Türrahmen des Bades stehen.

„Jens oder Timm?"

Irgendwie wirkte die Situation so, als wenn sie wenig Fluchtmöglichkeiten zuließ.

„Sag mir bitte, dass du nicht wieder auf Jens reingefallen bist."

„Eddie! Für wie doof hältst du mich denn. Jens würde ich nicht mal mehr ranlassen, wenn er der einzige Mann auf der Welt wäre."

„Also Timm?", bohrte Eddie weiter.

„Sagen wir mal so, ich kann es nicht ausschließen. Ich weiß es ehrlich gesagt auch nicht so ganz genau", gestand sie.

„Was soll das denn heißen, hattest du in der letzten Zeit ein wildes, zügelloses Sexualleben, das wir dir alle gar nicht zugetraut hätten? Mary, da kommen ja ganz neue Seiten von dir zum Vorschein", zog Eddie sie auf.

Marie lachte. „Nein, ich glaube, ich bin da nicht so wild. Aber eigentlich hatte ich überhaupt keinen Sex. Auch wenn sich das merkwürdig anhört."

Eddie sah sie sehr ernst an. „Aber nein, das leuchtet mir total ein. Schließlich heißt du ja Marie. Dadurch bist ja schon prädestiniert auf jungfräuliche Empfängnis, wie deine

Urururuoma Maria. Auch heutzutage gibt es ja die wunderlichsten Dinge."

„Du lässt doch sowieso nicht locker, bis ich es dir erzählt habe, oder?", gab sich Marie geschlagen. Ein strahlender Eddie nickte sehr überzeugend.

„Ich weiß ehrlich gesagt nicht, was hier bei mir schon wieder alles los ist. Irgendwie ist es so kompliziert. Aber auf jeden Fall habe ich mir jetzt vorgenommen, dass ich nur noch glücklich sein werde. Ich habe sogar alle meine Rachepläne aufgegeben."

„Marie, langweil mich bitte nicht mit einem kilometerlangen Vorspann. Komm zur Sache."

„Ich hatte keinen Sex. Mit niemandem. Auch nicht mit Timm. Das einzig Merkwürdige mit Timm war, dass ich unbekleidet neben ihm aufgewacht bin. Allerdings weiß ich genau, dass ich bekleidet eingeschlafen bin, aber ich weiß leider nicht, wo in der Nacht meine Klamotten abgeblieben sind. Vielleicht war mir auch nur warm."

„Warum habt ihr denn in einem Bett gelegen?"

Marie seufzte. „So genau kann ich das auch nicht sagen. Es hat sich einfach so ergeben. Ich habe dir doch gesagt, dass es kompliziert ist, oder nicht? Ich weiß doch auch nicht, warum mir so was immer passiert."

„Warum sprichst du denn nicht mal mit Timm?"

Marie wurde regelrecht ärgerlich. „Sag mal, ist das denn so schwer zu verstehen. Was soll ich denn machen? Hingehen und sagen, ach entschuldige bitte, Timm. Kannst du dich zufällig daran erinnern, ob wir Sex im Urlaub hatten? Ich bin nämlich schwanger und brauche dringend einen Vater."

„Vielleicht kann sich Timm ja daran erinnern, ob ihr Sex hattet. Obwohl ich das auch schon wieder beängstigend finden würde, wenn ihr zwei so langweiligen Sex hattet, dass du dich nicht mal daran erinnerst. Ich kann mir nicht helfen, aber das passt irgendwie zu euch."

„Eddie, ich weiß einfach nicht, was ich machen soll. Und die Vorstellung, Timm in die Augen sehen zu müssen, ist mir einfach zu viel. Er denkt sowieso schon immer, dass ich so chaotisch bin. Vielleicht bin ich das auch manchmal. Ich vermisse ihn ja auch durchaus. Aber im Moment habe ich viel um die Ohren, weil Doro mich immer vorantreibt."

„Ahh ja, da wären wir ja auch schon bei meinem nächsten Lieblingsthema. Doro. Was in aller Welt hast du denn mit Doro zu schaffen. Ich schaffe es nicht mal, ein Date mit ihr zu haben, und du gestaltest gleich dein ganzes Leben mit ihr?"

Marie lächelte. „Doro ist wirklich eine tolle Frau. Ihr solltet euch echt noch mal verabreden. Sie ist so lebendig und entschlossen. Ich habe sie im Shoppingpoint getroffen und angesprochen, seitdem hilft sie mir ein bisschen, meine Sachen zu regeln."

„Und hat sie auch was über mich gesagt?"

„Du hilfst mir bei Timm. Ich helfe dir bei Doro. Was sagst du dazu?"

Eddie strahlte. „Hey Mary, aus dir wird ja doch mal eine Geschäftsfrau. Natürlich machen wir das. Sollte Doro sich als Niete herausstellen, mache ich dich dafür verantwortlich."

Doch Marie lachte nur. Doro war alles Mögliche, aber sicher keine Niete.

11. *Kapitel*   *Scheidung*

„**I**ch hasse es, dass du mich immer zu so seltsamen Aktionen überredest. Eigentlich bin ich doch total glücklich", jammerte Marie.

„Papperlapapp, du bist eine kotzende, betrogene Ehefrau. Sieh den Tatsachen mal ins Auge. Und jetzt reiß dich zusammen, Marie. Mein Job ist doch viel schlimmer."

Fluchend sah Marie, wie Doro über die Straße ging, während sie selbst sich mit ihrer Kamera hinter einem Papiercontainer postierte. Es war ja schließlich nicht so, dass sie ohne Plan gewesen wäre. Abgesehen von den Plänen der Vergangenheit, die sie erst gar nicht komplett umgesetzt hatte, war der neue Plan ganz schlicht. Sie würde sich scheiden lassen und war dann glücklich bis in alle Ewigkeit.

Diese ganzen Rachepläne führten doch sowieso zu nichts.

Doro hatte die andere Straßenseite noch nicht erreicht, da stürzte er ihr schon entgegen. Jens.

Schon sein bloßer Anblick brachte Maries Blut zum Kochen. Unfassbar, was er ihr für diese dumme Kuh Svenja alles antat. Hatte er ihr nicht versprochen, sie bis in alle Ewigkeit zu ehren und zu lieben? Aber wenn Männer einer Frau schon etwas versprechen, dann kann das ja auch nichts werden. Selbst solche simplen Versprechen wie „Ja, Schatz, ich bringe den Müll gleich raus" oder „Ja, Schatz, ich bin pünktlich zum Essen wieder da" wurden selten eingehalten. Lieben und ehren, das funktionierte doch eigentlich nur bei Autos und Kumpels. Na ja, sei es drum, es spielte ohnehin keine Rolle, weil sie ja zukünftig nur noch glücklich sein würde. So was   von glücklich, dass einem die Disney-Welt dagegen eiskalt vorkam.

Sie brachte sich hinter ihrem Container in Stellung. Denn mit ihrem Glücklichsein konnte es nur funktionieren, wenn sie Doro nicht gegen sich aufbrachte. Wenn die sauer wurde, war ein Hurrikan nichts dagegen.

Jens umarmte Doro zur Begrüßung und als diese ihn herzlich zu sich heranzog, konnte Marie sich ein Lächeln nicht verkneifen. Es war nicht zu übersehen, dass selbst Jens erstaunt über Doros Herzlichkeit war. Marie schoss aus ihrem Versteck heraus regelrechte Fotoserien und fühlte sich abenteuerlich gut. Vielleicht hatte sie ja das Zeug zur Paparazza. Als sie hinter ihrem Container auf die andere Seite wechseln wollte, immer die Kamera vor ihrem Gesicht, übersah sie leider die schwer bepackte Dame, die gerade ihren Einkauf nach Haus befördern wollte. Als Marie gegen sie prallte, entluden sich sämtliche Tüten der Konsumentin über den Bürgersteig, begleitet vom lautstarken Gefluche der Trägerin. Marie sprang zu Tode erschrocken hinter ihren Container und versuchte die Dame zu beruhigen. Sie sah, wie Doro Jens kopfschüttelnd ablenkte. Okay, das könnte Ärger geben.

„Nun hören Sie doch um Gottes Willen auf, hier so ein Theater zu machen. Und verdammt noch mal, hören Sie auf zu schreien. Das ist ja nicht auszuhalten", fauchte Marie die Dame an.

„Wagen Sie es nicht noch mal, den Namen des Herrn zu beleidigen", schrie die Frau zurück. Mittlerweile hatten sich einige Passanten um sie herum versammelt, vielleicht in der Hoffnung auf ein Frauen-Catchen. Maries Handy piepte. Ein Blick darauf ließ nichts Gutes vermuten. Doro.

„Bring sie zur Ruhe, gib ihr Geld", hörte Marie Doros Stimme. Marie brachte sich in Position.

„Meine verehrte Dame, ich helfe Ihnen jetzt, Ihren Einkauf wieder zu verstauen, und obendrein gebe ich Ihnen 100 Euro, für die Unannehmlichkeiten, die ich Ihnen bereitet habe. Was sagen Sie dazu?"

Die Dame fing an zu strahlen und die Passanten fingen an zu klatschen, was den Geräuschpegel auch nicht wirklich senkte. Doro würde Marie umbringen.

Während sie sich daran machte, der Dame beim Einsammeln und Verstauen der Einkäufe zu helfen, wurde Marie klar, dass sie nun ein echtes Problem hatte. Als sie heute Morgen zu Doro gefahren war, hatte sie wirklich die feste Absicht gehabt, noch bei der Bank anzuhalten, doch irgendwie hatte es sich nicht so richtig ergeben. Sie dürfte vielleicht noch fünf Euro bei sich haben. Und sie konnte ja nun schlecht Doro bitten, ihr Geld zu geben. Das könnte Jens in den falschen Hals bekommen. Sie könnte natürlich weglaufen. Sie war richtig schnell, wenn sie wollte.

Nein, am besten rief sie Doro mal an.

„Hi Doro. Du glaubst es nicht, aber wäre es dir wohl möglich, mir kurzfristig 100 Euro zu leihen? Ich bin gerade etwas verlegen darum."

Das Fluchen am anderen Ende, bevor das Gespräch beendet wurde, wertete Marie als ein Ja. Doch sicherheitshalber sah sie sich trotzdem um, ob die Straße frei zum Sprinten war.

„Marie, ich verfluche manchmal den Tag, an dem ich dich kennenlernte. Wie kannst du dich nur ewig in neue Schwierigkeiten bringen? Versuch dich jetzt mal ruhig zu verhalten und deinen Job zu machen. Meine Güte, ich kann deinen Ex ja schon fast verstehen", schimpfte Doro und drückte Marie 100 Euro in die Hand, dann lief sie eilig zurück zu Jens.

Marie seufzte. Sie drehte sich zu der Dame um, die die Szene zwangsläufig beobachtet hatte. Als Marie ihr die 100 Euro geben wollte, nahm diese Maries Kopf, küsste ihr die Stirn, bekreuzigte sich und sagte ihr, sie solle das Geld lieber behalten. Wahrscheinlich könne sie das Geld besser gebrauchen. Sprachlos stand Marie mit den 100 Euro in der Hand vor ihrem Papiercontainer und überlegte, ob sie ihre kleinen Unglücke nicht vielleicht überbewertete.

Erschöpft lehnte sie sich gegen den Container, der augenblicklich ins Rollen kam. Glücklicherweise hatten noch nicht alle Schaulustigen das Weite gesucht und halfen ihr nach einer Schrecksekunde, den Container zu stoppen. Mit Erleichterung stellte Marie fest, dass Doro inzwischen mit Jens zu einem Spaziergang aufgebrochen war. So konnte Marie diesen Unglücksort endlich verlassen. Es gab einfach Orte, die nicht zu einem passten.

Da sie wusste, welches Ziel Doro anvisierte, machte sie sich schon mal auf den Weg, um einen guten Beobachtungsposten beziehen zu können. Sie nahm sich vor, auf keinen Fall mehr ein Versteck zu wählen, welches beweglich war. Als sie ankam, wusste sie sofort, wo sie sich verstecken würde. Da stand ein wunderbar verästelter Baum. Der konnte auf jeden Fall nicht wegrollen. Sie kletterte den Stamm hinauf und kam sich vor wie Reinhold Messner bei der Besteigung des Mount Everest. Von hier hatte sie einen fantastischen Blick auf den Park.

Als sie Doro und Jens kommen sah, überkam sie wieder unbändige Wut auf Jens. Der strahlte Doro an, dass einem schlecht werden konnte. Doro hatte sie glücklicherweise schon darauf vorbereitet, dass so was passieren konnte, Marie sollte dann aber auf keinen Fall ihren Gefühlen nachgeben, sondern sich nur aufs Bildermachen konzentrieren.

Seufzend nahm Marie die Kamera und begann die verliebten Blicke von Jens einzufangen. Obwohl sie es natürlich gut verstehen konnte, dass es einfach war, sich in Doro zu verlieben, konnte sie ein Pieksen in ihrem Herzen nicht verhindern. Was für ein Schwerenöter. Sie hatte das Gefühl, als hätte sie 100.000 Fotos von ihrem zukünftigen Exmann gemacht. Damit könnten sie wahrscheinlich ganze Wände tapezieren. Was für ein Glück, dass ihr Baby nicht von Jens, sondern von Timm war. Auch wenn der nichts davon wusste.

Sie sah, wie sich Doro und besonders Jens herzlich voneinander verabschiedeten, und war froh, nicht schon wieder alles versaut zu haben. Sie würde bei Eddie wirklich ein richtig gutes Wort für Doro einlegen müssen. Als ihr Handy klingelte, freute sie sich diebisch, dass Doro sie nicht entdeckt hatte.

„Na, Doro, diesmal hatte ich doch ein wirklich gutes Versteck, oder? Ich bin genau über dir im Baum", kicherte Marie ins Handy.

Doro hob den Kopf und lachte. „Nun komm runter, ich muss in den Laden." Doch als Marie runter sah, wurde ihr erst bewusst, wie hoch oben sie im Baum saß.

„Oje, Doro, wie soll ich denn hier wieder runterkommen? Hochklettern war irgendwie leichter."

„Marie, mach bitte keine Witze. Kletter einfach ganz langsam immer ein Stück tiefer. Wenn du willst, können wir ja die Feuerwehr rufen, die holen dich da ganz flugs runter. Hat Eddie diese Woche Dienst?"

Doch bevor sie diesbezüglich eine Entscheidung treffen konnten, krachte es einmal heftig und Marie flog mitsamt Ast Richtung Boden. Doro versuchte so gut es ging, Maries Aufprall zu mindern.

„Marie, alles gut. Bist du okay?", fragte Doro panisch. Marie lag benommen auf dem Boden. Wirkliche Schmerzen hatte sie nicht, das war ja schon mal ganz gut. Sofort hatten sich wieder einige Leute um sie versammelt. Ein Mann trat hervor und wies sich als Arzt aus. Er stellte ihr ein paar Fragen, drückte etwas an ihr herum und empfahl ihr, auf jeden Fall noch mal bei ihrem Arzt reinzuschauen und nach dem Kind sehen zu lassen. Zwei der Schaulustigen standen dort fassungslos und schüttelten nur den Kopf. Marie erkannte, dass es die beiden waren, die ihr geholfen hatten, den Container anzuhalten. Die mussten ja denken, dass Marie regelrecht vom Pech verfolgt wurde. Wie peinlich.

„Marie, ich muss jetzt ins Geschäft. Schaffst du es allein bis zum Arzt, ohne weitere Unglücke heraufzubeschwören? Oder warte mal, ich fahre dich am besten hin, dann kommst du wenigstens sicher an. Wie machst du das nur immer? Ich stehe da mit deinem Ex und hinter uns geht ein Getöse und Geschreie los. Das ist nicht gerade von Vorteil, wenn du nicht gesehen werden willst."

Marie errötete. „Ja, ich weiß. Tut mir auch echt leid, Doro. Ehrlich. Hat er dir denn was von dem Einbruch erzählt?"

„Ja, das war echt witzig. Er ist sich ziemlich sicher, dass du es gewesen bist, und Svenja stand wohl kurz vor einem Herzinfarkt, aber ich glaube nicht, dass er gegen dich vorgeht, weil es ja schließlich deine Sachen waren. Am liebsten würde er Svenja alles neu kaufen lassen, aber dummerweise laufen ja seine Geschäfte gerade nicht so gut. Also muss Svenja jetzt wohl mit etwas weniger auskommen. Jens war auch sehr erstaunt, wieso ich so nett zu ihm war. Der kann morgen echt was erleben bei eurem Scheidungstermin."

„Ich hatte gestern Abend noch Besuch."

Doros Augen fingen an zu funkeln. „Nun sag schon, Marie."

„Eddie hatte im Treppenhaus auch mich gewartet. Er hilft mir wohl mit Timm."

„Er hilft dir mit Timm? Das ist alles? Hat er nichts über mich gesagt?"

„Ich glaube, er mag dich. Ich würde schon fast sagen, er findet dich ziemlich gut."

„Ziemlich gut? Marie, konzentrier dich mal. Was hat er denn genau gesagt."

„Er möchte dich gern wiedersehen. Das ist doch wirklich gut."

Doro nickte selig. „Er möchte mich sehen. Ja, das finde ich tatsächlich gut. So nun raus mit dir. Wir sehen uns morgen."

Die Unruhe im Foyer des Gerichtsgebäudes war nun wirklich nicht alltäglich. Selbst Bedienstete, die diesen Job schon einige Zeit machten, waren überrascht von den vielen Menschen.

Svenja stöckelte in ihren höchsten Lieblingsglitzerstöckelschuhen in Richtung Gerichtsgebäude. Sie hatte entschieden, dass es psychologisch besser war, der unberechenbaren Ex von Jens zu zeigen, wer hier am längeren Hebel saß, und die Optik machte ja schon klar, dass sie sicher die bestaussehendste Frau im Gebäude sein würde. Als sie händchenhaltend mit Jens die Tür zum Gericht aufstieß, erwartete sie dort eine Gruppe von Frauen, die demonstrativ ein Schild in Höhe hielten auf dem stand: „Mehr Schutz für Ehen – Scheidungen wieder nach dem Schuldprinzip."

Instinktiv griff Svenja nach dem Arm von Jens. Bei näherem Hinsehen fiel ihr auf, dass ihr einige der Frauen sehr bekannt vorkamen. Was soll denn das, fragte sie sich. Die sind doch nur neidisch, diese vertrockneten Hausfrauen.

„Ich hoffe doch, dass nicht deine Exfrau dahintersteckt. Die hat uns nun wirklich schon genug angetan. Damals ihr wochenlanges Generve, obwohl du längst schon mich hattest. Keine Rücksicht auf Privatsphäre. Und hinter dem Einbruch steckt sie doch sicher auch. Ich bin froh, wenn wir das hier endlich hinter uns gebracht haben. Meine Geduld hat schließlich auch Grenzen. Sobald die Scheidung ausgesprochen ist, können wir heiraten und ich habe meine Reputation wieder."

Jens sagte nicht viel. Auch er war froh, diese Angelegenheit endlich hinter sich zu bringen.

„Und, Jens, denk daran, was du mir versprochen hast. Du musst dafür sorgen, dass diese Scheidung öffentlich verkündet wird, damit die ganze Welt hören kann, dass du nun zu mir gehörst."

„Svenja, du nervst. Kannst du mal für ein paar Minuten ruhig sein. Mir geht genug durch den Kopf. Ich werde fragen, ob die Urteilsverkündung öffentlich gemacht werden kann, obwohl ich nicht im Entferntesten verstehe, welchen Vorteil das bringen soll. Und nun gib endlich mal Ruhe. Wir ziehen hier nicht in den Krieg. Es ist lediglich eine Scheidung."

Doch Svenja war das egal. Sie wollte einen Ehemann. Am liebsten hätte sie noch die Zeitung informiert, dass dieser Mann sich für sie scheiden ließ, weil sie so eine tolle Frau war. Obwohl sie die Unruhe hier im Gerichtsgebäude erst erschreckend fand, genoss sie jetzt die Aufmerksamkeit, die diese mit sich brachte.

Dadurch würden alle wissen, dass sie nun bald eine von ihren sein würde. Eine verheiratete Mutter.

Als Jens endlich seinen Anwalt entdeckte, war er sehr erleichtert. Er bat ihn, beim Richter eine öffentliche Urteilsverkündung zu beantragen. Sein Anwalt machte ihn sofort darauf aufmerksam, dass dieses auch Nachteile haben könnte, weil man ja nicht wissen könne, wie die Leute reagierten.

„Ich habe es meiner Zukünftigen versprochen. Sie möchte es gern persönlich hören."

Der Anwalt trug sein Anliegen dem Richter vor, der äußerst erstaunt war. Dieser wiederum musste sich erst mit der Gegenseite besprechen. Nach einigem Hin und Her wurde diese Scheidung ungewöhnlicherweise öffentlich.

Als alle in den Gerichtssaal eintraten, leider auch die „Demonstranten", begegnete Jens nach langer Zeit wieder Marie. Ihm wurde schon etwas flau im Magen. Es war sicher nicht nett gewesen, was er ihr angetan hatte, aber manchmal hatte man im Leben einfach keine Wahl. Da steht man an einer Kreuzung und muss sich entscheiden. Sie würde schon darüber hinwegkommen.

Er betrachtete sie und fand, dass sie sehr jung und verletzlich aussah. Fast kam so etwas wie Mitgefühl in ihm hoch. Doch ein Seitenblick von Svenja ließ ihn sofort in eine andere Richtung sehen.

Während der Richter und die Anwälte die Scheidungsgrundlagen besprachen, entstand bei der Anti-Scheidungs-Lobby eine gewisse Unruhe, und es wäre nicht verwunderlich gewesen, wenn sie auch Schlachtrufe angestimmt hätten.

„Meine Damen, wenn hier nicht auf der Stelle Ruhe in meinem Gerichtssaal einkehrt, dann lasse ich ihn räumen. Es wird auch keine weitere Ermahnung geben", ließ der Richter die Demonstranten verstummen.

„So, kommen wir nun zum Wesentlichen. Jens Kramer, ist diese Ehe für Sie unwiederbringlich zerrüttet?"

„Ja, ich liebe eine andere   Frau", antwortete der Ange-sprochene und nickte mit dem Kopf in Svenjas Richtung, die so-fort über das ganze Gesicht anfing zu strahlen.

Doro, die hinter Svenja saß, sprang auf und rief: „Hallo Jens. Ich wusste doch die ganze Zeit, dass du mich liebst."

Jens und Svenja sahen sie erstaunt an. „Doro?"

Doch bevor die beiden reagieren konnten, sprang Marie schon auf. „Sie kenne ich doch. Von Ihnen und meinem Mann habe ich Bilder. Was fällt Ihnen ein, sich in meine Ehe zu mischen?"

Sowohl Svenja als auch Doro schimpften nun auf Jens ein, der überhaupt nichts mehr verstand. Hatte Doro sich etwa in ihn ver-liebt? Verstehen könnte er das, ihm war auch aufgefallen, dass da immer etwas Prickelndes zwischen ihnen war. Aber Liebe?

Ein Blick auf Svenja ließ ihm sein Blut in den Adern gefrieren. Sie stand eindeutig kurz vor einer Explosion. Eine potenzielle Selbstmordattentäterin, sozusagen. Dann wurde ihm klar, was Marie gerade gesagt hatte.

„Von was für Bildern reden wir denn hier? Hast du mich be-schatten lassen?", fragte er erstaunt.

„Was sollte ich denn machen?", jammerte Marie. „Unser Baby soll doch schließlich mit einem Vater aufwachsen."

„Unser Baby?", fragte Jens erschüttert.

„Euer Baby, was soll das denn heißen?", schrie Doro.

Svenja erhob sich. „Das ist ein schlimmer Albtraum. Und ich denke nicht, dass ich das verdient habe. Eine bessere Frau als mich gibt es wohl nicht. Und mit deiner eigenen Frau fremdzugehen, ist wohl das Anmaßendste, was ich je gehört habe. Hast du denn keinen Funken Ehrgefühl", spie sie in die Richtung von Jens, bevor sie mit erhobenen Kopf den Gerichtssaal verließ.

„Ich liebe öffentliche Verhandlungen", sagte Doro und verließ mit einem Augenzwinkern in Richtung der Demonstranten den Saal.

„Alle, die nicht hierher gehören, verlassen nun bitte ebenfalls den Raum", befahl der Richter. Man konnte aber nicht umhin anzunehmen, dass ihm diese kleine Einlage gut gefallen hatte. War mal etwas Abwechslung zu den anderen Scheidungen, die er sonst verhandeln musste.

„So, wir beginnen noch mal von vorn. Ihre Ehe ist also unwiederbringlich zerrüttet, Herr Kramer?", fragte der Richter.

„Ist sie. Ich habe auch keine Ahnung, was hier eben los war. Das ist doch alles inszeniert."

Der Richter wandte sich an Marie.

„Frau Kramer, ist für Sie diese Ehe auch unwiederbringlich zerrüttet? Und können Sie uns das mit der Schwangerschaft näher darlegen?"

Marie sah den Richter mit dem unschuldigsten Blick an, den sie zustande brachte, denn innerlich starb sie bald vor Angst, dass Jens sie gleich umbringen würde.

„Ja, ich denke, daran führt kein Weg vorbei. Ich mache mir nur Sorgen um unser Baby. Ich bin jetzt in der 10. Woche. Wenn Sie möchten, kann ich Ihnen die Ultraschall-Aufnahmen zeigen. Meinen Mutterpass habe ich auch bei mir."

„In Ordnung", sortierte der Richter. „Die Ehe erkläre ich hiermit für geschieden. Was den Nachwuchs betrifft, so ist dieser in der Ehe gezeugt worden und somit sind Sie, Herr Kramer, vom Gesetz her der Vater und müssen natürlich dann auch entsprechend für das Kind aufkommen. Ein entsprechender Antrag muss dann nach der Geburt des Kindes gestellt werden."

„Aber ich bin nicht der Vater des Kindes! Ich komme doch nicht für so einen Wechselbalg auf", rief Jens verärgert.

„Herr Kramer, bei allem Respekt, aber es hat doch den Anschein, als wenn in Ihrem Leben ein wenig mehr Ordnung förderlich wäre. Da kann man schon mal durcheinanderkommen. Laut

Gesetz sind Sie der Vater des   Kindes, also tragen Sie auch die damit verbundenen Pflichten."

Der Richter sah auf. „Bestehen sonst noch Unklarheiten?"

Jens, der mittlerweile vor Wut kochte, rief „Ja, es bestehen noch Unklarheiten. Meine Exfrau ist letzte Woche in mein Haus eingestiegen und hat es praktisch leergeräumt."

Der Richter sah Marie an. „Frau Kramer, haben Sie sich eines Einbruchs schuldig gemacht?"

Marie sah ihn unschuldig an. „So was würde ich nie tun. Außerdem muss ich ja an mein Baby denken."

„Herr Kramer, ich denke, wenn Sie diesbezüglich Zweifel haben, müssen Sie ein Strafverfahren anstreben. Eine Scheidungsverhandlung ist sicher nicht der richtige Ort, um solche Fragen zu erörtern. Ich erkläre die Verhandlung hiermit für geschlossen."

Marie stürmte förmlich aus dem Gerichtssaal, weil sie Angst hatte, Jens würde sie gleich auf der Stelle vor allen Leuten umbringen. Vor dem Gerichtssaal empfingen Doro und die Demonstranten Marie und nahmen sie gleich in ihre Mitte.

„Das wird ein Nachspiel haben. Für jeden Einzelnen hier", schrie Jens und verließ das Gebäude. Von Svenja war weit und breit keine Spur zu sehen. Wirklich schade, sie waren so ein nettes Paar.

„Jeden Tag eine gute Tat. Und Sie haben da wirklich gute Arbeit geleistet, meine Damen", wandte sich Doro an die Demonstrantinnen. „Ich würde mal sagen, an Ihre Männer wird sie sich nicht mehr ranmachen", erklärte sie freudig und verteilte Tee- und Kaffeegutscheine an alle. So ein engagierter Einsatz musste ja schließlich belohnt werden. Wozu war Geld denn sonst da. Da kam einfach ihre karitative Ader durch.

Und gleich morgen würde sie sich um Eddie kümmern.

12. Kapitel   *Ein Unglück kommt selten allein*

Vielleicht hatte Doro recht, vielleicht sollte sich Heather tatsächlich Gedanken darüber machen, ihr Geld karitativ einzusetzen. Es machte zwar viel Spaß, in Doros Laden zu investieren, aber vielleicht konnte sie noch mehr tun. Ihr war halt nur nicht klar, in welche Richtung sie investieren sollte. Am schönsten wäre es Kinder, zu unterstützen. Heather liebte Kinder. Sie selbst konnte ja leider keine bekommen, Geschwister hatte sie auch nicht, also würde sie auch nie Tante werden. Na ja, und bis Doro Mutter wurde, würde sicherlich auch noch viel Zeit vergehen, zumal Doro ja nicht mal einen Mann hatte. Es würde Heather riesigen Spaß machen, Kindersachen zu kaufen und so einen kleinen Wurm zu verwöhnen.

Doch es gab ja keine Eile, diese Frage zu entscheiden. So vermehrte sich eben ihr Geld still und leise weiter. Auch wenn Doro immer schimpfte, war doch deutlich zu erkennen, wie sehr sie sich über ihren Anteil an Heathers Gewinn freute. Und für Heather selbst war es herrlich, sich immer wieder etwas Neues für das Geschäft einfallen zu lassen.

Gut gelaunt lief sie durch die Gänge des Shoppingpoints, als sie fast erstarrte. Da stand doch diese aufdringliche unangenehme Person aus ihrem Kur-Urlaub. Ihr fiel der Name nicht ein, aber selbst jetzt noch sträubten sich ihr alle Nackenhaare. Die war doch auch nur auf einen Mann aus und war mit schuld daran, dass ihr armer Bert jetzt in einer Midlife-Crisis steckte und ihr gegenüber immer verschlossener wurde.

Es gibt einfach bösartige Menschen.

Sie sah, dass die Frau dort   am Infopoint mit Händen und Füßen irgendetwas erzählte. Langsam näherte sich Heather, aber immer so vorsichtig, dass sie nicht von dieser Frau gesehen wurde. Sie hatte kein Interesse daran, diese Bekanntschaft aufzufrischen.

Marie wurde ganz warm ums Herz. Linda und Gunnar, ihre Kollegen, zeigten so viel Mitgefühl, was ihre Scheidung betraf, dass sie sich wirklich verstanden fühlte.

„Weißt du, Marie. Du musst das echt positiv sehen, wenn man das eine hinter sich lässt, schafft man Platz für Neues. Es wird sich sicher wieder etwas Schönes für dich ergeben. Du musst nur geduldig sein", tröstete sie Linda. Gunnar hatte wieder Tränen in den Augen. „Diese Trennungen gehen mir immer so nah. Was für eine Verschwendung von herrlichen Gefühlen. Wenn ich so was höre, stelle ich mir immer automatisch die Frage nach dem Sinn des Lebens", erklärte er dramatisch.

„Gunnar, Marie lebt doch schon seit Längerem getrennt. Es ist doch gut, dass sie das nun alles hinter sich hat. Nun reiß dich doch mal zusammen", schimpfte Linda. Sofort verzog Gunnar sein Gesicht und war beleidigt.

„Na ja, da ist noch was, was ich euch erzählen wollte", begann Marie zaghaft. „Ihr wisst doch, dass ich vor zwei Monaten in Urlaub war."

Heather war mittlerweile so nah, dass sie hörte, wie Marie ihren Urlaub erwähnte, und wurde neugierig, was nun kam.

„Und aus diesem Urlaub bin ich nicht allein wiedergekommen."

Linda zog ihre Stirn kraus. „Was soll das denn heißen, du bist nicht allein wiedergekommen. Hast du jemanden kennengelernt?"

Gunnar strahlte. „Liebes, du verstehst aber auch gar nichts. Unsere Marie bekommt ein Baby."

Die drei fielen sich in die Arme.

„Du bist schwanger? Das ist ja wunderbar. Aber wer ist denn der Vater?", fragte die vernünftige Linda.

Heather war auch gespannt auf die Antwort. Und blieb wie angewurzelt stehen, um zu hören, wer als Vater in Frage kam. Ihre Knie wurden schlagartig weich. Bitte lass es nicht Bert sein, lieber Gott. Bitte. Bitte. Ich will auch nie wieder meckern, aber lass ihn damit nichts zu tun haben.

„Ich kann euch nicht verraten, wer der Vater ist. Es ist sozusagen noch ein Geheimnis. Eine etwas unvorteilhafte Situation. Aber dem Baby und mir geht es wirklich gut. Und das ist doch die Hauptsache."

Strahlend machte sich Marie auf den Weg zum Büro. Sie fühlte sich beschwingt und leicht wie lange nicht mehr. Langsam gewann ihr Leben an Klarheit.

„Hallo, Marie Tormeier", hörte sie eine freudige Stimme vor sich. Verflucht. Man sollte den Tag nicht vor dem Abend loben. Uraltes Sprichwort, aber stimmte immer noch. Vor ihr stand völlig begeistert der männliche Part des Pärchens aus ihrem Kur-Urlaub. Unter den Arm hatte er einen riesigen Teddy geklemmt.

„Wie geht es Ihnen?", fragte er sehr freundlich.

„Gut, vielen Dank. Und wie ich sehe, haben Sie unsere Spielwarenabteilung geplündert", sagte Marie und wies auf den Teddy.

Bert hielt ihr den Teddy entgegen. „Ich konnte einfach nicht widerstehen. Angenommen, Sie würden diesen Teddy geschenkt bekommen, würden Sie sich darüber freuen?", fragte er aufrichtig interessiert.

Doch bevor Marie antworten konnte, ging ein bedrohliches Getöse los.

„Bert Weidenthal. Kannst du mir das hier erklären? Du gehst fremd? Das ist ja wohl ungeheuerlich. Wie kannst du mir das antun? Und kommt mir nicht mit irgendwelchen Ausflüchten." Dann wandte sich Heather Marie zu: „Was fällt Ihnen ein, sich in meine Ehe einzumischen und sich vor den Augen aller Leute mit meinem Mann zu treffen?", schrie Heather sie wie von Sinnen an.

„Ich habe mich nicht in Ihre Ehe eingemischt", sagte Marie entsetzt. „Sie wollen mir doch nicht unterstellen, dass ich ein Verhältnis mit Ihrem Mann habe, das ist doch absurd."

„Und warum schenkt er Ihnen dann einen Teddy. Sie sind doch schwanger. Das habe ich gerade mitbekommen."

„Was fällt Ihnen ein, meine Gespräche zu belauschen. Es geht Sie überhaupt nichts an, ob ich schwanger bin oder nicht."

„Frauen wie Sie sind doch echt das Letzte. Keinen Respekt vor der Ehe."

„Das reicht jetzt, Heather", donnerte Bert mit einem Nachdruck, der beide Frauen sofort verstummen ließ.

„Bitte entschuldigen Sie das Verhalten meiner Frau", sagte er, griff seiner Frau an den Arm und führte sie aus dem Shoppingpoint.

„Heather, wir sollten uns mal in Ruhe unterhalten."

Während das seltsame Ehepaar nach draußen ging, blieb Marie fassungslos und heulend zurück. Wie kam diese Frau nur dazu, ihr so etwas zu unterstellen. Sie wählte Doros Nummer.

„Doro, kannst du kommen. Mir ist da eben was ganz Merkwürdiges mit einer Urlaubsbekanntschaft passiert. Immer ziehe ich Unglücke so an", schluchzte sie ins Telefon.

„Marie, komm schon, so schlimm wird es doch nicht sein, oder?", fragte Doro. „Ich habe doch gleich ein Date mit Eddie. Mit Eddie, verstehst du? Ich brauche dieses Date jetzt wirklich. Kommst du nicht auch ohne mich klar?"

„Ja, ich schaffe das.", schluchzte Marie kaum verständlich ins Telefon. „Ich verstehe einfach nur nicht, warum immer mir so was passiert. Das Leben macht manchmal wirklich keinen Spaß. Warum hassen mich nur alle Leute?"

Doro seufzte. „Okay, Marie. Ich komme, aber das ist das letzte Mal, dass ich Eddie versetze, hörst du. Das nächste Mal musst du schon was Besseres auf Lager haben."

„Danke, Doro", schniefte Marie kaum verständlich in den Hörer.

Wie zur Hölle sollte Doro das nur Eddie erklären? Sie würde einfach versuchen, das Date zwei Stunden nach hinten zu verschieben. So ein Mist, jetzt musste sie auch noch wegen Marie den Laden vorzeitig schließen. Es wurde wirklich Zeit, dass ihre Schwester Charlotta kam und sie entlastete. Sonst war das hier alles nicht mehr zu schaffen. Als sie nach dem Schlüssel und ihrem Handy in ihrer Tasche kramte und wieder mal verfluchte, welcher frauenfeindliche Modeschöpfer sich solche riesigen Taschen ausdachte, in denen man wirklich nichts wiederfand, nahm sie sich vor, Marie sofort die Freundschaft zu kündigen. Nicht nur, dass sie den Laden für sie schließen musste, sie brachte auch einfach alles durcheinander. Glücklicherweise konnte sie Eddie noch erreichen.

Als sie dann endlich auch des Schlüssels habhaft wurde und ihn ins Schlüsselloch steckte, stand plötzlich Leon Matisse neben ihr. Wieder mit einem riesigen Blumenstrauß. Bevor er es schaffte, etwas zu sagen, fauchte Doro bereits: „Lassen Sie mich in drei Gottes Namen endlich in Ruhe. Suchen Sie sich irgendein nettes Mädchen. Meine Güte, das kann doch nicht so schwer zu verstehen sein. Ich werde jetzt diese Blumen nehmen, aber nur, damit sie sofort gehen, ohne große Reden zu schwingen. Und dann möchte ich Sie nicht mehr hier sehen, sonst rufe ich die Polizei. Ist das klar?"

Als sie die Blumen entgegennahm, lächelte Matisse sie an. „Ich mag temperamentvolle Frauen."

„Dann suchen Sie sich eine, aber nicht mich."

Matisse strahlte sie völlig unbeeindruckt an, als zu Doros Entsetzen Blitzlichter aufflammten.

„So ein Mist. Haben Sie das   inszeniert? Sie sind die arroganteste Nervensäge, die mir je begegnet ist", schrie sie ihm mit wutentbrannter Stimme entgegen, bevor sie sich eilig zu Marie begab.

Das ist wieder typisch. Diese Frau bringt einem nichts als Unglück. Wer tröstet eigentlich mal mich?

„Heather-Schatz, kannst du mir mal erklären, was das sollte? Was hast du denn für komische Ideen? Sehe ich aus wie ein Schwerenöter? Es gibt doch nun wirklich keine treuere Seele als mich."

Bert hatte sich mit seiner weinenden Frau draußen auf eine Bank gesetzt.

„Es ist nicht dein Baby? Ihr habt keine Affäre?"

Bert schüttelte den Kopf. „Ich muss schon sagen, deine Fantasie spielt dir da einen bösen Streich, Heather. Aber es ehrt mich natürlich, dass du mich für so einen Draufgänger hältst. Ich bin halt einfach ein toller Mann", sagte er und stupste seine Frau in die Seite.

„Oh Gott, ich schäme mich so. Was habe ich denn da gerade gemacht?" Heather schlug die Hände vors Gesicht. „Bitte entschuldige Bert. Ich war wirklich dumm. Verzeihst du mir?"

Bert nickte. „Aber wenn wir schon beim Thema Kinder sind, also genau genommen habe ich neuerdings tatsächlich eine Tochter. Auch wenn das jetzt merkwürdig klingt. Ihr Name ist Rieke."

Heather sah ihn an, als wenn er verrückt geworden wäre. „Was soll das denn heißen, du hast neuerdings eine Tochter? Wieso hast du eine Tochter? Soweit ich mich erinnere, habe ich kein Kind zur Welt gebracht. Vielleicht bin ich manchmal vergesslich, aber glaub mir, das wüsste ich."

„Also Heather-Schatz, ich muss dir doch jetzt nicht erklären, wie sich das mit den Blumen und den Bienen verhält, oder?"

„Bert! Wieso hast du eine   Tochter?"

Berts Blick wurde ganz trüb. Man sah ihm an, wie schwer er mit den Worten zu kämpfen hatte.

„Als ich dich kennenlernte, war Christa schwanger und sie hat mir bis vor Kurzem dieses Kind vorenthalten."

„Christa war schwanger?", wiederholte Heather völlig platt.

Bert nickte. „Aber ich bin froh, dass du es nun weißt. Ich hätte das auch nicht mehr länger allein durchgestanden. Für mich ist das auch eine sehr schwierige Situation."

Heather wusste nicht so richtig, was sie denken sollte.

„Für Rieke ist auch der Teddy", erklärte er. „Ich und fremdgehen. Was du für Ideen hast."

„Aber dann muss dieses Kind doch bereits erwachsen sein, oder nicht?", fragte Heather.

Bert seufzte. „Ja, das ist Rieke auch. Aber sie und ihr Mann hatten einen schweren Autounfall. Ihr Mann war auf der Stelle tot. Leider kann auch Rieke kein Arzt der Welt mehr helfen und sie wird wohl bald sterben. Sie wird schon immer schwächer."

„Oh mein Gott, das ist ja schrecklich."

Das war also der Grund, warum ihr Bert sich in letzter Zeit so seltsam verhielt.

„Es würde mich sehr glücklich machen, wenn du mich vor ihrem Tod ins Krankenhaus begleiten würdest", sagte Bert nach langem Schweigen. „Ich muss Rieke natürlich vorher fragen, ob ihr das recht ist. Was denkst du? Würdest du mich begleiten?"

„Das ist im Augenblick alles etwas viel für mich. Ich kann doch noch einen Moment darüber nachdenken, oder?"

Bert sah sie ernst an. „Sie liegt im Sterben, Heather. Da bleibt nicht viel Zeit zum Überlegen."

„Oje, wie dumm und egois-   tisch von mir. Natürlich begleite ich dich, von Herzen gern. Ich habe ja noch genug Zeit, mich an den Gedanken zu gewöhnen. Es wäre wunderbar, deine Tochter kennenzulernen. Meine Güte, Bert, du bist Vater."

Bert schaute sie mit diesem typisch resignierten Bertblick an und nickte. „Ja, jetzt haben wir eine Rieke. Wenn du meine Tochter wärst, würdest du dich dann über diesen Teddy freuen? Du kannst ganz ehrlich deine Meinung sagen."

Heather lächelte. Er war der tollste Mann, den sie sich vorstellen konnte.

„Ja, wenn ich Rieke wäre, würde ich mich über diesen wunderbaren Teddy sehr freuen."

„Marie, mir ist jetzt langsam klar, warum es wirklich nicht leicht ist, mit dir befreundet zu sein. Was zur Hölle hast du denn jetzt schon wieder angerichtet? Schaffst du es denn auch mal eine Zeit lang, ohne Katastrophen auszukommen", begrüßte Doro die heulende Marie.

„Ehrlich, Doro, ich habe wirklich keine Schuld. Diese schlimme Urlaubsbekanntschaft, von der ich dir doch schon mal erzählt habe, ist hier aufgetaucht und hat mir unterstellt, ich hätte mit ihrem Mann eine Affäre und wäre von ihm schwanger."

Doro schüttelte den Kopf. „Marie, was ist denn das schon wieder für eine Geschichte. Wie kommt diese Frau denn darauf? Und woher weiß sie denn, dass du schwanger bist. Ich meine, man kann es doch noch gar nicht sehen. Oder schläft sie mit deinem Frauenarzt?"

„Sie hat mich belauscht. Ich hatte es gerade meinen Kollegen erzählt und da hat sie mich wohl abgehört."

„Was für eine gequirlte Kacke. Warum sollte dich denn eine wildfremde Frau belauschen? Ist das eine Art Einsteigertraining für eine Stelle beim KGB?"

„Ihr Mann hat sich aber bei mir für seine Frau entschuldigt."

„Marie, dir fällt schon auf, wie seltsam die Geschichte ist, die du mir hier gerade erzählst, oder? Aber was noch viel schlimmer ist, dass ich mit Eddie verabredet war und nun schon wieder meine Verabredung mit ihm verschieben musste. Und du weißt, wie viel mir an diesem Date liegt. Ganz zu schweigen davon, dass ich fotografiert wurde, als der blöde Matisse wieder mit Blumen vor meinem Laden aufkreuzte."

„Der muss dich aber wirklich mögen, wenn er dir ständig Blumen schenkt."

Doro schüttelte genervt ihren Kopf. „Marie, er kennt mich doch überhaupt nicht. Vielleicht solltest du mal mit Matisse anbändeln, dann könnt ihr mich zu zweit in Schwierigkeiten bringen. Darin seid ihr beide ganz prima. So, hier ist ja nun alles wieder im Lot, lass uns also noch einen Kaffee trinken, und dann fahre ich zu Eddie. Und dann muss mindestens ein Hurrikan über mich hereinbrechen, bevor ich mich von diesem Date abhalten lasse."

Als Doro mit Herzklopfen in ihr Auto stieg und den Zündschlüssel drehte, war sie froh, das Geräusch ihres Motors zu hören Ihr Motor war nicht zu laut, aber auch nicht gerade leise. Das Geräusch ihres Motors steigerte die Dezibelzahl der Geräusche, die sie wahrnahm. Und es bedurfte schon einer gewissen Dezibelzahl, um das Klingeln ihres Handys so zu übertönen, dass sie in der Lage war, es zu überhören.

Okay, ich höre einfach gar nicht hin. Wenn ich nicht weiß, wer mich anruft, dann kann es mich auch nicht nervös machen. Und meine Neugierde stelle ich für Eddie hinten an. Wenn es wichtig wäre, würde die Person es ja noch mal versuchen und das Risiko, wieder von ihrem Date abgehalten zu werden, war entschieden zu groß.

Sie hatte den Gedanken noch nicht in ihrem Kopf zu Ende formuliert, da klingelte ihr Handy bereits das zweite Mal.

Okay, ich gehe nicht ran, ich schaue nur mal nach, wer anruft.

Es war Heather. Nun ja, Heather würde ihr nur wieder von Bert erzählen wollen. Das konnte sie ja auch später noch tun. Jetzt waren erst mal ihre eigenen Bedürfnisse vorrangig. Und ihr Bedürfnis hieß Eddie.

Als ihr Handy zum dritten Mal klingelte, hatte Doro nicht mehr die Kraft, das Klingeln zu ignorieren.

„Heather, ich bin auf dem Weg zu Eddie. Und es kann fast nichts geben, was mich dazu bewegt, umzukehren. Du musst jetzt also etwas wirklich Gutes vorbringen."

„Bert hat eine Tochter. Komm bitte ganz schnell. Er ist gerade im Krankenhaus, ich weiß nicht, wie lange er weg ist."

„Wie meinst du das, Bert hat eine Tochter? Wurde sie gerade geboren?"

„Sei nicht albern, Doro. Sie stirbt doch gerade."

„Ich bin gleich bei dir." Wer brauchte schon Dates zum Glücklichsein?

„Ich verstehe das nicht so ganz. Wieso hat dein Mann plötzlich eine Tochter? Hatte er eine Affäre?", fragte Doro atemlos, weil sie die Treppen in Windeseile hinaufgesaust war.

„Na ja, genau genommen, war ich die Affäre."

„Ich kann dir nicht folgen, Heather. Versuch es mal langsam und in verständlichen, nachvollziehbaren Sätzen."

„Ich habe dir doch erzählt, dass Bert in letzter Zeit so seltsam ist, und das hatte wohl doch nichts mit einer Midlife-Crisis zu tun, sondern mit der Tatsache, dass er eine Tochter bekommen hat."

Als Doro sie verständnislos ansah, fuhr Heather fort. „Als ich Bert kennenlernte, war er mit einer anderen Frau liiert. Mit Christa. Aber das mit Bert und mir war irgendwie nicht aufzuhalten. Christa war aber schwanger. Allerdings hat sie ihm das nie gesagt. Erst jetzt, wo diese Tochter einen Unfall hatte und im Sterben liegt."

„Du hast Bert einer anderen Frau ausgespannt. Ich dachte, du hasst so etwas? Das hast du mir ja nie erzählt."

„Doro, wir waren noch jung und die beiden waren nicht verheiratet und auch nicht besonders glücklich zusammen. Da hat sich das eben so ergeben. Wir hatten doch keine Ahnung, dass Christa schwanger war."

„Das ist ja ein dicker Hund. Und das Mädchen stirbt bald? Wie tragisch. Zum Glück hast du genug Geld, um ihr wenigstens eine pompöse Beerdigung auszurichten."

„Was hast du denn für Ideen, Doro? Das ist nicht sehr einfühlsam."

„Aber warum denn, wenn sie bald stirbt, wie du doch selbst sagst, dann muss man auch damit rechnen, dass sie dann nach dem Sterben tot sein wird. Selbst bei ganz viel Optimismus. Und dann braucht sie eine Beerdigung. Oder nicht? Blumen hätte ich übrigens schon. Matisse war schon wieder da."

„Doro! Also bitte. Aber im Grunde genommen ist das ein interessanter Gedanke. Ich könnte ihr eine besonders geschmackvolle Beerdigung ausrichten. Oder in ihrem Namen eine Stiftung ins Leben rufen."

„Also sollte ich auch demnächst sterben, dann kannst du mir eine richtig pompöse Beerdigung ausrichten, Heather. Am liebsten würde ich in einem richtig teuren Designerkleid begraben werden, selbstverständlich in einem mit Samt ausgeschlagenen, mit Swarovski-Kristallen dekorierten Sarg. Wenn ich so was schon nicht im Leben hatte, dann wenigstens im Tod. Auch viel praktischer, denn so ein Tod dauert ja für gewöhnlich auch viel länger als ein Leben."

Heather seufzte. „Seltsam, ich weiß nicht, wie ich darauf komme, aber irgendwie werde ich das Gefühl nicht los, dass wir beide am Thema vorbeireden. Aller Wahrscheinlichkeit nach werde ich dann in nächster Zeit weniger Zeit für deinen Laden haben.

Selbstverständlich möchte ich   den Job nach wie vor machen, aber wenn Bert mich braucht, dann möchte ich auch für ihn da sein."

„Kein Problem, Heather. Ich hatte mir ohnehin überlegt, Charlotta anzurufen. Irgendwie wächst mir das Ganze über den Kopf. Und Lotta hilft mir bestimmt. Ich besteche sie einfach mit Geld. Ich verstehe echt nicht, welches Problem du mit deinem Geld hast. Mir erleichtert es das Leben total. Ich bin ja gespannt, was Lotta zum Springbrunnen sagt."

Heather lächelte sie triumphierend an. „Ich wusste doch, dass du ihn magst. Du musstest nur wieder deine Show abziehen. Eigentlich fährst du total auf den Springbrunnen ab. Habe ich recht?"

Doro enthielt sich lächelnd der Antwort. „Übrigens habe ich für dich gerade Eddie versetzt. Das nenne ich mal Freundschaft."

„Ach du meine Güte, das tut mir leid. Irgendwie scheint bei euch beiden echt der Wurm drin zu sein."

„Weißt du, mein Leben war vor deinem Gewinn sicher auch nicht perfekt, aber ich war zufrieden. Aber seit du dieses Geld gewonnen hast, läuft alles bei mir so chaotisch, und bei dir ja auch. Am Schlimmsten ist, dass du nicht mehr der ruhende Pol in meinem Leben bist. Erst wirst du dein Geld nicht los, jetzt dieses Theater mit Bert. Ich will ja nicht meckern, aber ich finde schon, dass ich in dem ganzen Trubel etwas zu kurz komme. Auch in meinem Leben ist eine Menge los, doch es bleibt nie genug Zeit, es dir zu erzählen", jammerte Doro.

„Ja, das stimmt leider. Aber eigentlich gefällt mir ja, dass das Leben nicht mehr so langweilig ist. Nur wir beide kommen etwas zu kurz. Aber vergiss nicht, dass ich ja viel Zeit in deinem Laden verbringe, weil du immer irgendwelchen Termin nachhängst. Und findest du nicht, dass die Tatsache, dass Bert nun eine Tochter hat, etwas schwerer wiegt?"

„Du kennst sie nicht mal und schon ist sie wichtiger als ich?", fragte Doro vorwurfsvoll.

„Doro, du bist doch nicht   etwa eifersüchtig, oder?"

„Warum denn, sie ist ja doch bald ... du weißt schon."

„Doro!"

„Was denn? Ist doch nicht meine Schuld. Von mir aus kann sie hundert Jahre alt werden."

Heather seufzte. Sie wusste, dass Doro es nicht böse meinte, sie sprach einfach nur aus, was andere dachten. Und sie hatte ja recht, seit dem Gewinn hatte sich alles verkompliziert und sie hatten kaum Zeit füreinander.

„Weißt du, Doro, ich habe echt Angst, Berts Tochter zu treffen. Was, wenn sie mich nicht ausstehen kann? Oder mir die Schuld gibt, dass sie ohne ihren leiblichen Vater aufwachsen musste?"

„Ach Heather, natürlich wird sie dich mögen. Jeder mag dich. So wie ich Bert kenne, hat er ihr sicher schon von dir vorgeschwärmt. Sie kann also gar nicht anders, als dich zu mögen."

„Ich hätte auch gern Kinder gehabt, weißt du."

Doro nahm sie in den Arm. „Wenn ich mal Kinder habe, dann werde ich sie so häufig bei dir abliefern, bis du alle Kinder hasst. Versprochen. Außerdem hast du doch Bert. Der ist ja auch immer ein bisschen wie ein Kind."

Heather lächelte. „Nicht nur Bert. Du bist da ja auch nicht viel besser. Wenn ich nicht wäre, würdest du im Chaos versinken."

„Ich?", entrüstete sich Doro. „Ich mache nur Chaos, damit du was zu tun hast. Das ist reines Mitgefühl."

Heather lachte. „Natürlich. Das ist ja wahnsinnig nett von dir."

Sie hörten, wie ein Schlüssel im Türschloss gedreht wurde. Bert. Sofort sprangen sie auf, als wenn es etwas Verbotenes gewesen wäre, zu lachen, wo doch seine Tochter im Sterben lag.

Doro griff ihre Tasche und sauste an Bert vorbei. „Hallo Bert. Ich wollte nur was vorbeibringen. Ich bin total in Eile. Mach's gut", sagte sie, bevor sie das Weite suchte.

Erwartungsvoll sah Heather ihrem Mann entgegen. Strahlend sah er sie an.

„Rieke würde sich total freuen, dich kennenzulernen", sagte er und zog seine Frau fest in die Arme. „Ich liebe dich, Heather. Mit dir kann ich alles schaffen."

Das war sicher ein tolles Kompliment, aber irgendwie hatte Heather Probleme damit, so entspannt mit dem Sterben umzugehen. Doch es würde ja sowieso die Zeit kommen, wo man häufiger auf Beerdigungen als auf Hochzeiten war. Also, was sollte es, gestorben wurde halt immer.

Als Heather am nächsten Morgen den Laden betrat, fand sie sowohl Doro als auch Charlotta vor.

„Lotta, das ist ja schön, dass du dir so schnell Zeit nehmen konntest", begrüßte sie diese erfreut.

„Na ja, das kann man sehen, wie man will. Doro hat mich erpresst. Ich hatte gar keine Wahl", erklärte Charlotta.

Heather setzte sofort diesen „Ich ziehe mal eine Augenbraue hoch, damit Doro sich schuldig fühlt"-Blick auf.

„Vergiss es, Heather. Erpresst habe ich Lotta wirklich nicht. Ich habe sie nur mit Geld gelockt", grinste Doro. „Meine Schwester ist käuflich, wer hätte das gedacht."

„Es ist ja schön zu sehen, dass ihr so guter Stimmung seid. Das zeigt mir aber, dass ihr heute noch keine Zeitung gelesen habt, richtig?", freute sich Heather diebisch.

„Heather Weidenthal, du machst mir Angst", sagte Doro und griff nach der Zeitung, wo ihr ihr eigenes Antlitz entgegenprangte. Mit einem Blumenstrauß in der Hand und Leon Matisse an ihrer Seite.

„Es gibt einen Gott und er hasst mich", jammerte Doro gleich. „Das kann ich Eddie jetzt wirklich nicht mehr erklären. Würde ich auch nicht glauben an seiner Stelle. Ich habe ihm gesagt, mir ist ein Notfall dazwischengekommen."

„Also wenn du mich fragst", sagte Heather, „kann man den Matisse durchaus als Notfall betrachten."

„Was ist denn das für ein Theater? Warum magst du den Matisse denn nicht? Kennst du ihn überhaupt? Und warum mag der Matisse dich denn so sehr? Kennt er dich denn überhaupt?", fragte Charlotte völlig verwirrt.

„Echt, Lotta, ich weiß das auch alles nicht. Auf alle Fälle scheint sich die ganze Welt gegen Eddie und mich verschworen zu haben. Dann suche ich mir eben einen andern Mann. Egal. Diesen Mist, den ich jetzt habe, will ich auch nicht. Und den blöden Matisse will ich schon zweimal nicht."

Heather war belustigt. „Glaub mir, Lotta, der Job hier ist super. Hier ist immer was los. Intrigen, die geschmiedet wurden, Männer, die kommen und gehen, ich habe sogar deine Schwester bei der Polizei ausgelöst."

„Heather!!! Wo bleibt deine Integrität?"

Mit einem Mal wurde sich Heather bewusst, wie viel Spaß sie hatte und wie intensiv ihr Leben war. Sofort bekam sie einen Kloß im Hals.

„Wisst ihr was? Ich gehe heute ins Krankenhaus. Zu Rieke. Sie möchte mich gern kennenlernen. Ich sterbe vor Angst."

„Wer ist denn Rieke?", fragte Lotta erstaunt.

„Ach, das ist einfach zu kompliziert. Ich erkläre es dir später. In Kurzfassung könnte man sagen, dass Rieke Berts Tochter ist und gerade im Sterben liegt. Eigentlich doch ganz einfach."

„Sie stirbt gerade?", fragte Lotta erschüttert.

„Meine Güte, nun mach nicht so ein Drama daraus", sagte Doro. „Es sterben überall auf der Welt Leute, tagein, tagaus. Wenn die Zeit um ist, ist sie eben um. Da hat man dann wenigstens seine Ruhe und muss sich nicht ständig mit allem Möglichen rumärgern."

Heather und Lotta sahen Doro an, als würden sie ihr jedes Feingefühl absprechen.

„Hallo, was guckt ihr denn so entgeistert? Vielleicht falle ich ja auch gleich um und bin tot. Wer weiß das schon. Und ich habe dann keine Zeit, Vorkehrungen zu treffen. Ist doch von Vorteil, wenn man so bewusst stirbt. Ich sagte ja schon, ich würde für mich eine super Beerdigung organisieren."

Lotta sah sie an. „Also wenn ich jetzt sterben müsste und das Geld hätte, dann würde ich auch Elton John auf meiner Beerdigung singen lassen. Und die Einnahmen der CD-Aufnahme würde ich spenden", fing Lotta an zu schwärmen.

„Lotta, wie abgedroschen ist denn das? Das gab's doch schon bei Lady Di. Dann lieber ein Orchester. Oder die Rolling Stones."

„Ihr spinnt. Und zwar alle beide", schimpfte Heather. „Ich gehe jetzt. Kommt ihr beide klar? Am besten grüße ich Rieke von euch, unbekannterweise. Vielleicht braucht sie ja noch tolle Bestattungstipps."

„Komm Schwesterherz, ich erkläre dir hier mal alles. Hat sich mächtig was verändert in meinem Laden, seit Heather mit am Start ist."

Doros Handy begann in einer mörderischen Lautstärke „Time to say goodbye" von Andrea Bocelli zu schmettern.

„Meine Güte, wie geschmacklos", rümpfte Lotta die Nase.

„Hallo?", meldete sich Doro und vernahm Maries Stimme. Zwischen all dem Seltsamen gab es nun endlich auch mal eine gute Nachricht. Marie hatte eine Wohnung in Aussicht und sie bat Doro, diese mit ihr gemeinsam anzusehen.

„Was denkst du Lotta, kommst du hier auch ohne mich klar?"

„Hallo? Was denkst du denn? Wir Barlebens sind doch hart im Nehmen, schon vergessen?"

Dankbar sammelte Doro ihre Sachen zusammen und machte sich auf den Weg zu Marie. Es wurde auch wirklich Zeit, dass sich bei Maries Umzieherei etwas tat. Hoffentlich war das eine vernünftige Wohnung, die sie sich ausgesucht hatte.

Der Betrieb im Teegeschäft war überschaubar. Bei diesem trüben Herbstwetter verschlug es die Leute nicht nach draußen. Lotta gefiel das Teegeschäft ihrer Schwester. Es hatte Charme.

Als die Tür sich öffnete, konnte sich Charlotta ein Lächeln nicht verkneifen. Da war ja der Übeltäter. Der hatte vielleicht Nerven.

„Sie suchen wohl meine Schwester. Die ist aber leider gerade verhindert. So, nun setzen Sie sich mal hin und erzählen mir diesen Unsinn, den Sie sich da ausgedacht haben."

www.tredition.de

13. Kapitel   *Gestorben wird immer*

Mit jedem Meter, den sich das Auto dem Krankenhaus näherte, wurde Heather nervöser. Den vorläufigen Höhepunkt erreichte ihre Nervosität, als sie eingeparkt hatten. Heathers Beine waren wie Gummi und das Gehen fiel ihr schwer.

„Ich habe solche Angst, Bert."

„Mach dir keine Sorgen, Heather-Schatz. Sie wird dich mögen, da bin ich ganz sicher."

„Aber was mache ich, wenn Christa da ist und mich umbringen will, weil ich sie zu einer alleinerziehenden Mutter gemacht habe."

„Das ist doch kein Problem, wir sind doch hier in einem Krankenhaus. Wenn sie dir was tut, dann rufen wir einfach einen Arzt. Außerdem hatte Rieke doch einen Vater."

Heather wusste nicht genau warum, aber irgendwie hatten die Worte von Bert keine tröstende Wirkung auf sie.

Bert ging zielstrebig durch das Krankenhaus und zog Heather mehr oder minder hinter sich her.

„Heather, komm schon. Dir tut schon keiner was."

Als sie vor der Krankenzimmertür standen, hätte Heather gern noch eine Verschnaufpause gehabt, doch Bert öffnete die Tür und zog Heather mit hinein.

Leise gingen sie zu dem Bett. Rieke schlief.

„Du meine Güte, das ist   deine Tochter", flüsterte Heather und sah ihren Mann an, der freudestrahlend nickte. „Das ist Rieke", fügte er hinzu.

„Rieke. Was für ein Wunder. Ich freue mich für dich, Bert", sagte Heather leise.

Sie standen dort am Fuße des Bettes und sahen sie einfach nur an. Völlig überwältigt von der Erkenntnis, dass hier Berts Tochter lag. Das war so unglaublich.

„Sie sieht dir ähnlich. Ehrlich. Ihre Gesichtszüge sind genau wie deine", diagnostizierte Heather und ließ ihren Mann noch mehr strahlen.

Sie sahen, wie Rieke langsam aus ihrem Schlaf erwachte und sie ansah.

„Rieke, das ist meine Heather."

„Freut mich, dich kennenzulernen, Heather", flüsterte sie wie ein Fabelwesen. So schmal, durchsichtig und leise.

„Mich freut es auch. Es freut mich sogar sehr. Es tut mir nur so leid, dass ich dir die ganzen Jahre den Vater gestohlen habe. Das war wirklich nicht meine Absicht."

Rieke lächelte. „Das weiß ich doch. Ich habe wirklich kein Problem damit. Es hat mich nur interessiert, welche Frau zu meinem Vater gehört. Aber du scheinst nett zu sein."

Tausend Steine fielen Heather vom Herzen. Auch wenn diese ganze Unterhaltung etwas Irreales hatte, so war sie doch Wirklichkeit.

„Ich möchte nicht pietätlos erscheinen", begann Heather, „aber ich habe eine sehr praktische Freundin und die hat gesagt, wenn es sich sowieso schon nicht verhindern lässt, dass du stirbst, dann würde sie an deiner Stelle eine ganz tolle Beerdigung planen."

„Heather!", schimpfte Bert.

„Nein, kein Problem. Lass   sie nur weitersprechen. Obwohl es in der Tat ein ungewöhnliches Thema für ein Kennenlern-Gespräch ist", sagte Rieke interessiert.

„Also Doro, meine Freundin, würde sich zum Beispiel in einem sündhaft teuren Designerkleid begraben lassen. Dann wäre sie eine wunderschöne Verstorbene. Na ja, sie würde sich den Sarg auch mit Swarovski-Kristallen schmücken lassen. Aber das ist dann ja wohl Geschmackssache."

„Das ist mal wieder typisch", schimpfte Bert. „Doro hat noch nicht mal einen Mann, weiß aber schon, in welcher Kleidung sie sich beerdigen lassen will. Also wenn du mich fragst, ist das unnormal. Vielleicht sollte sie mal etwas bescheidener werden und sich endlich einen Mann suchen. Ich gehe Wasser holen. So einen Unsinn will ich gar nicht hören."

Heather lächelte über ihren Mann, der mit gerunzelter Stirn den Raum verließ.

„Warum hast du denn keine eigenen Kinder, Heather."

„Na ja, ich hätte wirklich auch sehr gern Kinder gehabt, aber mein Körper wollte das leider nicht. Wenn man es also genau nimmt, bist du im Moment die Top-Favoritin für meinen Kind-Ersatz."

„Es ist mir eine Ehre", antwortete Rieke.

„Na ja, und das mit der Beerdigung war durchaus ernst gemeint. Denn ich habe ziemlich viel Geld und ich könnte dir tatsächlich jeden Wunsch erfüllen. Ich weiß, dass es eigentlich tabu ist, über so ein ernstes Thema zu sprechen. Aber wann sollte ich es denn sonst tun? Und wenn du auch ein Designerkleid möchtest. Kein Problem. Ich kaufe es dir. Ich erfülle dir jeden Wunsch. Hansi Hinterseer auf deiner Beerdigung? Kein Problem. Ich kaufe ihn dir."

Rieke lachte. „Da freut man sich ja schon förmlich aufs Sterben. Aber wenn es dir nicht an Geld mangelt, dann hätte ich tatsächlich einen Wunsch. Den verrate ich dir später."

„Okay, sehr gern. Dein Wunsch ist mir Befehl. Dein Vater war in der letzten Zeit so merkwürdig, dass ich gedacht habe, er wäre in der Midlife-Crisis oder er hätte eine Affäre."

„Ich finde nicht, dass er der Typ dafür ist, oder?", antwortete Rieke.

„Ja, da hast du recht. Aber leider weiß ich erst seit gestern, dass nichts dran ist an meinen Verdächtigungen. Das Schlimmste daran ist, dass ich eine Frau, die ich nur flüchtig kenne und der ich unterstellt habe, sie wäre mit meinem Mann fremdgegangen, derart angeschrieen habe, dass ich jetzt vor Scham im Erdboden versinken könnte. Aber ich konnte ja nun wirklich nicht ahnen, dass wir tatsächlich Familienzuwachs bekommen würden. Vielen Dank, dass ich dich kennenlernen durfte, Rieke. Das macht mich sehr glücklich."

Rieke griff nach Heathers Hand. „Du bist eine nette Frau. Ich freue mich auch, dass ich dir noch begegnen durfte."

Die Tür öffnete sich und Heather wurde stocksteif vor Schreck. Bert kam zusammen mit Christa ins Zimmer. Irgendwie erwartete sie, dass diese nun handgreiflich würde oder sie beschimpfen würde. Aber was sollte es, sie würde es ertragen. Für Rieke. Und weil es im Leben einfach nicht immer gerecht zuging.

„Hallo Heather, es ist nett, dass du meine Tochter besuchst. Ich glaube, du machst ihr damit eine große Freude", begrüßte Christa sie freundlich.

Äußerst erleichtert reichte sie Christa die Hand. „Ich freue mich auch sehr, dass ich Rieke kennenlernen durfte. Sie ist ein tolles Mädchen. Oder vielmehr eine tolle junge Frau."

„Heather hat mir angeboten, mir eine wunderbare Beerdigung auszurichten, aber ich habe sie gebeten, das Geld anderweitig zu verwenden. Das ist dir ja sicher recht, oder? Du wirst ihr zu gegebener Zeit sagen, was ich da im Kopf habe, oder?" Mit Tränen in den Augen nickte Christa.

Eines hatte Heather ganz sicher gelernt. Vieles ist nicht so, wie es scheint, und man sollte dankbar sein für das, was man hat. Und nun gab es da eine Sache, die es dringend zu erledigen galt.

Heather parkte ihren Wagen, holte tief Luft und ging los. Nur Mut, Heather. Gegen das, was du in den letzten Tagen durchgemacht hast, ist das hier nun wirklich ein Spaziergang, redete sie sich selbst gut zu.

Zu ihrer großen Erleichterung und ihrem mindestens genau so großen Entsetzen traf sie Marie an deren Arbeitsplatz am Infostand des Shoppingpoints an. Doch bevor Heather zur Tat schritt, wollte sie noch eine Kleinigkeit besorgen. Eine kleine Aufmerksamkeit. Sie betrat ein Kindergeschäft und war überwältigt von diesen vielen süßen kleinen Minisachen. Eigentlich wollte sie ja nur einen Strampler kaufen, aber sie konnte dieses Geschäft unmöglich verlassen, ohne auch ein Paar dieser winzig kleinen Schuhe gekauft zu haben. Und Fläschchen. Mütze, Schal, Unterwäsche mit kleinen Entchen, voll süß. Als sie endlich zur Kasse ging, hatte sie ein beachtliches Paket an kleinen Aufmerksamkeiten zusammengestellt. Wahrscheinlich würde Marie das Gefühl bekommen, Heather wollte ihr das Kind abschwatzen. Leihmutter spielen, sozusagen. Also musste sie Marie zeigen, dass sie natürlich nicht das Kind stehlen wollte, sondern dass die Geschenke lediglich ihr Bedürfnis, sich bei Marie zu entschuldigen, unterstreichen sollten. Sie ging auch noch in eine Apotheke und war ganz begeistert, wie viele Cremes und Vitamine es für Schwangere gab. Konnte ja auch alles nicht schaden.

Auf dem Weg zum Infopoint sah Heather ein Swarovski-Geschäft. Spontan entschied sie, dort etwas für Doro zu kaufen. Es war ja nun wirklich nicht nötig, dass Doro bis zu ihrem Tod auf einen Swarovski-Stein warten musste.

Mit einem viel besseren Gefühl näherte sie sich dem Infopoint.

„Entschuldigung. Frau Tormeier? Das ist doch Ihr Name, oder? Kann ich Sie kurz sprechen?", begann Heather.

Marie rutschte das Herz in die Hose. Nicht schon wieder. Vorsichtig trat sie aus dem sicheren Schutz ihres Infostandes heraus.

„Ich möchte mich bei Ihnen entschuldigen. Es ist unverzeihlich, was ich Ihnen da unterstellt habe. Ich erwarte auch nicht, dass Sie es verstehen, aber Sie sollen wissen, dass es mir sehr leid tut. Mein Leben ist in letzter Zeit etwas verwirrend, da habe ich wohl überreagiert."

Marie starrte Heather mit großen Augen an. „Aha. Ja, dann vielen Dank."

„Sind Sie denn nicht wütend auf mich?", fragte Heather erstaunt.

„Ach wissen Sie, mir passieren oft seltsame Sachen und ich habe mir vorgenommen, mich nicht mehr so aufzuregen. Das ist einfach nicht gut für das Baby", sagte Marie und streichelte sich über den Bauch.

„Ach richtig, ich habe Ihnen eine kleine Aufmerksamkeit als Wiedergutmachung für mein Verhalten mitgebracht", sagte Heather und überreichte Marie zwei prall gefüllte Tüten.

„Das kann ich nun wirklich nicht annehmen. Sie können mir doch nicht so viel schenken."

Heather lächelte. „Nehmen Sie ruhig. Es tut mir nicht weh und ich konnte einfach nicht widerstehen, als ich im Geschäft stand."

„Nur mal aus reiner Neugier. Ich weiß, dass es mich natürlich nichts angeht. Aber hat Ihr Mann denn nun eine Affäre?"

Heather schüttelte den Kopf. „Nein, zum Glück nicht. Ich habe mir da wohl etwas eingeredet. Na ja, dann wünsche ich Ihnen noch alles Gute mit Ihrem Baby", verabschiedete sie sich.

„Oh, Mist. Bitte, können   Sie noch einen Moment bleiben", bat Marie, als sie Timm mit seinen Eltern den Gang entlang kommen sah. „Bitte helfen Sie mir."

Kaum hatte Timms Mutter sie geortet, stürmte sie auch schon auf Marie zu.

„Marie, wie wunderbar. Wir haben schon so oft nach Ihnen gefragt, wo Sie doch unseren Timm gerettet haben. Es ist wirklich sehr schade, dass Sie so mit Ihrem Studium beschäftigt sind."

Marie klammerte sich an Heather fest, während ihr Kollege Gunnar bald vor Neugier über den Tresen kletterte. Er erinnerte sich noch genau daran, wie Timms Eltern das letzte Mal hier waren, das war echt aufregend gewesen. Wie Marie so tapfer und selbstlos erklärt hatte, Timms Leben retten zu wollen. Blieb abzuwarten, was heute passierte. Zumal sich Marie heute an die Frau klammerte, die sie gestern noch umbringen wollte. Wirklich schade, wenn Marie in den Mutterschutz ging. Ohne sie würde es schon etwas langweiliger werden.

„Ach wie süß. Ein Strampler", quietschte Timms Mutter und zeigte auf den Strampler, den Marie in der Hand hielt. Marie stand kurz davor umzukippen.

„Das ist nicht mein Strampler. Er gehört meiner Tante."

Timms Mutter sah sie irritiert an.

„Also genau genommen gehört er auch nicht meiner Tante. Das hier ist übrigens meine Tante Bonnie."

„Heather", flüsterte selbige.

„Richtig, meine Tante Heather. Wollte ich auch sagen. Da kommt man ja auch ganz durcheinander. Diese ganzen Tanten und Onkel. Und alle haben andere Namen. Sehr verwirrend."

Timms Mutter sah aus, als wenn sie sich ernsthaft Sorgen um Marie machen würde. Während Timm wieder dieses verärgerte Gesicht machte, was auch kein gutes Zeichen war.

Heather stand einfach nur   stocksteif da und hatte Angst, die kleinste Bewegung zu machen.

„Also für wen ist denn nun der Strampler?", hakte Timms Mutter nach.

„Der Strampler. Ja genau", stammelte Marie, „wem gehört der Strampler? Also er gehört nicht meiner Tante. Heather. Weil er nämlich der Tochter von meiner Tante Heather gehört. Sie hat eine Tochter. Genau so ist das."

Heather nickte. „Genau genommen gehört er deiner Cousine."

„Richtig, weil die Tochter meiner Tante nämlich meine Cousine ist und sie bekommt ein Baby. Ein sehr kleines."

„Also wir wünschen uns ja auch so sehr ein Enkelkind, aber unser Timmi hat es nicht eilig. Und wir sagen immer, Timmi, sagen wir, man weiß nie, was kommt. Lieber jetzt eine Familie gründen, als im Alter ganz allein zu sein."

Timm trat neben Marie. „Gehst du mir aus dem Weg, Marie?"

„Warum sollte ich? Und was mache ich denn für ein Studium?", zischte sie.

„Erst zwingst du mich, krank zu sein und mit dir in den Urlaub zu fliegen, und dann bist du nicht mehr zu erreichen. Ist das eine neue Masche von dir?"

„Du hast mir ja auch nicht gerade die Tür eingerannt. Du bist ja förmlich froh gewesen, dass wir wieder zu Hause waren. Vielleicht gefiel dir der Urlaub nicht", konterte Marie.

„Hast du jemanden kennengelernt, Marie? Kannst du ganz ehrlich sagen. Nur raus damit."

„So, Timmi, wollen wir weiter?", fragte seine Mutter.

„Nenn mich um Gottes Willen nicht immer Timmi. Das ist ja fürchterlich."

Gunnar sah lächelnd zu Linda. „Ich kann gar nicht abwarten, die ganze Geschichte zu hören. Ich habe da schon so eine Ahnung."

Beschämt schaute Marie zu Heather. „Entschuldigung, Sie müssen denken, ich bin verrückt geworden. Vielen Dank, dass Sie mich nicht verraten haben."

„Du meine Güte, sind Sie eine Lügnerin. Was hat der junge Mann Ihnen denn getan. Er machte eigentlich einen ganz guten Eindruck auf mich. Haben Sie Streit mit ihm?"

Marie schüttelte den Kopf. „Nein, so kann man das nicht nennen. Er ist der Vater meines Babys. Aber leider weiß er das nicht. Ich denke, das ist auch besser so. Ich schaffe es auch ohne ihn."

Heather war entsetzt. „Ich will mich ja nun wirklich nicht in Ihre Angelegenheiten einmischen, aber Sie sollten das Kind nicht allein großziehen. Das ist weder für Sie gut noch für das Kind. Und es ist nicht recht, einem Vater sein Kind vorzuenthalten. So was kann man nie wiedergutmachen", erklärte Heather leidenschaftlich, die ja nun genau wusste, wovon sie sprach. „Was für Gefühle haben Sie denn für den Vater?"

„Welche Rolle spielt es denn schon, was für Gefühle man hat. Irgendwann wird man ja doch betrogen. Und das tut einfach unheimlich weh. Hat es Ihnen nicht auch wehgetan, als sie dachten, ich wäre die Affäre Ihres Mannes?"

„Ja, schon, aber der Punkt ist doch, dass Sie nicht die Affäre meines Mannes sind oder waren. Das Problem lag bei mir. Ein Kind braucht seinen Vater. Glauben Sie mir. Lieben Sie denn den Vater Ihres Babys?"

Marie seufzte. „Ehrlich gesagt, weiß ich das nicht. Bei mir war so viel los in letzter Zeit, dass ich nicht dazu gekommen bin, darüber nachzudenken. Sie müssen wissen, dass Timm und ich schon sehr lange befreundet sind. Und als wir jetzt zusammen im Urlaub gewesen sind, da sind wir uns wohl näher gekommen. Aber alles ist fürchterlich verwirrend."

„Hören Sie, ich bin mir ganz sicher, dass Sie das schaffen. Manche Entscheidungen im Leben bedürfen Muts. Aber wenn man den Mut dann aufgebracht hat, freut man sich meistens. Wenn Sie Hilfe brauchen, können Sie mich anrufen, wenn Sie wollen. Ich bin an chaotische Frauen gewöhnt. Ich schreibe Ihnen mal meine Nummer auf."

Doch während Heather die Nummer notierte, klingelte das Handy.

Heather ist eigentlich gar keine Hexe, sondern kann ganz nett sein, dachte Marie, als sie sah, wie Heather das Ohr an ihr Handy legte und kurz darauf in Tränen ausbrach.

„Bitte entschuldigen Sie mich", schniefte Heather und entschwand.

„Langsam wundert mich gar nichts mehr", murmelte Marie vor sich hin, „dabei machte sie eigentlich einen ganz normalen Eindruck. Scheint wohl auch eher der emotionale Typ zu sein."

„Sag mal, meine Liebe, seit wann bist du eigentlich schwanger. Nicht zufällig seit deinem Urlaub mit Timm, oder?", fragte Gunnar mit überlegenem Gesichtsausdruck.

14. Kapitel   *Schwesterlich geteilt*

Doro betrat ihren Laden und fand ihre Schwester in ein Gespräch vertieft vor. Allerdings hatte sie dieses Gespräch mit Leon Matisse, der ihr förmlich an den Lippen hing.

„Was ist denn hier los? Sind wir jetzt das Auffanglager für unbeschäftigte Schauspieler?", stichelte sie sofort.

„Wie wunderbare Laune du mitbringst. Da kriegt man ja gleich Lust auf mehr", konterte ihre Schwester.

„Es ist ja wohl nicht zu fassen, dass du dich hier in meinem Laden mit so einem Typen beschäftigst. Der bringt nur Unglück. Er ist praktisch schuld daran, dass es nichts mit mir und Eddie wird, weil er immer dazwischenfunken muss. Außerdem weigere ich mich zu akzeptieren, dass alle um mich herum glücklich sind und ich es nicht mal schaffe, ein simples Date zu haben."

„Doro, ruf ihn an. Fahr zu ihm. Erklär ihm doch einfach die Situation. Seit wann gibst du denn einfach auf? Los, ruf ihn an, ich halte hier die Stellung."

„Und ich halte den Atem an bei so viel Schönheit", piepste Leon Matisse mit Blick auf Charlotta.

„Das ist ja ekelhaft", würgte Doro bei Anblick ihrer grinsenden Schwester.

Doro war im Begriff im Büro zu verschwinden, um bei Eddie um Gnade zu flehen, als sich so ein Reporter mit einem Fotografen den Weg in ihr Teegeschäft bahnte, auf der Jagd nach einer guten Geschichte. Schon bei dem Anblick platzte Doro fast vor Wut. Doch bevor sie loswettern und sich Leon beim Anblick der Kamera wieder in den Vordergrund lächeln konnte, ergriff Lotta instinktiv die Regie.

„Leon, setz dich bitte. Und Sie möchten Fotos?", wandte sie sich an den Fotografen. „Dann will ich Ihnen mal sagen, wie ich mir das vorstelle. Sie bekommen Fotos. Sogar exklusiv, allerdings muss der Laden darauf zu erkennen sein. Und im Artikel muss mindestens zweimal unser Geschäft erwähnt sein. Wie sieht es aus, ist das Angebot für Sie interessant? Und die Fotos gibt es nur gegen Bares. Sonst wird sich ein anderer Vertreter Ihrer Zunft finden, der bereit ist zu zahlen."

Der Fotograf blieb erstaunt stehen und sah zu seinem Kollegen. „Wir müssen das nur kurz mit unserem Chef absprechen. Sind gleich wieder da", sagte der Fotograf und verschwand mit seinem Kollegen vor die Tür, wo er hin und her schlendernd zu telefonieren begann.

„Bella mia, Charlotta, du solltest meine Managerin werden. Du bist ein Naturtalent. Das erkenne ich sofort, bei meiner Menschenkenntnis. Ich kann dir sagen ..."

„Leon? Halt den Mund. Den Schwachsinn kannst du jemand anderem erzählen. Ich will das nicht hören", wies Doro ihn zurecht und er verstummte ergeben.

„Geht in Ordnung", sagte der Reporter. „Aber dann möchten wir auch noch eine exklusive Nachricht. Geschäft ist Geschäft", verhandelte er.

„Selbstverständlich", sagte Lotta. „Leon Matisse wird nächstes Jahr Theater spielen. Er möchte sein Talent noch vertiefen und die intensive Beziehung zu seinem Publikum auf diesem Wege ausbauen."

Leon Matisse haute es bald vom Stuhl. Der Reporter war zufrieden, der Fotograf bekam seine Bilder, und beide verabschiedeten sich höflich.

„Wow", war das Einzige, was Leon noch von sich gab.

„Alle großen Schauspieler   haben schon Theater gespielt. Danach bekommt man mit Sicherheit bessere Rollenangebote für Film und Fernsehen. Und du willst doch nicht weiterhin nur Mist drehen wie in letzter Zeit."

„Meine Blume, ich bin dein ergebener Diener", schleimte sich Leon bei Lotta ein, die davon völlig unberührt blieb.

„Meine Güte, Lotta, was war denn das?", fragte Doro beeindruckt.

„Bessere Werbung kannst du für dein Geschäft nicht kriegen. Und wir haben dafür noch Geld bekommen. Cool, was?"

Doro war begeistert. „Wisst ihr was, ich fahre jetzt einfach zur Feuerwache und überrasche Eddie. Da kann er mir wenigstens nicht entkommen."

Wie immer, wenn ein Date mit Eddie anstand, klopfte ihr Herz wie wild. Das war ein gutes Zeichen, denn es stellte sicher, dass sie ein Herz hatte. Immer wieder prüfte sie ihr Äußeres im Rückspiegel, es hätte sie nicht gewundert, wenn eine Stimme gesprochen hätte: „Doro! Du bist die Schönste hier, aber außerhalb deines Autos gibt es Frauen im Land, die sind noch viel schöner als du."

Papperlapapp, dachte sie sich. Hoffentlich konnte sie Eddie erklären, warum es so viele Probleme beim Einhalten ihrer Dates gab.

Das Klingeln ihres Handys brachte ihr schon seit geraumer Zeit nichts Gutes mehr. Auch die Tatsache, dass es sich um einen Anruf von Heather handelte, verbesserte die Lage nicht. Doro hörte nur kurz zu, bevor sie antwortete: „Ich bin gleich bei dir Heather. Wir stehen das schon durch."

Na ja, das war es dann wohl mit Eddie. Hatte was von höherer Gewalt. Man konnte nicht erzwingen, was nicht sein sollte. Alles Gute für dich Eddie, mit uns wird das leider nichts, dachte sie, bevor sie Eddie in ihren Gedanken zur Geschichte machte.

Die nächsten Tage waren wirklich die Hölle. Doro stand Heather praktisch 24 Stunden zur Verfügung. Zwischendurch musste sie ja auch noch in ihren Laden, in dem auch die Hölle losgebrochen war. Wegen der Werbung, die sie durch den Pressebericht erhalten hatte, rannten ihr die Leute förmlich den Laden ein. Charlotta war mittlerweile von morgens bis abends vor Ort, aber es war fast unmöglich, der Massen Herr zu werden. Hinzu kam, dass ständig neue Presseleute auftauchten, die Statements von Lotta wollten, da sie zu einer Art Pressesprecherin von Leon Matisse geworden war. Für Doro und Lotta war die neue Situation zum Spießrutenlauf geworden, zumal Lotta nun auch ständig Leon Matisse im Schlepptau hatte, weil er für alles und jedes ihren Rat wollte. Und wenn er nicht da war, dann kam sein Agent und beriet sich mit ihr. Lotta war zwar ein Energiebündel, aber im Moment sah sie recht kraftlos aus. Doro wünschte sich sehnlichst, dass Heather trotz der Umstände bald wieder zur Verfügung stand. Irgendwie hatte Heather das Geschäft noch am besten im Griff. Doro fiel auf, dass sie seit einigen Tagen auch nichts mehr von Marie gehört hatte, und hoffte, dass es ihr gut ging. Aber es blieb einfach keine Zeit, um sich mit Marie zu beschäftigen.

„Doro, meinst du nicht, dass wir für ein paar Wochen Aushilfskräfte einstellen sollten? Wir kommen ja kaum noch nach."

„Ich habe jetzt genug. Alles, was diesem Laden fehlt, ist Heather."

Doro griff zu ihrem Telefon. „Heather, ich weiß, dass ich eigentlich für dich da sein sollte, bin ich ja auch. Aber du musst wenigstens für einige Stunden in den Laden kommen. Wir schaffen das einfach nicht allein. Bitte hilf uns."

Eine halbe Stunde später war Heather da.

„Meine Güte, was ist denn hier los? Und wie sieht es hier eigentlich aus?", meckerte sie sofort. Und jedes einzelne Meckern machte Doro glücklich.

„So geht das doch nicht.   Lotta, setz bitte neuen Kaffee auf. Und Doro, warum sind denn gar keine Kekse da? Und füll in drei Gottes Namen die Regale auf oder willst du Luft verkaufen?"

Die beiden Schwestern handelten nach Heathers Anweisungen, während diese gleichzeitig Kunden bediente und Kekse zum Backen startklar machte. Als ein Pressevertreter ins Geschäft kam, schmiss Heather ihn sehr unsanft hochkant wieder raus.

„Ach Übrigens", begann Heather. „Ich habe Eddie angerufen und ihm die Umstände erklärt."

„Du hast was?", fluchte Doro schockiert. „Bist du verrückt geworden?"

Lotta sah zu ihnen herüber. „Ich habe ihn auch angerufen."

„Was?", riefen Heather und Doro im Duett.

„Mir tat das so leid, mit euch beiden."

„Ich habe ihm Blumen geschickt", piepste Leon aus der Ecke, der sich wieder eingefunden hatte, um Lotta zu bewundern.

Völlig geplättet ließ sich Doro auf einen Stuhl sinken. „Eddie muss es ja langsam mit der Angst kriegen."

Die Tür öffnete sich und Marie schob Eddie förmlich in den Laden.

„Ich habe gedacht, ich bringe dir mal Eddie vorbei", sagte Marie und schaute verblüfft in die unerwartet vielen Gesichter, die wiederum verblüfft zurückschauten.

„Du bist Marie?", fragte Heather mehr als erstaunt.

„Hallo Wohltäterin", grüßte Eddie in Richtung Heather.

„Du kennst sie? Sie ist die Wohltäterin?", begriff Marie fassungslos.

„Ach, das ist ja schön, ihr kennt euch also alle schon", freute sich Doro. Als Marie Matisse sah, begann sie sofort ihn anzugiften, während Lotta sich bemühte, zu verstehen, was eigentlich los war, und alle redeten durcheinander.

„Wo sind denn Doro und Eddie?", fragte Marie und probierte, die Tür zum Büro zu öffnen, stellte aber fest, dass diese nunmehr verschlossen war.

„Das ist ja wohl die Höhe. Haben die denn keinen Anstand. Wie peinlich", mokierten sich Heather und Marie. Lotta lächelte. „Ist doch ganz einfach. Ihr seid die ganze Zeit immer so mit euch beschäftigt, dass ihr gar nicht gemerkt habt, wie sehr ihr Doro in Beschlag genommen habt. Sie kann nirgendwohin, denn gleich wird sie wieder zu euch zitiert. Aber hier ist sie im Moment sicher, denn ihr seid ja schon da."

„Na ja, dann wollen wir die Zeit mal sinnvoll nutzen. Marie, geht es Ihnen gut, wollen Sie mit anpacken?", fragte Heather.

Marie nickte gespannt.

„In Ordnung, dann wird hier jetzt mal klar Schiff gemacht. Und Herr Matisse, keine Presse heute mehr", ordnete Heather an.

Als Doro und Eddie errötet und verwuselt aus dem Büro kamen, blitzte und blinkte der Laden bereits wieder, und mit keinem Wort wurde die Abwesenheit der beiden erwähnt. Wenn nicht dieser magische Funkenflug in der Luft gelegen hätte.

Der Tag der Beerdigung war ein grauer, feuchter Tag. Eigentlich genau das richtige Wetter für diesen Anlass. Christa und Bert schlugen sich tapfer. Heather bemühte sich, für beide da zu sein. Während sich Doro um Heather kümmerte. Selbst mit einer positiven Grundeinstellung war es nicht möglich, einer Beerdigung etwas Gutes abzugewinnen. Lediglich Doro unterbrach die Trauerstimmung durch gelegentliche Fragen. Wo gab es denn so tolle Kerzenständer zu kaufen? Ob es wohl schwer war, so eine Kirche sauberzuhalten? Kann man eine Kirche auch für Partys mieten? Sind wirklich alle Pfarrer keusch?

Auf der Trauerfeier im Anschluss an die Beerdigung hatte sich Christa schon wieder gut unter Kontrolle und rannte ständig rein und raus. Bert kämpfte noch sehr mit seiner Trauer, während Heather einfach nur dasaß. Völlig leer und planlos.

Christa kam und stellte sich vor Heather und Bert. „Wisst ihr noch, Rieke hatte da diesen einen Wunsch. Es ging um Heathers Angebot zu helfen. Und ich würde euch nun gern sagen, was sich Rieke da vorgestellt hat. Also im Grunde genommen bin ich es, die euch um Hilfe bitten möchte. Euch beide."

Bert sah Christa an. „Ich bitte dich, wenn du Hilfe brauchst, sind wir selbstverständlich für dich da. Mir war nicht klar, dass du in Schwierigkeiten bist."

Christa sah ihn verheißungsvoll an. „Ich bin es nicht, die Hilfe benötigt." Sie stand auf und verließ den Raum, um dann kurz darauf mit einem kleinen plappernden Mädchen wiederzukommen.

„Du hast nicht nur eine Tochter, du hast auch eine Enkeltochter."

Während Bert fassungslos mit offenem Mund dasaß, war Heather begeistert von der Kleinen. Man könnte es auch Liebe auf den ersten Blick nennen.

„Ich brauche einen Schnaps. Einen doppelten. Du auch, Bert?", fragte Doro.

„Die Kleine heißt Alina und ist gerade zwei geworden", erklärte Christa, während die Kleine sich die größte Mühe gab, den Tisch frei zu räumen und dabei ununterbrochen zu erzählen.

„Sie ist sehr lebhaft", fügte Christa hinzu.

„Dann ist das der Wunsch, von dem Rieke sprach? Sie wollte, dass wir dir mit dem Mädchen helfen."

„Na ja, genau genommen ist Alina nur ein Teil der Wunsches. Hattet ihr Zwillinge in der Familie, Bert?", fragte Christa und sah zu einem kleinen Jungen, der, noch ganz schläfrig, auf sie zu trottete.

„Alina hat nämlich noch einen Zwillingsbruder. Alexander. Ein sehr geduldiger junger Mann."

„Oh Gott, brauchst du auch noch einen Schnaps, Bert?", fragte Doro völlig geplättet.

Innerhalb kürzester Zeit gehörten die Zwillinge zu Heather und Bert, als wäre es nie anders gewesen.

„Ich habe da so eine Idee", sagte Heather, während sie Alina die Teepackung aus der Hand nahm, die diese sehr gern auf dem Boden verteilt hätte.

„Ich auch", sagte Doro. „Bert schnappt sich die beiden Wusel und geht mit ihnen spazieren."

Sofort sprang dieser auf. „Kommt zu Opa. Wir gehen ein Eis kaufen. Was sagt ihr dazu?" Glücklich und voller Freude verließ er den Laden. An jeder Hand ein Enkelkind.

„Wir brauchen doch jetzt mehr Platz", begann Heather, „und hier hinter dem Haus ist doch auch ein großer Garten. Und die beiden Kleinen brauchen doch auch Natur ..."

„Hey, super, du willst den Garten mieten. Gute Idee."

„Unsinn, Doro, ich will doch nicht der Garten mieten. Ich will ihn kaufen."

„Was willst du denn mit einem Garten ohne Haus?"

„Na ja, das habe ich gleich mitgekauft. Braucht Marie nicht auch noch eine Wohnung, oder hat sie schon einen Vertrag unterschrieben? Es wäre eine frei."

Doro sah ihre Freundin fassungslos an. „Du hast dieses Haus gekauft? Das ist nicht dein Ernst. Wie kann man denn so schnell ein Haus kaufen?"

„Ach weißt du, das war eine reine Glückssache. Das Haus steht ja schon länger zum Verkauf. Dein Vermieter ist gestorben und die Erben wollen das Haus nicht behalten."

„Mein Vermieter ist gestorben? Das ist ja schrecklich. Tut mir echt leid."

„Doro, er ist doch schon vor über einem Jahr gestorben. Liest du denn deine Post nicht? Marie kann auf der Stelle einziehen, wenn sie möchte. Was sagst du dazu?"

„Wow. Großartig."

„So ist dann auch für Alina und Alexander genug Platz und sie können dann später mit Maries Baby spielen. Und ich bin immer in der Nähe des Ladens. Das wäre doch gut."

Eine Stunde später war Marie da, um die Wohnung zu besichtigen. Aber das wirklich Gute daran, dass Marie da war, war die Tatsache, dass sie Eddie mitbrachte. Zu viert stiegen sie die Treppen hinauf. Alle paar Stufen blieben Eddie und Doro zurück, um ihre Münder aneinander festzusaugen.

„Eddie, lass Doro bitte Luft zum Atmen. Das kann man ja nicht mitansehen", schimpfte Marie. „Und nimm die Hände von ihrem Po."

Während Eddie brav seine Hände von Doro wegnahm, konnte Doro nicht widerstehen und drückte ihren Körper nochmals gegen ihn.

„Doro!", schimpfte Marie, „lass ihn jetzt sofort los. Habt ihr es denn so nötig. Echt peinlich."

Heather schloss die Tür auf und sie sahen in einen lichtdurchfluteten Raum. Neben den zwei Schlafräumen gab es ein Wohnzimmer mit Durchgang zur Küche, bodentiefe Fenster. Und einen Kamin.

„Diese Wohnung ist ein Traum. Natürlich möchte ich hier einziehen", freute sich Marie.

Heather lachte. „Na, das dachte ich mir schon. Übrigens, Doro, die gleiche Wohnung existiert noch einmal nebenan. Nur seitenverkehrt. Jedoch ist die erst in zwei Monaten frei. Nur falls du umziehen möchtest."

Doro lächelte Eddie an, der sie sofort wieder in die Arme zog und ihren Po leidenschaftlich umfasste.

„Doro", riefen Heather und Marie wie aus einem Mund.

„Allerdings habe ich für die Nachbarwohnung noch einen weiteren Bewerber. Er müsste gleich hier sein."

Es klopfte an der Tür. „Kommen Sie doch rein", hörten sie Heather.

„Hallo. Ist das hier eine Wohnungsbesichtigung? Eigentlich suche ich gar keine Wohnung. Hat Marie etwa gesagt, dass ich umziehen will?", vernahmen sie im Flur die Stimme von Timm. Marie erstarrte.

Eddie grinste. „Na Mary, mal sehen, wie du jetzt aus dieser Nummer rauskommst."

Erstaunt sah Timm seine Freunde im zukünftigen Wohnzimmer stehen.

„Okay. Also, was ist hier los?", fragte er. Maries Gesicht verfärbte sich rot.

„Ich würde mal sagen, Marie hat zugenommen. Und das wird sich in den nächsten Wochen auch nicht bessern. Es wäre vorstellbar, dass sie Mutter wird."

„Du wirst Mutter?", fragte Timm. „Wer ist denn der Vater?"

„Hej Timm, alter Kumpel. Glaub mir, diese Frage habe ich ihr auch schon ein paar Mal gestellt, aber wenn ich sie frage, was denn vor einigen Wochen in Jamaika los gewesen ist, dann windet sich genauso bescheuert wie du. Komisch, oder?"

Timm sah Eddie fragend an.

„Nun stell dich nicht so doof an, Timm. Du bist vielleicht kein Held im Bett, aber zum Kinderzeugen scheint es zu reichen", grinste Eddie.

Marie wünschte sich nichts sehnlicher, als dass sich der Boden unter ihr auftun möge. Noch plumper konnte man die Sache Timm ja wohl kaum beibringen. Wahrscheinlich würde er sofort rauslaufen und sie würde nie wieder von ihm hören. Aber egal, sie hatte sich vorgenommen, sie würde jetzt nur noch glücklich sein. Und ihr Baby würde sie auch allein großziehen können.

Doch als sie Augen wieder öffnete, fühlte sie Timms Lippen auf den ihren. Erleichterung durchflutete ihren Körper. Sie umschlang ihn glücklich.

„Mary, nimm sofort die Hände weg von Timm. Habt ihr denn kein Zuhause?"

Epilog

„Ehrlich, ich traue mich schon nicht mehr, eine Zeitung aufzuschlagen. Immer muss ich mir Leon darin ansehen. Diese miese Schlange hat ihn mir einfach ausgespannt. Ich habe auch keinen Schimmer, wo die mit einem Mal herkam. Und was ist mit dir? Hast du mal wieder von Svenja gehört? Du hast ja auch wirklich keine glückliche Hand bei Frauen. Erst ziehst du die verrückte Marie an und dann nimmst du dir diese hinterhältige Svenja. Ich hätte dir das gleich sagen können."

„Chantal, glaub mir, es geht mir gut. Ich genieße jede Minute meines Single-Lebens. Gib mir mal deine Illustrierte. Dann wollen wir mal sehen, welche Neuigkeiten über deinen Matisse drinstehen."

Jens schlug die ersten Seiten um. „Upps. Er hat ja geheiratet. Charlotta Barleben. Wer ist denn das? Wusstet du davon?"

„Was??", rief Chantal entsetzt. „Das kann nicht sein. Ich hatte mir doch schon eine Strategie zurechtgelegt, wie ich ihn zurückbekomme."

Jens lächelte sie verachtend an. „Ja, schon klar." Er sah sich den Artikel genauer an und erstarrte. „Was zur Hölle machen denn Marie und Doro auf der Hochzeit von Leon Matisse?"

ENDE

Danke

Nun ist mein zweites Buch fertig. Und damit ist es höchste Zeit mich zu bedanken. Ein Buch kann nur entstehen mit vielen Leuten im Hintergrund, die für mich lesen, mich motivieren oder einfach zuhören.

Vielen Dank an Denise. Sie liest und liest und liest alles was ich schreibe, macht sich Gedanken und äußert sie auch, auf gute Art. Danke.

Danke an Vicky für mein wunderbares Cover. Danke, dass du soviel Zeit für mich investiert hast. Du schaffst es dir lächelnd die Haare zu raufen.

Danke an meinen Bruder, meinen persönlichen Motivator. Habe ich mal keine Lust. Er schubst mich. Ich weiß nicht weiter, er findet die richtigen Worte für mich. Danke.

Danke an Moni. Fürs Lesen, fürs Da sein, für Gemeinsam sind wir stark.

Danke an meine Lektorin Gabriele Koske.

Ein riesengroßes Danke gilt Steve Wild. Immer wieder und wieder kümmert er sich um alle technischen Angelegenheiten. Immer geduldig, immer zuverlässig. Danke.

Danke an Vanessa für den Sonnenschein, den du verbreitest.

Danke an Alf, für die Eindrücke, die ich mit dir sammeln kann. Fürs Lachen und die Leichtigkeit.

www.tredition.de

Über tredition

EIN EIGENES BUCH
VERÖFFENTLICHEN

tredition wurde 2006 in Hamburg gegründet. Seitdem hat tredition mehrere tausend Buchtitel veröffentlicht. Autoren veröffentlichen in wenigen leichten Schritten gedruckte Bücher, e-Books und audio-Books. tredition hat das Ziel, die beste und fairste Veröffentlichungsmöglichkeit für Autoren zu bieten.

tredition wurde mit der Erkenntnis gegründet, dass nur etwa jedes 200. bei Verlagen eingereichte Manuskript veröffentlicht wird. Dabei hat jedes Buch seinen Markt, also seine Leser. tredition sorgt dafür, dass für jedes Buch die Leserschaft auch erreicht wird.

Im einzigartigen Literatur-Netzwerk von tredition bieten zahlreiche Literatur-Partner (das sind Lektoren, Übersetzer, Hörbuchsprecher und Illustratoren) ihre Dienstleistung an, um Manuskripte zu verbessern oder die Vielfalt zu erhöhen. Autoren vereinbaren direkt mit den Literatur-Partnern die Konditionen ihrer Zusammenarbeit und partizipieren gemeinsam am Erfolg des Buches.

Das gesamte Verlagsprogramm von tredition ist bei allen stationären Buchhandlungen und Online-

Buchhändlern wie z. B. Amazon erhältlich. e-Books stehen bei den führenden Online-Portalen (z. B. iBookstore von Apple oder Kindle von Amazon) zum Verkauf.

Jetzt ein Buch veröffentlichen: **www.tredition.de**

EINE BUCHREIHE ODER VERLAG GRÜNDEN

Seit 2009 bietet tredition sein Verlagskonzept auch als sogenanntes "White-Label" an. Das bedeutet, dass andere Personen oder Institutionen risikofrei und unkompliziert selbst zum Herausgeber von Büchern und Buchreihen unter eigener Marke werden können. tredition übernimmt dabei das komplette Herstellungs- und Distributionsrisiko.

Zahlreiche Zeitschriften-, Zeitungs- und Buchverlage, Universitäten, Forschungseinrichtungen, u.v.m. nutzen diese Dienstleistung von tredition, um unter eigener Marke ohne Risiko Bücher zu verlegen.

Alle Informationen im Internet:

www.tredition.de/Buchverlage

Zeitfracht Medien GmbH
Ferdinand-Jühlke-Straße 7
99095 Erfurt, Deutschland
produktsicherheit@kolibri360.de